하얀 성

Beyaz Kale

BEYAZ KALE
by Orhan Pamuk

세계문학전집 271

하얀 성

Beyaz Kale

오르한 파묵

이난아 옮김

민음사

좋은 사람, 나의 좋은 여동생
닐귄 다르븐오울르(1961~1980)*를 위하여

* 오르한 파묵의 두 번째 소설 『고요한 집』에 등장하는 인물.

우리의 관심을 끄는 사람을 만나,
미지 혹은 미지에 준하는 매력적인 삶을 접하고,
오로지 그의 사랑만으로 살아갈 수 있다고 생각하는 것이
사랑의 시작이 아니면 달리 무엇을 의미한단 말인가?
—마르셀 프루스트(Y. K. 카라오스만오울루*의 번역본에서)

* 1887~1974. 터키 소설가.

차례

서문

나는 매년 여름 게브제* 군(郡)에 머물면서 그 군 산하의 폐허 같은 기록 보관소에서 일주일 동안 무엇인가를 습관적으로 긁어모으곤 했는데, 1982년에, 칙령들과 땅문서 등록부, 재판 기록부, 공문서가 빽빽이 찬 먼지투성이 궤짝 안에서 이 필사본을 발견했다. 꿈을 연상시키는 푸른색 에브루**로 고상하게 만든 표지와 또박또박 쓰인 글씨체뿐 아니라, 빛바랜 국가 문서들 사이에서 반짝반짝 빛나고 있었기 때문에 쉽게 내 눈에 띄었다. 원작자가 아닌 누군가가 나의 호기심을 더욱더 자극하기 위해 책의 첫 장에 제목을 써 놓은 것 같았다. '이불 장수의 의붓아들.' 다른 제목은 없었다. 책의 가장자리와 페이지의 여백에는 단추가 많이 달린 옷을 입은 머리통이 작은 사람들이 어린아이가 어설프게 그린 듯 그려져 있었다. 나는 이루 표현할 수 없이 즐거운

---

* 이스탄불 근교의 한 지역.
** 터키 고유의 대리석 무늬 착색 예술.

마음으로 단숨에 그 책을 읽어 내려갔다. 책은 아주 마음에 들었지만, 공책에 베껴 쓰려니 여간 귀찮은 일이 아니었다. 그래서 젊은 군수조차 '기록 보관소'라는 정식 명칭으로 부르지 않는 그 쓰레기장 같은 곳에서, 나를 특별히 감시하지 않을 만큼 정중했던 관리인의 신임을 악용하여 재빨리 그 책을 내 가방에 넣는 도둑질을 저지르고 말았다.

처음에는 그 책을 반복하여 읽는 것 말고는 달리 어떻게 해야 할지 몰랐다. 그 당시 나는 여전히 역사에 대해 의심하고 있었기 때문에, 이 필서의 학문적, 문화적, 인류학적 또는 '역사적' 가치보다는 이야기 자체에 관심을 두고 싶었다. 이것은 이 이야기의 작가에게 관심을 갖는 원인도 되었다. 동료들과 함께 대학을 그만두었던 터여서 나는 할아버지의 직업이었던 백과사전 집필로 밥벌이를 하고 있었다. 역사 항목 중 '유명인들' 인명사전 편에 이 책의 저자에 대해 한 부분을 할애해야겠다는 아이디어가 떠올랐다.

이렇게 해서, 백과사전 만드는 시간과 술 마시는 시간을 빼고는 이 일에 전념했다. 당시의 사료를 조사하자 책에 언급되어 있는 어떤 사건들은 사실과 다르다는 것을 이내 알게 되었다. 예를 들면 쾨프릴뤼가 오 년 동안 총리 대신을 지내던 시기에 이스탄불에서 대화재가 발생한 건 사실이지만, 이렇다 할 질병, 특히 광범위하게 퍼졌다고 그 책에 기술된 흑사병에 대한 기록은 없었다. 일부 대신들 이름에도 오류가 있었고, 어떤 인물들은 서로 혼동되어 있을 뿐 아니라 이름조차도 바꾸어 놓고 있었다. 황실 점성술사들의 이름은 황실 기록부에 쓰인 이름과 일치하지 않았다. 그러나 나는 책의 이런 부분에는 특별한 까닭이 있었을 거라고 생각하고 별로 신경 쓰지 않았다. 한편 책에 있는 사건들은 '우리의 역사 지식'과 일반적으로 맞아 들어갔다. 세부적인 부분에도 이러한 '역사적 사실'과 일치되는 점이 많았다. 이 책은 황실 점성술사 휘세인 에펜디*의 살해 사건, 메흐메트 4세가 미라호르 별장에서 즐겼던 토끼 사냥에 대해서도 역사가 나이마**가 기술했던 것과 비슷하게 설명하고 있었다. 독서와 사색을 즐겼다고 짐작되는 저자는 이 책을 집필하기 위해 이러한 유의 참고 자료와 수많은 책을 정독하였고, 거기서 무엇인가 인용했을 수도 있을 거라는 생각도 들었다. 그가 실제로 에블리야 첼레비***를 만났다고는 했지만, 어쩌면 단지 에블리야가 쓴 책을 읽었을 뿐일 거라는 생각이 들었다. 다른 경우에서도 그러하듯이, 이와 정반대의 상황이 맞을 수도 있다고 생각하여, 이 책 저자의 흔적을 찾으려는 희망을 잃지 않았다. 하지만 이스탄불에 있는 많은 도서관을 샅샅이 뒤지며 조사한 결과는 내게 희망을 주지 못했다. 1652년에서 1680년 사이에 메흐메트 4세에게 헌사한 보고서와 책은 톱카프 궁전 도서관 그리고 그곳에서 뻗어나갔을 것으로 여겨지는 그 어떤 도서관에서도 찾을 수 없었다. 단 하나의 단서만 잡을 수 있었을 뿐이었다. 책에 언급된 '왼손잡이 서예가'의 작품들이 여러 군데의 도서관에 보관되어 있다는 사실이었다. 한동안 이것들을 추적했지만 이제는 지겨워지고 말았다. 이탈리아에 있는 대학들에 편지 공세를 펼쳤지만 절망적

---

* '에펜디'는 이름 다음에 사용하는 경칭으로, 선생, 씨, 님에 해당한다.
** 1655~1716. 오스만 제국 역사를 저술한 역사가.
*** 1611~1698. 오스만 제국의 유명한 여행가. 당시 유럽을 포함한 오스만 제국 영토를 여행한 후 열 권으로 된 『여행기(Seyahatnâme)』를 집필했다.

인 답장만 돌아왔다. 책의 표지에는 없지만 본문에는 언급되는 저자의 이름에 의거하여 게브제와 제네트히사르* 그리고 위스퀴다르** 묘지에 가서 조사해 봤지만 아무 수확이 없었다. 그리하여 이런 추적은 모두 그만두었다. 백과사전 인명 편에는 이 책만을 근거로 하여 저자에 관해 썼다. 내가 두려워하며 예상했던 바대로 편찬 위원회에서는 그를 백과사전에 수록하지 않았다. 학문적인 증거가 없어서가 아니라, 그가 충분히 유명하다고 여기지 않았기 때문이었다.

어쩌면 그래서 이 이야기에 대한 열정이 더 커졌던 것 같다. 한때 사직서를 내려고도 했지만 내가 하는 일과 동료들이 좋아서 포기했다. 이렇게 해서, 한동안은 만나는 사람들마다 내가 찾아낸 것이 아니라 마치 내가 쓴 것처럼 흥분하면서 그 이야기를 들려주었다. 게다가 사람들이 이야기에 좀 더 관심을 가져 주었으면 해서, 상징적인 가치나 오늘날의 현실, 이 이야기로 오늘날을 이해했다는 등의 언급을 덧붙였다. 정치나 폭력, 동양-서양, 민주주의 같은 문제에 대해 관심이 있는 젊은이들이 나의 이러한 언급에 대해 관심을 보였다. 그러나 그들도 나의 술친구들처럼 곧 이야기를 잊어버렸다. 대학교수인 친구는 나의 끈질긴 성화에 못 이겨 어쩔 수 없이 책을 읽고 돌려주면서, 이스탄불의 뒷골목에 있는 목조 가옥에는 이러한 유의 이야기가 들어 있는 필사본이 수만 권 쌓여 있다고 했다. 만약 집주인들이 이러한 책들은 코란이라고 생각하여 높은 선반 위에 올려 두지 않으면, 그저 난로를 피우기 위해 한 장 한 장 뜯어 불쏘시개로 사용해 버

_____
* 이스탄불 근교의 한 지역.
** 아시아 쪽 이스탄불 해변에 있는 한 지역이자 항구.

린다고 했다.

　이렇게 해서, 내가 반복을 거듭하여 읽었던 이 이야기를, 손에서 담배가 떨어지는 줄도 몰랐던 안경 낀 여자애가 북돋아 준 용기에 힘입어 출판하기로 결정했다. 이야기를 오스만어에서 현대 터키어로 옮길 때 문체에 대해 그리 고심을 하지 않았다는 것을 읽는 사람들은 알게 될 것이다. 책상 위에 올려놓은 필사본에서 한두 문장 읽은 후에 종이를 올려놓은 다른 방의 다른 책상으로 가서, 머릿속에 남아 있는 의미를 오늘날의 문장으로 설명하려고 노력했다. 책 제목은 내가 아니라, 이 책을 출간하기로 한 출판사가 결정했다. 책머리에 있는 헌사를 본 사람들은 어쩌면 그것에 특별한 의미가 있는지 물을 것이다. 모든 것을 서로 관련지어서 보는 것이 어쩌면 이 시대의 병인 것 같다. 나 역시 이 병에 걸렸기 때문에 이 이야기를 출판한다.

파룩 다르븐오울르*

---

* 『고요한 집』에 등장하는 인물로, 역사학 교수이다.

1

베네치아에서 나폴리로 가는 길이었다. 터키 함대가 우리 길을 가로막았다. 우리 배는 모두 세 척이었고, 안개를 헤치고 나오는 그들의 갤리선 대열은 끝이 없었다. 우리 배 안은 순식간에 두려움과 혼란으로 가득 찼다. 대부분 터키인과 무어인 들로 구성된 노 젓는 노예들은 함성을 질러 댔고, 우리는 신경이 곤두섰다. 내가 탄 배는 다른 배 두 척과 함께 뱃머리를 육지 쪽으로 돌렸지만 다른 배들처럼 속력을 내지 못했다. 포로로 잡힐 경우 보복 당할 것을 두려워한 선장은 노 젓는 노예들을 더 혹독하게 채찍질하라는 명령을 내리지 못했다. 그 후 오랫동안, 선장이 그렇게 겁을 먹은 순간 내 인생이 송두리째 달라져 버렸다는 생각을 종종 했다.

지금에 와서는, 선장이 그렇게 겁에 질려 버리면서부터 내 인생이 조금씩 달라져 왔다는 생각이 든다. 처음부터 결정된 인생은 없다는 것을, 모든 이야기는 실상 우연의 연속이라는 것을 대부분의 사람들은 알고 있다. 하지만 그럼에도, 이 사실을 아는 사람조차, 인생의 어느 시점에서 과거를 돌아보고, 우연히 경험했던 것들이 사실은 필연이었다는 결론을 내리게 된다. 내게도 그런 시절이 있었다. 이렇게 오래된 책상머리에 앉아 책을 쓰려 하면서, 안개 속에서 유령처럼 모습을 드러낸 터키 함대들의 색깔을 그려 보는 지금 이 순간이 이야기를 시작하고 끝맺기에 가장 적당한 때라고 생각한다.

우리의 다른 배 두 척이 터키 함대 사이를 지나 미끄러지듯 안개 속으로 사라지는 것을 보고 선장은 희망을 가졌다. 우리도 온 힘을 다해 노예들을 채찍질하려는 용기를 냈다. 하지만 이미 때가 늦어 버렸다. 게다가 자유에 대한 열망으로 흥분하고 있는 노예들에게는 채찍질도 소용없었다. 열 척이 넘는 터키 함대가 불안한 안개의 벽을 형형색색으로 뚫고 나와 갑자기 우리에게 덮쳐 왔다. 선장은 이번에는 적이 아니라 자신의 두려움과 부끄러움을 이기기 위해 전투를 하려고 결심한 것 같았다. 물론 내 생각이었지만. 노예들에게 가혹하게 채찍질을 해 댔고, 대포 쏠 준비를 하라고 명령했지만, 뒤늦게 타오른 전의는 잠시 후 다시 꺼져 버리고 말았다. 우리는 강렬한 폭음과 불길에 휩싸였고, 즉시 항복을 하지 않으면 우리가 탄 배가 침몰할 위기에 놓여 있었기 때문에 백기를 올릴 수밖에 없었다.

잔잔한 바다 한가운데에서 터키 함대를 기다리면서 나는 선실로 내려갔다. 나의 모든 인생을 바꾸어 놓을 적들이 아니라, 손님으로 올 친구들을 기다리기라도 하듯이 주변을 정리하기 시작했다. 작은 궤짝을 열고 무심히 책을 뒤적거렸다. 피렌체에서 많은 돈을 주고 산 책의 책장을 넘기려니 눈물이 났다. 바깥에서는 고함소리와 분주한 발소리 같은 소음이 들려왔다. 잠시 후면 내 손에 들려 있는 책과 멀어질 거라는 사실을 알고 있었지만, 그보다는 책 속에 쓰인 것들을 생각하고 싶었다. 마치 책 속에 있는 사고와 문장, 방정식 사이에 잃어버리고 싶지 않은 나의 모든 과거가 있는 것 같았다. 우연히 눈에 들어오는 구절들을 기도하는 것처럼 중얼중얼 읽으면서 모든 글을 머리에 새기고 싶었다. 그들이 오면, 그들 혹은 그들이 내게 가할 고문이 아니라, 즐겁게 외웠던 책의 단어들을 기억하는 것처럼 나의 과거의 색깔들을 기억하고 싶었다.

그 당시 나는 어머니와 약혼녀 그리고 친구들이 다른 이름으로 불렀던 다른 사람이었다. 한때는 나였던, 또는 지금 그렇게 생각하는 그 사람을 때로 꿈속에서 보고 땀에 젖은 채 깨어난다. 빛바랜 색들을, 나중에 몇 년 동안이나 우리가 꾸며 낸 존재하지 않는 나라들을, 존재하지 않는 동물들을, 가공할 무기의 환상적인 색들을 떠올리게 하는 그 사람은 스물세 살이었다. 그는 피렌체와 베네치아에서 '학문과 예술'을 공부했다. 천체학, 수학, 물리학 그리고 그림을 이해한다고 믿고 있었다. 물론 자만심에 가득 찬 사람이었다. 이미 이룩된 것들은 대부분 섭렵했으며, 그 모든 것에 코웃음을 쳤다. 자신이 더 잘할 수 있을 거라 확신했으며, 자신을 따를 자도 없거니와, 누구보다도 영리하고 창의적이라는 것을 믿어 의심치 않았다. 간단히 말하면, 평범한 젊은이였다. 약혼자와 열정, 서로의 계획, 세상 그리고 학문을 토론하고, 그녀가 자신을 숭배하는 것을 당연하다고 생각하는 이 젊은이가, 나의 과거를 조작할 필요가 있을 때 자주 그랬던 것처럼, 나였다는 것이 믿기지 않았다. 하지만 어느 날엔가 내가 지금 쓰고 있는 이 이야기를 인내심을 가지고 마지막까지 읽을 몇몇 사람들은 그 젊은이가 사실은 내가 아니었다는 것을 알게 될 거야, 하며 나 자신을 위로하고 있다. 어쩌면 그 인내심 많은 독자들은, 지금 내가 생각하는 것처럼, 좋아하는 책들을 읽으면서 인생을 보내던 젊은이의 이야기가 어느 날 중단된 부분부터 이어져 다시 계속되었다고 생각할 것이다.

터키 선원들이 우리 배에 도달했을 때, 나는 책들을 궤짝에 넣고 밖으로 나왔다. 배는 아수라장이었다. 그들은 모두를 모아 놓고 발가벗기고 있었다. 한순간, 그 혼란을 틈타 바다로 뛰어들까 했지만, 그들이 내 뒤에서 화살을 쏴서 사로잡은 다음 바로 죽여 버릴 거라는 생각이 들었다. 사실 육지가 얼마나 가까운지도 몰랐다. 그들은 처음에는 내게 접근하지 않았다. 쇠사슬에서 풀려난 무슬림 노예들은 즐거운 함성을 질렀고, 어떤 노예들은 채찍질했던 사람들에게 벌써 앙갚음을 하고 있었다. 잠시 후, 그들은 나를 선실에서 찾아낸 후 안으로 들어와서 내 물건들을 탈취했다. 그리고 금을 찾으려고 궤짝을 뒤지기 시작했다. 책 몇권과 나의 물건을 모두 가져갔으며, 내가 남은 책 한두 권을 무심히 뒤적거리고 있을 때 누군가 나를 잡아 어떤 함장에게 끌고 갔다.

함장은 내게 잘 대해 주었는데, 그가 이슬람교로 개종한 제노바인이라는 것을 나중에야 알게 되었다. 그는 내게 무엇을 잘하는지 물었다. 노 젓는 노예가 되지 않기 위해 즉시 천문학에 관한 나의 지식에 대해, 그리고 밤에도 방향을 찾을 수 있다는 것에 대해 이야기했다. 그렇지만 함장은 관심을 보이지 않았다. 그래서 나는 내게 남겨진 해부학 책을 믿고 의사라고 주장해 보았다. 잠시 후, 그들이 데려온 팔이 부러진 사람을 보고서야 나는 외과 의사가 아니라고 했다. 그들이 화를 내면서 나를 노 젓는 노예들이 있는 쪽으로 보내려 하는데, 나의 책들을 본 함장이 소변과 맥박에 대해 아느냐고 물었다. 나는 안다고 했고, 노 젓는 신세를 면하게 되었으며, 한두 권의 책도 건지게 되었다.

하지만 이러한 특혜 때문에 나는 비싼 대가를 치러야 했다. 노 젓는 노예로 전락한 다른 기독교인들이 나를 혐오하기 시작했기 때문이다. 마음만 먹으면 밤마다 우리가 함께 창고에 갇히는 틈을 타서 나를 죽일 수도 있었겠지만, 내가 터키인들과 금세 관계를 맺어 놓았기 때문에 후환을 두려워했다. 우리의 겁쟁이 선장은 말뚝에 박혀 죽었고, 노예들에게 채찍질하던 사람들은 본보기로 코와 귀를 잘라 뗏목에 실어 바다에 내버렸다. 해부학 지식이 아니라 머리만을 써서 치료해 준 몇몇 터키인의 상처가 저절로 아물자 모두들 내가 의사라고 믿었다. 나를 시기하며 터키인들에게 내가 의사가 아니라고 고자질했던 사람들조차 밤이면 창고에서 내게 상처를 보여 주었다.

우리는 화려한 의식을 거행하며 이스탄불에 입성했다. 어린 파디샤*가 우리를 지켜보고 있다고 했다. 배의 기둥 꼭대기마다 깃발을 매달았고, 그 깃발 밑에 우리의 깃발과 성모 마리아 그림, 십자가를 거꾸로 매달고 장사들을 시켜 밑에서 활을 쏘게 했다. 그때, 대포 소리가 천지를 진동하기 시작했다. 훗날 내가 슬픔과 지루함과 즐거움이 뒤섞인 마음으로 육지에서 구경하곤 했던 이 의식은 매우 오랫동안 계속되었고, 뙤약볕에선 기절하

---

* 지배자, 통치자, 이슬람교 국가의 군주를 일컫는 말.

는 사람들도 생겨났다. 저녁 무렵 카슴파샤*에 정박했다. 우리를 파디샤에게 데려가기 위해 쇠사슬로 묶고, 우리 병사들은 우스워 보이도록 갑옷을 거꾸로 입혔다. 선장들과 장교들의 목에는 동그란 족쇄를 채웠다. 우리 배에서 탈취한 나팔과 트럼펫을 놀리듯이 즐겁게 불면서 흥겨워하며 우리를 궁전으로 데려갔다. 길가에 늘어선 사람들은 즐겁고 호기심 어린 표정으로 우리를 구경했다. 파디샤는 우리를 보기도 전에 자기 몫의 노예를 따로 뽑아 나누어 놓았다. 나를 포함한 다른 사람들은 갈라타**로 이송되어 사득 파샤***의 감옥에 수용되었다

감옥은 끔찍했다. 작고 습한 감방에서 수백 명의 포로가 오물과 함께 썩어 가고 있었다. 그곳에는 내 새로운 직업을 실험할 많은 사람들이 있었고, 실제로 내가 치료하여 회복시킨 사람도 몇 있었다. 등과 다리가 아프다는 보초들에게도 처방을 해 주었다. 이렇게 해서 그들은 다시 나를 다른 노예와 구별하게 되었고 햇빛이 들어오는 나은 감방으로 옮겨 주었다. 다른 노예들의 처지를 보며 내 상황에 감사하려고 했는데, 어느 날 아침 다른 포로들과 함께 나를 깨우더니 일을 하러 가라고 했다. 내가 의사이며 다른 학문에 대해서도 알고 있다고 하자 나를 비웃었다. 파샤가 사는 집의 정원 담장을 높이는 데 일손이 필요하다고 했다. 매일 아침, 우리는 해가 뜨기 전에 사슬에 묶인 채 시외로 나가게 되었다. 하루 종일 돌을 모았고, 저녁이 되어 서로 사슬에

---

* 이스탄불 바닷가의 한 지역.
** 이스탄불의 한 지역.
*** '파샤'는 오스만 제국 당시 고위직 공무원이나 군 지휘관에게 주어지던 칭호. 이 소설에서는 군 지휘관.

묶인 채 다시 감옥으로 돌아올 때면, 이스탄불은 아름다운 도시이지만 이곳에서는 노예가 아니라 주인이 되어 살아야 한다는 생각을 하곤 했다.

그래도 나는 평범한 노예는 아니었다. 이제는 감방에서 썩어가는 노예들뿐 아니라 내가 의사라는 걸 듣고 찾아오는 다른 이들도 돌보게 되었다. 치료비로 받은 돈은 나를 몰래 바깥으로 내보내는 노예 담당관이나 간수에게 대부분 주어야만 했다. 그들에게 들키지 않고 숨긴 돈은 오스만어를 배우는 데 썼다. 오스만어 선생은 파샤의 잔일을 하는 사람 좋고 나이 지긋한 노인이었다. 내가 터키어를 빨리 배우는 것을 보고 기뻐하면서 내가 곧 무슬림이 될 거라고 했다. 그는 내가 지불하는 수업료를 부끄러워하면서 받았다. 나 자신을 살 돌봐야 되겠다고 결심하고 먹을 것을 가져와 달라고 그에게 돈을 주곤 했다.

안개 낀 어느 날 밤, 하인이 와서 파샤가 나를 보고자 한다고 전했다. 나는 놀라고 흥분했으며 곧바로 만날 준비를 했다. 내 나라의 수단 좋은 친척이, 어쩌면 아버지가, 아니면 장인이 될 사람이 나를 구해 내려고 몸값을 보낸 거라고 생각했다. 안개 속으로 펼쳐진 좁고 구불구불한 골목을 걸으면서 문득 내 집에 당도할 것이고, 또한 꿈에서 깨어나듯이 가족들이 내 앞에 나타날 것만 같다는 생각이 들었다. 나를 구할 방법을 모색하기 위해 사람을 보냈을 거라고 생각하며, 즉시 나를 안개 속에 떠 있는 배에 태우고 고국으로 보낼 거라고 상상했다. 그러나 파샤의 저택에 들어서면서 내가 그렇게 호락호락 구조되지는 못할 것임을 깨달았다. 그곳에서 사람들은 발끝으로 소리 없이 걷고 있었다.

먼저 현관으로 들어오게 하고 그곳에 잠시 세워 두더니 다시 어떤 방으로 집어넣었다. 작은 보료에 왜소하나 호인으로 보이는 사람이 담요를 덮고 누워 있었다. 그 옆에는 몸집이 우람한 남자가 있었다. 누워 있는 사람이 파샤라고 했다. 그는 나를 곁으로 불렀다. 우리는 이야기를 나누었으며 그는 내게 이런저런 질문을 했다. 나는 사실은 천문학과 수학과 공학에 대해서도 약간 공부했으며, 의학도 알고 있어서 많은 사람들을 치료했다고 말했다. 더 많이 설명하려고 했는데, 그는 내가 오스만어를 이렇게 빨리 배운 것으로 보아 영리한 사람일 거라고 하더니, 다른 의원들이 치유하지 못하는 병을 자신이 앓고 있는데, 나에 대해 소문을 들어 내게 한번 보이고자 불렀다고 했다.

파샤는 자신의 병에 대해 굉장히 과장되게 설명했고, 그래서 마치 그것이 이 세상에서 오로지 파샤만이 걸린 특별한 병이라고 여겨질 정도였다. 적들이 모함을 하고 신을 꼬드겨서 자신이 그 병에 걸렸다고 했다. 그렇지만 병의 증세는 우리가 알고 있는 단순한 해소천식일 뿐이었다. 나는 증상에 대해 신중히 묻고 기침 소리도 들었다. 그리고 부엌으로 가서 거기에 있는 여러 재료를 섞어 박하가 첨가된 초록빛 알약을 만들고 기침 시럽도 준비했다. 파샤가 독살을 두려워했기 때문에 그가 보는 앞에서 내가 먼저 시럽을 한 모금 마시고 알약도 하나 삼켰다. 누구의 눈에도 띄지 않게 저택에서 나가 감옥으로 돌아가라고 했다. 하인은 그 이유를 나중에 설명해 주었다. 다른 의원들이 질투하는 것을 파샤가 원하지 않는다고 했다. 다음 날도 파샤의 저택에 갔다. 기침 소리를 듣고 다시 같은 약을 처방했다. 그는 손바닥에 올려 놓은 색깔 있는 알약을 어린아이처럼 좋아했다. 나는 감옥으로 돌아와서 그가 완치되기를 기원하는 기도를 했다. 다음 날은 북동풍이 불었다. 산들바람이 불었으므로 이런 날씨에는 어떤 사람이라도 자연적으로 치유가 될 거라고 생각했다. 그러나 아무도 나를 찾지 않았다.

한 달쯤 후, 다시 나를 한밤중에 불렀을 때에 파샤는 자리를 털고 일어나 활발하게 움직이고 있었다. 편히 호흡을 하면서 누군가를 꾸짖는 소리가 들려와 나는 무척 기뻤다. 나를 보자 반가워하면서 내가 그의 병을 완치했고, 유능한 의원이라고 칭찬했다. 나에게 무엇을 원하느냐고 물었다. 나를 즉시 풀어 주거나 내 나라로 보내 주지는 않을 것임을 나는 알고 있었다. 나는 감옥과 쇠사슬에 관해 불만을 토로했다. 그리고 의술과 천문학 같은 학문을 연구하면서 그들에게 도움을 줄 수 있을 거라고 말했다. 힘든 노동이 나를 공연히 지치게 한다고도 했다. 그가 내 말에 얼마나 귀를 기울였는지는 알 수 없다. 그가 내게 건네주었던 쌈지에 든 돈은 보초들이 대부분 빼앗아 갔다.

다시 일주일이 지나고 하인은 밤에 나를 찾아와 도망치지 않을 거라는 다짐을 받은 후 쇠사슬을 풀어 주었다. 그 뒤로도 노역에 나가기는 했지만, 노예 담당관은 내가 일을 안 해도 눈감아 주었다. 사흘 후에 하인이 내가 입을 새 옷을 가지고 왔을 때 파샤가 나를 보호하고 있다는 것을 깨달았다.

매일 밤 파샤의 저택으로 불려 갔다. 류머티즘에 걸린 늙은 해적들에게, 위산 과다로 괴로워하는 병사들에게 약을 주었다. 가려움증이 있거나 안색이 창백하거나 편두통으로 고생하는 사람들의 혈액도 채취했다. 한번은 어떤 하인의 말더듬이 아들에게 시럽을 주었는데, 일주일 후에 말을 하게 되어 내게 시를 읽어 주었다.

겨울은 이렇게 지나갔다. 초봄, 몇 달 동안 나를 찾지 않던 파샤가 함대를 몰고 지중해로 나갔다는 것을 알게 되었다. 무더운 여름 내내 내가 절망과 분노로 어쩔 줄 몰라 하자 어떤 사람들은 지금의 처지에 불평하지 말라고, 의원 노릇으로 꽤 돈을 벌지 않느냐고 했다. 노예였다가 몇 년 전에 무슬림으로 개종하고 결혼을 한 사람은 도망가라고 충고했다. 쓸모 있는 노예에게는 내게 그랬던 것처럼 이 일 저 일을 시킬 뿐 자기 나라로 돌아가는 것은 결코 허락하지 않는다고 했다. 자기처럼 무슬림이 되면 풀어 줄 거라고 했다. 단지 그 정도라고 했다. 어쩌면 나의 본심을 알아보기 위해 이런 이야기를 들려주는지도 모른다는 생각에, 나는 전혀 도망갈 의향이 없다고 대꾸했다. 사실 의향이 아니라 용기가 없었다. 도망치는 노예들은 멀리 가기도 전에 붙잡혀 버렸다. 몰매를 맞고 감방에서 신음하는 운 없는 노예들의 상처에 밤마다 연고를 발라 주는 사람이 다름 아닌 나였다.

파샤는 가을이 올 무렵 함대와 함께 출정에서 돌아왔다. 대포 소리로 파디샤에게 경의를 표했고, 지난해 그랬던 것처럼 도시를 흥겹게 하려고 애썼지만, 이번에는 별 성과가 없는 것이 확실했다. 포로도 소수만 감옥으로 데려왔다. 나중에 안 일이지만 베네치아인들이 배 여섯 척을 불살랐다고 한다. 어쩌면 고국 소식을 들을까 하여 새로 온 노예들과 말할 기회를 엿보았다. 그들은 대부분 스페인 사람들이었다. 조용하고, 무식하고, 겁 많은 자들이었다. 내게 도움을 청하거나 음식을 요구하는 것 말고는 말할 기운도 없었다. 그들 중 단 한 명이 내 관심을 끌었다. 팔은 잘려 나갔지만 희망을 품고 있었다. 그의 조상 한 명도 자신과 같은 처지였지만 결국 구조되어 성한 나머지 팔로 기사(騎士) 소설을 썼다고 했다.* 자신도 구조되어 소설을 쓸 수 있을 거라고 믿는다고 했다. 세월이 흐른 후, 살기 위해서 이야기를 꾸며 내어야 했던 시기에, 이야기를 쓰기 위해 살아남기를 꿈꾸던 이 사람을 떠올렸다. 얼마 되지 않아 감옥에 전염병이 돌았다. 보초에게 뇌물 공세를 한 덕택에 나 자신은 보호할 수 있었지만, 이 전염병은 노예들을 절반 이상 죽인 후에야 물러났다.

살아남은 노예들을 새로운 일터로 데려갔다. 나는 가지 않았다. 저녁에 돌아온 그들은 저 멀리 할리치 만(灣) 끝까지 가서 목수와 재봉사, 페인트 공의 명령에 따라 작업을 했다는 이야기를 했다. 배와 성, 탑의 모형을 만들었던 것이다. 우리는 나중에야 알았다. 파샤의 아들이 총리 대신의 딸과 혼인하게 되어, 휘황찬란한 결혼식을 준비하고 있었던 것이다.

어느 날 아침, 파샤의 저택으로 불려 갔다. 해소천식이 다시 도졌을 거라고 생각했다. 파샤는 업무 때문에 바쁘다고 했다. 하인이 방으로 안내했고 나는 앉아서 기다렸다. 잠시 후 그 방의 또 다른 문이 열렸다. 나보다 대여섯 살 많아 보이는 사람이 들어왔다. 나는 그의 얼굴을 보고 깜짝 놀랐으며, 갑자기 두려워졌다.

---

*『돈키호테』를 쓴 세르반테스는 레판토 해전에서 왼팔에 부상을 입었고 알제리에서 오 년간 노예 생활을 했다.

2

방으로 들어온 남자는 믿을 수 없을 만큼 나와 닮아 있었다. 내가 저기에 있다니! 처음에는 이렇게 생각했다. 마치 누군가 내 게 장난을 치려고, 내가 들어온 문의 맞은편에 있는 문으로 나를 한 번 더 들여보내곤, 봐, 사실 넌 이런 사람이어야 돼, 문을 통해 이렇게 안으로 들어왔어야 해, 손과 발을 이렇게 움직이면서 방에 앉아 있는 다른 너를 이렇게 바라보았어야 해! 하고 말하는 것 같았다. 서로 눈이 마주치자 우리는 인사를 했다. 그러나 그는 그렇게 놀란 표정이 아니었다. 그때서야 실은 그가 나를 그렇게 많이 닮지는 않았다고 생각하게 되었다. 그는 턱수염이 있었다. 게다가 나는 나의 얼굴이 어떻게 생겼는지 기억도 나지 않았다. 그가 내 앞에 앉았을 때, 내가 일 년 정도 거울을 보지 못하고 살았다는 것이 떠올랐다.

잠시 후 내가 들어왔던 문이 열렸고 그는 안으로 불려 갔다. 나는 그를 기다리면서, 이것이 교묘하게 꾸민 장난이 아니라 나의 불안정한 뇌리에서 나온 공상이거니 하고 생각했다. 왜냐하면 그 즈음 나는 계속해서 환상을 보았기 때문이다. 나는 귀국을 했으며, 모두들 날 맞이했고, 바로 풀려났으며, 사실은 여전히 선실에서 잠을 자고 있었고, 지금 겪고 있는 이 모든 일이 꿈이라는 등등의 위로의 동화. 지금 일어난 이 일도 그런 동화 가운데 하나지만, 현실이 되었고, 일순간 모든 것이 변해서 다시 옛날로 돌아가는 징조일 거라 생각하려는 순간 문이 열렸다. 나를 안으로 불러들였다.

파샤는 나와 닮은 사람과 약간 떨어져 서 있었다. 나는 그의 질질 끌리는 옷자락에 입을 맞추었다. 그가 내 근황을 묻기에 나는 옥살이의 어려움과 내 나라로 돌아가고 싶은 심정을 토로하려 했으나, 그는 내 말을 들으려는 기색조차 없었다. 내가 천문학과 공학 등의 학문에 대해 안다고 한 것을 파샤는 기억한다고 했다. 그렇다면 하늘로 쏘아올리는 폭죽과 화약에 대해서도 아느냐고 물었다. 나는 즉시 안다고 대답했다. 그러나 갑자기 나를 닮은 사람과 눈이 마주치자 함정을 파고 있다는 의심이 생겨났다.

파샤는 앞으로 있을 결혼식은 그 무엇과도 비교할 수 없는 볼거리가 될 거라고 했다. 불꽃놀이도 준비시키고 있는데, 그 전에 했던 것과는 완전히 달라야 한다고 했다. 이전 파디샤의 탄생일에는, 지금은 죽고 없는 몰타인 폭죽 기술자가 쇼를 준비했고, 파샤가 그저 '호자'*라고만 부르는 나와 닮은 사람이 같이 일했는데, 그가 폭죽에 대해 조금 아니까 내가 그를 도울 수 있을 거

---

* 이슬람교에서는 이슬람교 학교의 교사나 성직자를 의미하며, 지금은 일반적으로 지식이 넓은 사람을 높여 부를 때 쓰는 말이다.

라고 했다. 우리가 서로의 부족한 점을 메워 주어야 한다는 것이다! 파샤는 우리가 멋진 불꽃놀이를 치러 내면 포상을 내릴 거라고 했다. 지금이 기회다, 하는 생각에서, 내가 원하는 것은 내 나라에 돌아가는 거라고 말하려 하는데, 파샤는 내가 이곳에 온 이후로 여자와 잔 적이 있는지 물었다. 나의 대답을 듣더니 그걸 못한다면 자유가 무슨 소용이 있냐고 했다. 파샤가 보초들이나 사용하는 천박한 단어를 쓰며 말했기 때문에 나는 넋이 나간 듯 멍청하게 바라보았고, 그는 폭소를 터뜨렸다. 그 후 '호자'라는 나를 닮은 사람에게 돌아섰다. 그가 책임을 질 거라고 했다. 우리는 나왔다.

아침에 나를 닮은 사람의 집으로 가면서, 그에게 가르쳐 줄 무언가가 내게 있을까 하는 의문이 들었다. 그렇지만 그도 나보다 많이 알지 못한다고 했던 것을 떠올리며 다소 안도했다. 게다가 우리가 아는 지식은 대체로 비슷했다. 문제는 좋은 장뇌 혼합물을 만들어 내는 것이었다. 그러기 위해서는 저울과 계량기로 세심하게 무게를 재고, 밤마다 수르디비*에 가서 준비한 혼합물에 불을 붙여 실험하고 관찰한 것들의 결과를 얻어 내는 일이 중요했다. 선망의 눈빛으로 구경하는 아이들 앞에서 준비한 폭죽을 터뜨렸을 때, 아주 먼 훗날에 그 가공할 무기를 제조할 때 그랬던 것처럼, 우리는 어두운 나무 밑에 서서, 호기심과 흥분에 쌓여 결과를 기다리곤 했다. 나는 이후에, 어떤 때는 달빛 아래서, 어떤 때는 칠흑 같은 어둠 속에서, 작은 공책에 우리가 관찰한 것들을 적어 내려갔다. 밤이 되어 헤어지기 전에 우리는 할리

---

* 이스탄불의 한 지역.

치 만이 내려다보이는 호자의 집으로 가서 실험 결과에 대해 오 랫동안 의견을 나누었다.

우리는 어디서 흘러나오는지 전혀 알 수 없는 구정물이 진흙 탕을 만들고 있는 구불구불한 길로 들어섰다. 그의 집은 작고 음침하고 볼품이 없었다. 집 안에는 가구나 집기는 거의 없었는 데, 나는 그 집에 들어갈 때마다 가슴이 조여드는 이상한 답답 함을 느끼곤 했다. 어쩌면 이러한 느낌은, 할아버지의 이름을 그 대로 물려받은 것이 못마땅해서 그 이름을 쓰지 않고 대신 '호 자'라고 불리기를 원하는 바로 그 사람이 주는지도 몰랐다. 그 는 나를 관찰하고 있었다. 내게서 무언가를 배우기 원하는 것 같았지만, 그 당시에는 그것이 무엇인지 그 자신도 모르는 것 같 았다. 나는 벽 아래에 깔아 놓은 긴 방석에 앉는 것이 익숙하지 않았기 때문에, 실험에 대해 논의할 때는 서 있거나 신경질적으 로 방 안을 서성거렸다. 호자는 나의 이런 행동을 좋아하는 것 같았다. 그는 희미한 등불 아래 앉아서 마음껏 나를 바라보곤 했다.

그의 시선을 느끼면서, 그가 우리의 유사함을 알아채지 못하 는 것에 초조해했다. 한두 번은, 그가 우리의 유사함을 알아챘 으면서도 모르는 척 행동한다고 생각하기도 했다. 마치 나에게 장 난을 치는 것 같았다. 나를 상대로 사소한 시험을 하고, 내가 모 르는 어떤 지식을 얻어 내는 것 같았다. 왜냐하면 처음 만났을 때부터 뭔가를 배우는 것처럼, 배울수록 궁금한 것처럼 항상 그 렇게 나를 바라보았기 때문이다. 그러나 이 이상한 지식을 심화 하려고 한 걸음 더 나아가는 것은 주저하는 듯 보였다. 나를 답 답하게 하고 집 안을 숨 막히게 하는 것은 이러한 단절감이었다.

사실 그의 이러한 망설임은 내게 용기를 주었지만 그렇다고 마음을 편하게 해 주지는 못했다. 한번은 우리의 실험에 대해 이야기하고 있을 때, 또 다른 한번은 내게 왜 아직도 무슬림이 되지 않았느냐고 물었을 때, 나를 은근히 논쟁에 끌어들이려는 것을 알아채고 몸을 사렸다. 그는 나의 이러한 방어 태세를 알아차리고 나를 무시하는 것 같았다. 이것도 나를 화나게 했다. 그즈음 우리가 동의했던 유일한 것은 둘 다 서로를 무시하고 있다는 것이었다. 불꽃놀이를 실수 없이 성공적으로 마친다면, 어쩌면 내 나라에 돌아가도록 허락을 받을 거라고 생각하면서 참고 지냈다.

어느 날 밤, 굉장히 높이 치솟아 오른 폭죽에 호자는 마치 승리한 듯 흥분하여 말했다. 어느 날엔가는 저 멀리 달까지 가는 폭죽도 만들 수 있다고, 문제는 필요한 화약 혼합물을 만들고, 이걸 전부 담을 수 있는 화약통을 만드는 것뿐이라고 했다. 내가 달은 아주 멀리 있다고 했지만 그는 내 말을 막으며, 달은 아주 멀리 있지만 지구와 가장 가까운 별이 아니냐고 했다. 내가 동의하자, 내 생각과는 달리 그는 편안해하지 않고 불안해하는 눈치였지만 더 이상 다른 아무 말 하지 않았다.

이틀 후, 자정에 다시 내게 물어 왔다. 달이 지구와 가장 가까운 별이라는 걸 어떻게 그렇게 확신할 수 있느냐고. 어쩌면 우리가 시각적인 착각에 빠진 것일지도 모른다고. 그때, 나는 그에게 내가 배운 천문학에 대해 처음으로 언급했다. 톨레미* 우주학의 기본 원리를 간단히 설명해 주었다. 그는 호기심을 보이며 경청

---

* 2세기 초엽 이집트 태생의 그리스 천문학자, 지리학자, 수학자. '프톨레마이오스'라고도 불리며, 천동설에 근거한 『알마게스트』를 썼다.

했지만 궁금해하는 그 무언가를 묻는 건 주저했다. 잠시 후 내가 입을 다물자, 자신도 톨레미에 대해 알지만, 달보다 더 가까운 행성이 있을지도 모른다는 의심은 사라지지 않는다고 했다. 아침 무렵에는, 그 행성이 존재한다는 증거가 있기라도 한 듯 말했다.

다음 날, 그는 형편없는 글씨로 쓰인 책을 내 손에 쥐어 주었다. 나의 부족한 오스만어 실력에도 불구하고 해석할 수 있었다. 『알마게스트』의 원전이 아니라 요약본을 재요약한 책 같았다. 나는 그저 행성들 이름을 오스만어로 어떻게 썼는지에만 관심이 갔다. 하지만 거기에도 완전히 몰입해서 읽을 기분은 아니었다. 내가 책을 한구석에 놓아 버리고 그것에 흥분하지 않는 것을 알자 호자는 화를 냈다. 금화 일곱 개 주고 이 책을 샀다고 했다. 잘난 척은 그만하고 책을 뒤적여 훑어보는 게 옳다고 했다. 나는 말 잘 듣는 학생처럼 인내심을 가지고 책을 펴서 책장을 넘겼고, 대충 그린 도형이 눈에 들어왔다. 둥근 행성들이 지구 옆에 조잡하게 줄지어 그려져 있었다. 행성들의 배치 순서는 맞았지만, 그림을 그린 화가는 그들 사이의 간격에 대해서는 아무런 생각이 없는 것 같았다. 달과 지구 사이에 작은 행성이 하나 있는 것이 눈에 들어와 자세히 들여다보았다. 잉크 색깔이 다른 것으로 미루어 보아 나중에 그려 넣은 것 같았다. 책을 끝까지 훑어보고 호자에게 돌려주었다. 그는 그 작은 행성을 발견할 거라고 했다. 전혀 농담 같지 않았다. 나는 아무 말도 하지 않았다. 나뿐만 아니라 그의 신경도 곤두서게 하는 정적이 흘렀다. 우리는 천문학을 들먹일 정도로 폭죽을 높이 쏘아 올린 적이 없었기 때문에 이 문제는 다시는 언급되지 않았다. 우리의 작은 성공은, 비밀을 풀 수 없는 우연으로 남게 되었다.

하지만 빛과 불의 강도 그리고 광채에 관한 한 만족스러운 결과를 얻었고 성공의 비법도 알았다. 호자는 이스탄불의 약방을 샅샅이 훑고 다니다가 그중 한 곳에서 약사도 이름을 모른다던 가루를 발견했다. 멋진 광채를 내게 해 주는 이 노르스름한 가루는 유황과 황산구리의 혼합물이라는 데에 우리는 의견의 일치를 보았다. 그리고 그 광채에 색을 더하기 위해 머리에 떠오르는 물질은 죄다 그 가루에 섞어 보았다. 그러나 서로 비슷한 톤의 갈색과 빛바랜 초록색 말고는 다른 색을 얻지 못했다. 호자는 이나마도 지금까지 이스탄불에서 본 것 중 가장 멋지다고 했다.

결혼식 두 번째 밤에 거행했던 불꽃놀이도 멋있었다고들 했다. 우리의 일을 뺏기 위해 우리 몰래 뒤에서 술수를 쓰던 사람들조차 그렇게 말했다. 파디샤가 구경을 하려고 할리치 만 반대편 해안가에 거동했다고 했을 때 나는 매우 흥분했다. 불꽃놀이가 실패하면 앞으로 몇 년 동안 내 나라로 돌아가지 못할 수도 있다는 생각이 들어 겁이 났다. "시작해!"라는 명령이 떨어졌을 때 나는 기도했다. 먼저, 하객들을 환영하고 본격적인 불꽃놀이의 거행을 알리기 위해 무색의 폭죽에 불을 붙여 수직으로 쏘아 올렸다. 이어 나와 호자가 '물레방아'라고 불렀던 굴렁쇠 모양의 작전을 개시했다. 하늘은 순식간에 빨강, 노랑, 초록으로 변했다. 굉장한 굉음도 함께 들려와 우리가 기대했던 것보다 훨씬 멋졌다. 폭죽을 터트릴수록 동그란 굴렁쇠는 가속도가 붙어 빙글빙글 돌았고, 갑자기 주위는 대낮처럼 밝아졌다. 한순간 내가 베네치아에 있는 듯한 착각이 들었다. 여덟 살 때였다. 이런 불꽃놀이를 처음 구경하고 있었고, 지금처럼 불행했다. 새로 산 빨간색 옷을 내가 아니라, 그 전날 싸움을 해서 옷이 찢어진 형에게 입혔기 때문이다. 폭죽은, 그날 밤 입지 못했고 다시는 입지 않을 거라고 다짐했던 단추가 많이 달린 옷처럼, 빨갛게 터졌다. 형에게는 꽉 끼는 옷의 단추도 같은 색이었다.

곧이어 우리가 '분수'라고 불렀던 작전을 개시했다. 다섯 사람 키 높이의 구조물 입구에서 불길이 뿜어져 나왔다. 맞은편 해안에 있는 사람들에게 불길이 더 잘 보였을 것이다. 그렇게 구조물 입구에서 폭죽이 터지기 시작하자 맞은편 해안에서 구경하던 사람들은 우리만큼이나 흥분했겠지만, 여기서 그들의 흥분이 가라앉아 버리면 안 될 터였다. 할리치 만에 떠 있는 돛단배들이 움직였다. 포탑에서 쏜 폭죽이 판지로 만든 탑과 성에 불을 붙이며 지나갔다. 이것은 지난날의 영광을 표상한다고 했다. 내가 포로로 잡혔던 당시에 사용한 배들을 풀어놓자, 다른 배들이 일제히 그 배에 폭죽 세례를 퍼부었다. 이렇게 해서, 나는 포로로 잡혔던 그날을 다시 한 번 떠올리게 되었다. 판지로 만든 배가 타서 침몰하자 양쪽 해안 사람들은 "세상에 이럴 수가! 세상에!" 하고 소리를 질렀다. 잠시 후에는 용들이 천천히 지나갔다. 콧구멍과 입과 귀에서 불길이 솟아 나왔다. 서로 싸움을 붙였다. 초반에는 우리가 계획했던 대로 용들이 상대를 제압하지 못했다. 바닷가에서 쏘아 올린 폭죽으로 분위기는 더욱 고조되었다. 하늘이 조금 어두워지자, 나룻배 안에 있던 일꾼들이 바퀴를 돌렸고 용들은 천천히 하늘로 떠오르기 시작했다. 이제 사람들은 경악과 두려움으로 함성을 질렀다. 용들이 거대한 굉음과 함께 다시 싸우기 시작하자, 일꾼들은 나룻배에 있던 폭죽을 모두 터트렸다. 용들의 몸에 부착했던 심지도 제시간에 불이 붙었던지 주위는 우리가 계획했던 대로 완전히 지옥처럼 변했다. 근처에 있는 아이가 앙앙 우는 소리를 듣고 우리가 성공했다는 것을 알았다. 왜냐하면 아이의 아버지가 아이의 존재는 잊어버리고 입을 벌린 채 지옥 같은 하늘을 쳐다보고 있었기 때문이다. 이제 내 나라로 돌아갈 수 있을 거라고 생각했다. 바로 그때, 지옥 안으로, 내가 '악마'라고 불렀던 괴물이, 아무도 보지 못했던 작고 검은 돛단배를 타고 들어왔다. 그 배에 폭죽을 너무 많이 실어서, 배에 탄 일꾼들과 함께 배가 폭발할지도 모른다는 생각에 두려웠지만 일은 순조롭게 진행되었다. 서로 싸우던 용들이 불길을 사그라뜨리며 사라질 때 악마는 갑자기 불이 붙은 폭죽과 함께 하늘로 솟아올랐다. 그리고 공중에서 굉음과 함께 터지며 불덩이를 흩뿌렸다. 한순간 우리가 이스탄불 전체를 두려움에 떨게 했다고 생각하며 흥분했다. 나도 공포에 떨고 있는 것 같았다. 인생에서 꼭 하고 싶었던 것을 마침내 용기를 내어 시작한 것 같았다. 그 순간에는 내가 어느 도시에 있는지는 전혀 중요한 것 같지 않았다. 나는 악마가 그곳에서, 우리 모두의 머리 위에서 불길을 흩뿌리며 밤새도록 매달려 있기를 바랐다. 잠시 후 악마는 좌우로 흔들린 후, 아무에게도 해를 입히지 않고, 해안 양쪽에서 구경하는 사람들을 흥분의 도가니 속에서 고함치게 하다가, 할리치 만으로 내려왔다. 바닷속으로 가라앉을 때도 여전히 몸통에서는 불길이 타오르고 있었다.

다음 날 아침, 파샤는 동화에 나오는 것처럼 호자에게 주머니 하나 가득 금을 보내왔다. 멋진 구경거리를 보여 주어서 기뻤지만, '악마'가 승리하는 부분은 못마땅하다고 했다. 불꽃놀이는 열흘 밤 동안 계속되었다. 낮에는 불탄 모형을 수리하게 했고,

새로운 놀이를 계획했으며, 감옥에서 데려온 포로들에게 폭죽용 연료를 채우게 했다. 화약 열 포대가 터져서 얼굴을 덴 포로는 결국 장님이 되었다.

결혼 축하연이 끝나자 호자를 못 보게 되었다. 하루 종일 나를 주시하는 호기심 많은 사람의 질투 섞인 눈빛에서 해방되어 나는 마음이 편했다. 하지만 그와 함께 보냈던 활기찬 날들이 생각나지 않는 것은 아니었다. 내 나라로 돌아가면, 나와 그렇게 닮았으면서도 그 유사함에 대해 전혀 언급하지 않은 그 사람에 대해 모두에게 이야기할 생각이었다. 감옥에 머물면서 시간을 보내기 위해 환자를 돌보았다. 파샤가 나를 불렀다는 말을 듣고 행복한 흥분에 쌓여 거의 뛰다시피 단걸음에 달려갔다. 먼저 그는 서둘러 나를 칭찬했다. 불꽃놀이는 모두를 만족케 했으며 모두 다 즐거워했으며, 내가 아주 재능이 많은 사람이라는 등…… 그런 후 갑자기 이렇게 말했다. 무슬림이 된다면 즉시 풀어 주겠다고. 놀랐다. 어안이 벙벙해졌다. 그에게 내 나라로 돌아가고 싶다고 했다. 바보처럼 말을 더듬거리며, 어머니와 약혼자까지 들먹이는 쓸데없는 행동도 했다. 파샤는 내 말을 전혀 못 들은 것처럼 다시 같은 말을 반복했다. 나는 잠시 입을 다물었다. 어쩐 일인지, 게으르고 버릇없는 어린 시절 친구들이, 자신의 아버지를 구타하고 혐오했던 아이들이 머릿속에 떠올랐다. 내가 개종하지 않겠다고 말하자 파샤는 화를 냈다. 나는 감옥으로 돌아왔다.

파샤는 사흘 뒤에 다시 나를 불렀다. 이번에는 즐거운 모습이었다. 개종을 하면 도망가기에 유리할지 아닐지를 정확히 몰랐기 때문에 아직 결정을 내리지 못하고 있었다. 파샤는 자신이 직접 이곳의 아름다운 처녀와 나를 결혼시켜 주겠다고 했다. 왠지 용기가 솟아올라 개종을 하지 않겠다고 말했고, 파샤는 조금 놀라더니 잠시 후에 나를 바보라고 했다. 개종을 한다 해도 내게 손가락질 할 사람은 아무도 없다고도 했다. 다시 잠시 후 그는 이슬람교에 대해 말했다. 내가 반응을 보이지 않자 다시 나를 감방으로 보냈다.

세 번째로 불려갔을 때, 파샤는 만나지 못했다. 시종이 나의 결정을 물었다. 어쩌면 결정을 바꿀 수도 있었다. 시종이 물었기 때문은 아니었다. 나는 그에게 지금은 개종할 준비가 되어 있지 않다고 말했다. 시종은 내 팔을 잡아 아래로 데려가더니 다른 사람에게 나를 인계했다. 꿈속에서 자주 보던 키가 크고 마른 사람이었다. 마치 힘없는 환자가 불쌍해 도와주듯 그는 내 팔짱을 끼고 정원 한구석으로 데려갔다. 그때 우리 곁으로 꿈에서조차 볼 수 없을 사람이 다가왔다. 우람한 사람이었다. 이 둘은 담벼락 밑에 멈춰 서더니 내 손을 묶었다. 그들의 손에는 그리 크지 않은 도끼가 들려 있었다. 내가 무슬림이 되지 않는다면 즉시 목을 치라는 파샤의 명령을 받았다고 했다. 순간 온몸이 얼어붙어 버렸다.

이렇게 빨리 죽을 수는 없다고 생각했다. 그들은 연민의 눈빛으로 나를 바라보았다. 나는 아무 말도 하지 않았다. 다시 물어 보지 않았으면 했지만, 잠시 후 그들은 다시 물어 왔다. 이렇게 해서 나의 신앙은 순식간에 내가 목숨을 바쳐도 좋을 존재가 되어 버렸다. 나는 자신을 소중히 여겼지만, 한편으론 개종을 강요하는 그 두 사람이 느끼는 만큼 나 자신이 불쌍했다. 다른 것을 생각하려고 애를 쓰자, 눈앞에 고향집의 뒤쪽 정원을 향해 나 있는 창문으로 보이던 풍경이 떠올랐다. 탁자 위 자개 쟁반에는 복숭아와 체리가 놓여 있었다. 탁자 뒤에는 골풀로 짠 긴 의자가 있었고, 의자 위에는 초록색 창틀과 같은 색의 새털 쿠션들이 놓여 있었다. 그 뒤로 우물가에 앉은 참새와 올리브 나무와 체리 나무가 보였다. 이것들 사이에 서 있는 호두나무의 꽤 높은 가지에는 긴 끈으로 묶은 그네가 희미한 바람에 살랑살랑 흔들리고 있었다. 그들이 다시 한 번 물어 왔을 때 나는 개종하지 않겠다고 대답했다. 그들은 앞에 있는 나무 그루터기를 가리켰다. 그리고 무릎을 꿇게 한 후 그 위에 머리를 올리게 했다. 나는 처음에는 눈을 감았지만 나중에는 떴다. 그들 중 한 명이 손에 도끼를 들었다. 다른 한 명은 어쩌면 내가 후회하고 있을 수도 있다면서 나를 일으켰다. 내게 조금 더 생각할 기회를 줘야 한다며.

내가 생각을 하고 있는 동안, 그들은 그루터기 바로 옆에 땅을 파기 시작했다. 나를 거기 묻을 거라는 생각이 들었다. 마음속에는 죽음에 대한 공포뿐 아니라, 생매장을 당할 거라는 두려움까지 밀려왔다. 그들이 무덤을 다 팔 때까지 결정을 내려야겠다고 생각하고 있는데, 그들은 구덩이를 작게 판 후 내 곁으로 왔다. 그때, 여기에서 죽는 건 아주 바보 같을 거라는 생각이 들었다. 무슬림이 될 수 있을 거라고도 생각했지만 이제는 시간이 없었다. 감옥에, 이제는 정이 든 감방에 돌아간다면, 밤새 앉아 생각하고, 아침까지는 개종을 결정할 수 있을 것 같았다. 지금 당장은 불가능하지만.

그들은 다시 나를 끌고 갔고 무릎을 꿇게 했다. 머리를 그루터기에 올리기 전에 나무 사이로 날아가듯 지나가는 누군가를 보고 놀랐다. 나였다. 수염이 긴 내가 그곳에서, 발을 땅에 대지도 않은 채 소리 없이 걸어가고 있었다. 나무 사이로 지나간 나의 모습에게 소리치고 싶었지만 목소리가 나오지 않았다. 머리가 그루터기에 눌려 있었기 때문이다. 그리하여 내게 닥쳐 올 것은 그저 영원한 수면과 별반 다르지 않을 거라고 생각하며 기다렸다. 목덜미와 등이 서늘해져 왔다. 생각하고 싶지 않았으나 떨면서 생각했다. 잠시 후 그들은 나를 일으켜 세운 후 파샤가 아주 화를 낼 거라고 했다. 내 손을 묶고 있던 밧줄을 풀어 주면서 나에게 화를 냈다. 내가 신과 마호메트의 적이라나. 그들은 나를 다시 저택으로 데려갔다.

파샤는 자신의 옷자락에 입을 맞추게 한 후 호의적으로 말했다. 목숨을 걸고 신앙을 지켰기 때문에 마음에 든다고 했다. 그러나 잠시 후 설교를 시작했다. 내가 쓸데없이 고집을 피우고 있다, 이슬람교가 더 숭고한 종교다……. 말을 하면 할수록 더욱더 화가 나는 모양이었다. 반드시 벌을 내릴 거라고 했다. 그런 후 누군가와 한 약속에 대해 설명하기 시작했다. 그 약속이 내게 일어날 나쁜 일에서 나를 구해 줄 것임을 알 수 있었다. 그가 하는 말을 듣고 파샤와 약속을 한 그 괴상한 인물이 호자라는 것을 알아차렸다. 파샤는 나를 호자에게 선물로 주었다고 했다. 처음에는 이해가 가지 않아 파샤를 쳐다보았다. 파샤는 설명했다. 나는 이제 호자의 노예이며, 그에게 노예 문서도 주었고, 나를 풀어 주고 말고는 호자의 권한이고, 이제부터는 모든 것이 호자의 뜻에 달려 있다고 했다. 파샤는 방을 나갔다.

호자가 저택 아래층에서 나를 기다린다고 했다. 그때서야 정원의 나무 사이에서 보았던 것이 그였음을 알았다. 우리는 함께 그의 집으로 걸어갔다. 그는 내가 개종을 하지 않으리라는 것을 처음부터 알았다고 했다. 벌써 나를 위해 방을 하나 준비해 놓았다고 하면서 배가 고프냐고 물었다. 죽음의 공포가 아직 가시지 않았기 때문에 아무것도 먹을 기력이 없었다. 그래도 내 앞에 놓인 빵과 요구르트를 조금 먹었다. 내가 빵 조각을 씹고 있을 때, 호자는 즐거운 표정으로 나를 바라보았다. 시장에서 새로 산 멋진 말에게 먹이를 주면서, 앞으로 말에게 시킬 일을 생각하며 기뻐하는 농부처럼 말이다. 파샤에게 선사할 시계와 우주학 이론의 세부 사항에 몰두하여 나를 잊어버릴 때까지, 나는 그의 이러한 눈길을 자주 받게 되었다.

내가 그에게 모든 것을 가르쳐 주어야 한다고 그는 말했다. 파샤에게 나를 달라고 한 것도 이 때문이었다. 내게서 모든 것을 배운 후에야 풀어 줄 수 있다고 했다. 이 '모든 것'이 무엇인지를 알기까지는 몇 달이 지나야만 했다. 그 '모든 것'은 내가 학교에서, 신학교에서 배운 것이라 했다. 내 나라에서 가르치는 모든 천문학, 의학, 공학 등 학문. 그리고 다음 날 사람을 시켜 가져오게 한 감방에 있던 내 책들에 쓰여 있는 것들도. 내가 듣고 본 모든 것도, 강, 호수, 구름, 바다에 관한 나의 생각도. 지진이 일어나고 천둥이 치는 이유도……. 자정이 가까워지자 그는 별과 행성이 가장 궁금하다고 덧붙였다. 열린 창문을 통해 달빛이 들어왔다. 달과 지구 사이에 있는 그 별의 존재 혹은 부재에 관해서 적어도 정확한 증거를 찾아야 한다고 말했다. 나는 죽음의 경계선을 넘나들던 그 하루의 두려움이 가득 찬 눈으로, 신경이 거슬리는 우리 둘의 유사점을 불가피하게 다시 확인하게 되었다. 호자는 이제 '가르치다.'라는 단어를 사용하지 않았다. 우리는 함께 연구해야 하며, 함께 찾아야 하며, 함께 걸어가야 했다.

이렇게 해서 우리는, 문틈 사이로 몰래 감시하는 집안 어른들이 집에 없을 때도 열심히 공부하는 두 명의 착실한 학생, 혹은 두 명의 의좋은 형제처럼 공부를 시작했다. 처음에는 게으른 동생에게 형을 따라잡으라는 듯이 옛날부터 알던 것을 다시 확인해 주는 좋은 형이라도 된 느낌이었다. 호자는 형이 아는 것은 별로 대단하지 않다는 것을 증명하려고 애쓰는 영리한 동생 같았다. 호자에 의하면, 우리의 지식 차이는 단지 그가 내 감방에서 가져와 집에 나란히 진열해 놓은, 내가 내용을 기억하고 있는 책 권 수 정도에 지나지 않는 것이었다. 그는 대단한 근면함과 총기로, 점점 더 능숙하게 이탈리아어를 익혔고, 여섯 달 만에 나의 모든 책을 읽어 냈다. 내가 아는 것들을 반복하여 그에게 설명한 후에는 더 이상 나의 우월함이란 건 없게 되었다. 하지만 대체로 별 가치가 없다는 걸 그 자신도 시인한 책들까지 모두 섭렵했으며, 내게 배웠던 것보다 더 자연적이고 더 심오한 곳에서 온 지식을 지닌 듯 행동했다. 공부를 시작한 지 여섯 달 만에 우리는 더 이상 함께 배우고 함께 발전하는 한 쌍이 아니었다. 그는 사고를 했고, 나는 단지 그가 사고를 하는 데 있어 작은 세부 사항들을 상기시켜 주거나, 그가 이미 아는 것들을 확인할 수 있도록 도와주었다.

지금은 잊어버린 이 '사고들'을 그는 대부분 밤에 떠올렸다. 변변찮은 저녁 식사 후, 마을의 불이 모두 꺼지고 주위가 정적에 파묻히고도 다시 많은 시간이 흐른 후에, 그는 매일 아침 두 마을을 지나 이슬람 사원에 부속되어 있는 어린이 학교로 가르치러 갔다. 일주일에 이틀은 내가 전혀 가 보지 못했던 먼 마을에 있는 사원의 시계실에 들렀다. 남은 시간은 전날 밤의 '사고들'을 구체화하거나, 그 사고들의 꼬리를 물고 늘어지며 보내곤 했다. 당시 나는 가까운 장래에 내 나라에 돌아갈 수 있을 거라는 희망을 품고 있었다. 별 관심 없이 들었던 그 세부적인 '사고들'을 가지고 호자와 논쟁을 벌이는 것은 나의 귀환을 늦추게 할 뿐이라고 생각했기 때문에 전혀 반박하지 않았다.

이렇게 처음 일 년은 상상 속의 행성의 존재 혹은 부재에 대한 증거를 찾기 위해 천문학에 몰입해 공부하면서 지냈다. 돈을 많이 써 가며 플랑드르에서 렌즈를 들여와 만든 망원경, 관측기구, 자를 가지고 연구를 시작하면서부터 호자는 상상 속의 행성 문제는 잊어버렸다. 그는 좀 더 심오한 문제를 연구하기 시작했으며, 톨레미의 천동설을 논쟁의 주제로 삼자고 했지만, 결국 하지는 않았다. 그는 말했고 나는 단지 듣기만 했다. 그는 행성이 투명한 구체에 매달려 있다는 것은 말도 안 된다고 했다. 어쩌면 행성들이 그 자리에 매달려 있도록 지탱하는 무언가가 따로 있을 거라고 했다. 예를 들면 어쩌면 보이지 않는 어떤 힘, 어쩌면 어떤 인력. 어쩌면 해처럼 지구도 다른 어떤 무언가의 주위를 돌고 있을 것이다, 하고 주장하기도 했다. 어쩌면 모든 행성은 우리가 모르는 어떤 중심의 주위를 돌고 있을 것이라고. 나중에 자신은 톨레미보다 더 포괄적으로 생각할 것이라고 하면서, 더 광범위한 우주 체계를 연구하기 위해 수많은 행성을 관찰했다. 새로운 가설을 주장하기 위해 이론을 제시했다. 어쩌면 달은 지구의 주위를, 지구는 태양의 주위를 돌고 있을 것이고, 어쩌면 금성이 중심일 수도 있다는 등. 그러나 그는 이들에 대해 금방 싫증을 냈다. 나중에는, 지금의 문제는 이러한 새로운 사고를 내놓는 것이 아니라, 행성과 그 움직임을 이곳 사람들에게 알려 주는 것이고, 이를 먼저 파샤에게 알려야 한다고 했다. 하지만 그 시기에 파샤가 에르주룸*으로 유배되었다는 것을 알게 되었다. 파샤는 실패로 끝난 음모에 가담한 것 같았다.

파샤가 유배지에서 돌아오기를 기다리던 시기에, 우리는 보스포루스 해협의 해류 발생 원인에 대한 소책자를 준비하기 위해 몇 달 동안 보스포루스 언덕에 가서 뼛속까지 파고드는 찬바람 속에서 해류의 흐름을 바라보았다. 또한 보스포루스 해협으로 흐르는 물의 온도와 물살을 측정하러 손에 용기를 들고 돌아다녔다.

우리는 파샤의 요청으로 그의 일을 보러 게브제에서 석 달 머물렀다. 그곳 사원들의 기도 시간이 일치하지 않는다는 사실은 호자에게 다른 생각을 심어 주었다. 기도 시간을 정확히 알려 주는 시계를 만들려고 했다. 그 당시 나는 '책상'이라는 것을 그에게 가르쳐 주었다. 내가 목수에게 치수를 주고 주문했던 물건이 집에 오자, 처음에 호자는 별로 좋아하지 않았다. 그 새로운 물건을 장례식을 치를 때 관을 올려놓는 돌상에 비유했다. 재수가 없다고 했다. 그러나 시간이 흐르자 의자와 책상에 익숙해졌다. 책상 앞에 앉으면 더 잘 생각할 수 있고 더 잘 쓸 수 있다고 했다. 기도 시간을 알리는 시계 제작차, 해가 도는 원호와 일치하는 타원형 톱니바퀴를 주조하기 위해 이스탄불로 돌아갈 때 책상은 당나귀 등에 얹혀 우리 뒤를 따라왔다.

책상에 마주 앉아 공부했던 그 시기에, 호자는 지구가 둥글어 낮과 밤의 시간 차이가 많이 나는 추운 나라들의 기도 시간

---

* 터키 동북부의 한 지역.

과 금식 시간을 어떻게 정해야 하는지 이해하려고 애를 썼다. 메카 이외의 지역에서, 어느 방향으로 돌을 던지든지 간에 기도 방향을 알 수 있는 지점이 존재하는지 여부에 관해서도 그는 의문을 품었다. 나는 속으로 그런 문제들을 무시했다. 내가 그 문제들에 관심을 갖지 않자 호자는 나를 경멸했다. 하지만 나는 그가 나의 '우월성과 차별성'을 느끼고 있다고 생각했다. 어쩌면 이런 자신의 생각을 내가 눈치챈 걸 알고 화를 내고 있었던 것 같기도 하다. 그래서 그는 학문에 대해 언급하며 지능에 대해서도 장황하게 말했다. 이스탄불에 돌아가면 자신의 계획을 더욱 발전시켜, 모형 하나만으로도 이해될 수 있는 새로운 우주 체계 이론과 새 시계로 파샤를 감동시킬 거라고 했다. 거기서 자신의 내부에 있는 호기심을 모두에게 진염시킬 '부활'의 씨를 심을 거라고 했다. 우리 둘 다 이를 기다리고 있었다.

3

그 당시 그는 어떻게 하면 매주가 아니라 최소한 매달 한 번만 시간을 조정해도 되는 더 큰 시계 톱니바퀴 장치를 개발할수 있을지를 궁리하고 있었다. 그의 머릿속에는 이러한 톱니바퀴 장치를 만든 후, 일 년에 한 번씩 조정해서 기도 시간을 알리는 시계를 만드는 계획이 들어 있었다. 이런 거대한 시계를 조정하는 기간이 길면 길수록 시계 톱니바퀴는 무거워질 텐데, 이를작동할 힘을 어디서 얻을까 하는 문제에 고심하고 있을 즈음, 사원의 시계실에서 일하는 친구들에게서 파샤가 에르주룸에서 돌아왔다는 소식을 들었다.

다음 날 아침 그는 파샤를 찾아가 축하 인사를 올렸다. 손님이 많았지만, 파샤는 호자에게 관심을 보였고, 그의 발명품들을 궁금해했으며, 나의 안부도 물었다. 그날 밤 우리는 시계를 전부분해하여 재조립했으며, 우주 모형에다 이것저것 추가했고, 붓으로 행성에 색을 칠했다. 호자는 듣는 사람들을 현혹시키기 위해 현란하고 시적인 언어로 글을 써서 일부를 내 앞에서 암송해 보였다. 아침 무렵에는 긴장감을 가라앉히기 위해 행성의 회전 원리에 관련된 이 글을 뒤에서 앞으로 읽었다. 그런 후 수레를 대령시켜 기구들을 싣고 파샤의 저택으로 갔다. 나는 몇 달 동안 집 안을 채웠던 시계와 모형이 말 한 마리가 끄는 마차의 짐 칸에 그리 자리를 차지하지 않는 것을 보고 놀랐다. 그는 밤늦은 시간에 집으로 돌아왔다.

파샤의 정원에 기구들을 내려놓자, 파샤는 고지식한 노인처럼 냉정하게 그 괴상한 것들을 훑어보았다. 호자는 외웠던 글을 그에게 읊어 주었다. 파샤는 나를 기억했으며, 내 기억에 선명한, 몇 년 후에 파디샤가 내게 직접 들려주었던 바로 그 말을 했다. "자네에게 이러한 것들을 가르쳐 준 사람이 그 사람인가?"라고. 파샤의 첫 반응은 단지 이뿐이었다. 호자는 파샤를 더욱 놀라게 한 반응을 보였다. "누구 말입니까?" 하지만 그는 이렇게 말한 후 곧 그 사람이 나라는 것을 깨달았다. 그는 파샤에게 내가 책을 많이 읽은 바보라고 말했다. 이런 이야기를 내게 전할 때도, 그는 내게는 관심도 없었다. 그의 머릿속은 파샤의 저택에서 일어난 일로만 가득했다. 그는 모든 것을 자신이 발명했다고 끈질기게 주장했지만, 파샤는 믿지 않았다. 파샤는 마치 죄인을 찾는 듯한 태도였고, 그 죄인은 바로 자신이 아주 아끼는 호자라는 것이 도저히 마음에 들지 않고 믿을 수도 없다는 표정이었다.

이렇게 그 두 사람은 행성에 대해서가 아니라 나에 대해서 이야기를 나눴다. 나는 호자가 이 주제에 대해 별로 이야기하고 싶어 하지 않는 것을 알고 있었다. 그들 사이에는 정적이 흘렀고, 파샤의 관심은 주위에 있는 다른 손님들에게로 옮겨 갔다. 저녁 식사 때 호자가 행성과 그의 발명에 대해 다시 한 번 말하려 하자, 파샤는 나의 얼굴을 떠올리려고 하는데 머릿속에는 호자의 얼굴만 떠오른다고 말했다. 다른 사람들도 그 자리에 있었다. 그들은 쌍둥이로 태어나는 인간들에 대해 잡담을 하기 시작했다. 그에 관한 과장된 예들, 가령 엄마도 구별 못하는 쌍둥이 형제, 서로를 보고 놀라지만 마치 홀린 것처럼 다시는 떨어지지 못하는 닮은 사람들, 무고한 사람의 신분을 도용한 도적들에 대해 이야기했다. 저녁 식사가 끝나고 손님들이 집으로 돌아갈 때, 파샤는 호자에게 남으라고 했다.

호자가 다시 설명을 시작하자, 파샤는 처음에는 별로 즐거워하지 않았을 뿐 아니라, 이해할 수 없는 복잡한 지식들 때문에 기분이 상한 듯 보였다. 하지만 호자가 외워서 읊은 글을 세 번째로 듣고, 모형에 있는 지구와 행성들이 눈앞에서 몇 번 빙빙 도는 것을 보자 무언가 이해한 것처럼 보였다. 미약하긴 해도 최소한 호기심이 발동해 호자가 설명하는 것을 주의 깊게 듣기 시작했던 것이다. 그래서 호자는 별이란 모두가 생각하는 것처럼 돌지 않는다는 것을 열띤 어조로 반복했다. 결국 파샤는 "알겠구먼. 알겠어, 그럴 수도 있겠지, 안 그럴 이유도 없지 뭐."라고 했다. 그래서 호자는 입을 다물었다.

그 후 긴 침묵이 흘렀겠구나, 하고 나는 생각했다. 창밖으로 할리치 만의 어둠을 바라보던 호자가 말했다. "파샤는 왜 거기서 멈춰 버렸지? 왜 계속 관심을 보이지 않았을까?" 만약 내게 묻는 질문이라면, 나 역시 그 답을 알지 못했다. 어쩌면 파샤가 더 이상 흥미를 보이지 않은 것에 대해 호자가 생각하는 바가 있을 거라는 생각도 들었지만 그 자신도 아무 말 하지 않았다.

마치 아무도 자기 마음과 같지 않다는 것에 불안해하는 것 같았다. 이후 파샤는 시계에 관심을 가졌고, 뚜껑을 열게 하여 톱니바퀴와 기계 장치와 추가 어떤 역할을 하는지 물었다. 그리고 어둡고 소름끼치는 뱀 굴을 헤집는 것처럼 두려워하면서도, 똑딱거리는 장치 안에 손가락을 넣었다 뺐다. 이사이 호자는 시계탑을 설명하면서, 모두 같은 순간에 기도를 할 경우 갖는 힘에 대해서 말하고 있었는데, 갑자기 파샤가 버럭 화를 내며 "그에게서 벗어나! 원한다면 독약을 먹이게, 아니면 풀어 주든지. 그러면 마음이 편해질 걸세."라고 했다. 순간 나는 두려움과 희망이 뒤섞인 눈길로 호자를 바라보았다. 하지만 호자는 '그들'이 이 일의 중요성을 깨달을 때까지 나를 풀어 주지 않겠다고 했다.

'그들'이 깨달을 그 중요성의 실체가 무엇이냐고는 묻지 않았다. 어쩌면, 직감으로 느낀 것이지만, 호자도 그것을 모른다는 것을 알게 되는 게 두려웠던 것이다. 그 후 그들은 다른 이야기를 했다. 파샤는 뾰루퉁한 표정으로 앞에 놓여 있는 것들을 무시하듯 바라보았다. 호자는 이제 파샤가 자신을 별로 달갑지 않게 여기는 것을 깨달았지만 늦은 시간까지 저택에 머물렀다. 이후 장치들을 마차에 다시 실었다. 나는 수레가 돌아오는 어둡고 고요한 길 가에 있는 집에서, 잠자리에 누워서도 잠을 이루지 못하는 누군가를 상상했다. 그 누군가는 수레바퀴 소리 사이로 들리는 커다란 시계가 똑딱거리는 소리를 들으며 상심해하고 있었다.

호자는 뜬눈으로 밤을 새웠다. 내가 꺼져 가는 촛불에 새 초를 붙이려 하자 호자는 놔두라고 했다. 내게서 무슨 말이든 듣기를 원하는 걸 알았기 때문에 나는 어둠 속에서 "파샤는 알게 될 것입니다."라고 했다. 어쩌면 그도 내가 이 말을 믿지 않는다는 것을 알 것이다. 하지만 잠시 후 응답을 했다. 자신이 할 일은 파샤가 말을 멈춰 버린 그 순간의 비밀을 푸는 거라고.

그는 이 비밀을 풀기 위해 기회가 생기자마자 곧 파샤에게로 갔다. 이번에 파샤는 기뻐하며 그를 맞이했다. 파샤는 그간의 모든 일과 의도를 알고 있다며 호자에게 좋은 말을 해 준 후에 그에게 무기를 만들라고 충고했다. "우리의 적들을 파멸시키는 무기 말일세!" 하지만 파샤는 그 무기가 어떤 것인지는 말하지 않았다. 학문에 대한 호기심을 이 방향으로 돌린다면 호자를 지원하겠다고도 했다. 물론 파샤는 우리가 기대하던 '부활'에 대해서는 전혀 언급하지 않았다. 파샤는 그에게 은화가 가득한 주머니 하나를 주었다. 우리는 집에서 주머니를 열고 은화를 세었다. 열일곱 개였다. 괴상한 숫자였다. 파샤는 이 주머니를 건넨 후, 어린 파디샤를 구슬러 호자와의 알현을 주선하겠다고 했다. 그 아이는 '이런 것'에 관심이 아주 많다고 했다. 나뿐 아니라 호자도 이런 말에 쉽사리 희망을 갖지 않았기 때문에 기대는 하지 않았는데, 일주일 후 파샤에게서 소식이 왔다. 우리가, 물론 나도 함께, 이프타르* 후에 파디샤를 알현하게 될 거라는 내용이었다.

호자는 파샤 앞에서 읽었던 글을 아홉 살짜리 아이가 이해할 수 있는 말로 고쳐서 외우는 등 준비를 했다. 하지만 어쩐지 그의 머릿속은 파디샤가 아니라 파샤가 왜 관심을 잃게 되었는가로 가득한 것 같았다. 언젠가는 이 비밀을 알아낼 거라고 했다. 파샤가 만들라고 한 무기는 어떤 것일까? 내가 말해 줄 것은 별

---

* 금식 기간 중의 저녁식사.

로 없었고, 호자 스스로 연구하고 있었다. 호자가 자정까지 방에 틀어박혀 있으면, 나는 언제 내 나라에 돌아갈 수 있을지도 더 이상 생각하지 않고, 바보 같은 아이처럼 창 앞에 앉아 그저 공상을 하곤 했다. 책상 앞에서 공부하는 사람은 호자가 아니고 나 자신이며, 내가 원하는 때에 원하는 곳으로 갈 수 있다는 상상.

저녁 무렵에 우리는 기계를 수레에 싣고 궁전으로 향했다. 나는 이제 이스탄불 거리를 좋아하게 되었다. 나 자신이 투명인간이며, 그들 사이를, 정원에 있는 커다란 플라타너스, 밤나무, 박태기나무 사이를 유령처럼 지나가는 것을 상상하곤 했다. 시종들의 도움도 받아 기계를 궁전의 두 번째 안뜰에 조립해 놓았다.

파디샤는 나이에 비해 키가 작고 볼이 빨간 사랑스러운 아이였다. 마치 장난감인 것처럼 기계를 만져 보고 있었다. 그 아이와 동료나 친구가 되고 싶다고 생각한 것이 바로 그때인지, 아니면 그 후인지, 혹은 십오 년 후에 다시 만났을 때였는지는 지금 기억해 낼 수가 없다. 하지만 그 아이에게는 부당한 일을 하면 안 된다는 것을 즉시 직감했다. 그사이 호자는 얼어붙어 있었고, 파디샤 주위에 있는 많은 사람들은 그가 말하기를 기다리고 있었다. 드디어 그는 새로운 것들도 추가해 가면서 이야기를 시작했다. 별에 대해 마치 지능이 있는 생명체인 듯 말했다. 기하학과 산술을 알고, 그 때문에 조화를 이루며 돌고 있는 비밀스러운 존재에 별을 비유했다. 때때로 아이가 고개를 들고 경이롭다는 듯 하늘을 쳐다보자, 그 아이가 감화를 받았다는 것을 깨달은 호자는 더더욱 흥분했다. 그리고 별이 매달린 채 돌아가는 투명한 구체를 보여 주며 설명을 시작했다. 금성은 여기에 있고,

이렇게 돌며, 저기 있는 커다란 것은 달이며, 그것도 다른 궤도를 따라 움직이고 있다는 등. 호자가 별들을 돌릴 때 모형에 부착되어 있던 종이 멋진 소리를 냈다. 어린 파디샤는 놀라면서 한 걸음 뒤로 물러섰다가, 용기를 내어 종소리가 나는 기구 쪽으로, 마치 마법의 상자 속으로 들어가는 것처럼 다가가 무엇인지 이해하려고 애를 썼다.

지금, 내 추억을 다듬어 과거를 만들어 내다 보니, 이 부분이 마치 어린 시절 들었던 동화나 그 동화를 그림으로 그리는 화가들이 주제로 삼을 만한 행복한 장면인 듯한 생각이 든다. 케이크처럼 생긴 지붕이 빨간 집들과 거꾸로 돌리면 눈이 내리는 유리 구슬만 없을 뿐이었다. 그 후 아이는 질문을 하기 시작했고, 호자는 성심껏 대답을 해 주었다.

이 별들은 어떻게 이렇게 공중에 매달려 있을 수 있어? 투명한 구체에 매달려 있습니다! 그 구체들은 무엇으로 만들어졌어? 자신들을 투명하게 보이게 하는 투명한 재료로요! 서로 부딪치지 않아? 아니요, 이 모형에서처럼 층을 이루어 매달려 있습니다! 이렇게 별이 많은데, 왜 그 숫자만큼의 구체는 없어? 왜냐하면 그 구체들은 아주 멀리 떨어져 있기 때문이지요! 얼마나 멀리? 아주, 아주 멀리요! 다른 별에도 돌아가면 울리는 종이 있어? 아니요, 별들이 완전히 한 바퀴를 돌았다는 것을 알 수 있도록 우리가 종을 달았습니다. 천둥이 이것과 관계가 있어? 없습니다! 그럼 무엇과 관계가 있지? 비입니다! 내일 비가 올까? 하늘을 보니 비는 오지 않겠군요! 하늘이 짐의 아픈 사자에 대해 뭐라고 해? 나을 거라고 하니 인내심을 가지고 참으셔야 합니다 등등…….

호자는 병든 사자에 대한 자신의 생각을 말하면서, 별에 대해서 말할 때 그랬던 것처럼 다시 하늘을 쳐다보았다. 호자는 집에 돌아온 후에 그런 대화는 별것 아니라는 듯 언급했다. 중요한 것은 아이가 학문과 궤변을 구별하는 것이 아니라 무엇인가를 인식하는 것이라 했다. 그는 다시 그 '인식'이라는 단어를 사용하고 있었다. 마치 인식해야 될 것이 무엇인지를 내가 인식하고 있기라도 한 듯이. 이제는 내가 무슬림이 되건 말건 별 차이가 없을 거라는 생각이 들었다. 궁전에서 나올 때 그들이 준 주머니에서는 금화가 다섯 개 나왔다. 별들에게 일어나는 일 뒤에 어떤 논리가 있다는 것을 파디샤가 느꼈음에 틀림없다고 호자는 말했다. 아! 파디샤. 시간이 흐른 후, 아주 많은 시간이 흐른 후 나는 그를 진정으로 알게 되었다! 그때 기구에서 보았던 달과 똑같은 달이 우리 집 창문에서도 보이자 나는 화들짝 놀랐다. 아이가 되고 싶었다! 호자는 참지 못하고 같은 주제로 다시 돌아갔다. 병든 사자 문제는 중요하지 않으며, 아이는 그저 동물을 좋아할 뿐이라고 했다.

다음 날 그는 방에 틀어박혀 연구를 시작했다. 며칠 후 시계와 별을 다시 마차에 실었다. 격자창 뒤의 호기심 많은 눈길을 뒤로 하고 이번에는 사원의 어린이 학교로 갔다. 밤에 돌아왔을 때는 별로 기분이 좋아 보이지 않았다. 하지만 말을 하지 않을 정도는 아니었다. "아이들도 파디샤처럼 이해할 거라고 생각했지 뭐야. 그런데 잘못 생각했어."라고 했다. 아이들은 무서워할 뿐이었고, 호자가 질문을 던지자 한 아이는 하늘 저편에 지옥이 있다고 했으며, 그렇게 말한 후 울기 시작했다.

그다음 주 내내 호자는 파디샤가 이해했다는 것에 대한 믿음을 확인하며, 그 증거들을 되뇌는 일로 시간을 보냈다. 그는 우리가 궁전의 두 번째 안뜰에서 보냈던 시간을 하나하나 상기시켰고, 내가 그 증거에 동의하게끔 했다. 아이는 영리해. 그렇습니다. 그 나이에 생각을 할 줄 알고 주위의 압력을 이겨 낼 정도의 인격을 가지고 있어. 그렇습니다. 이렇게 해서 파디샤가 우리에 대해 생각하기 전에, 우리가 먼저 그에 대해 상상하기 시작했다. 호자는 이즈음 시계에 대해서도 공부하고 있었다. 그가 무기에 관해서도 무언가 생각한다는 느낌이 들었다. 파샤가 그를 불렀을 때 무기에 대해 고심하고 있다고 말했기 때문이었다. 하지만 그가 파샤에게 희망을 걸지 않고 있다는 느낌도 들었다. 그는 파샤에 관해 "그도 다른 사람들처럼 되어 버렸어. 이제 더 이상 모르는 것을 알려고 하지 않아."라고 했기 때문이다. 일주일 후 파디샤가 다시 불러 그는 궁전으로 갔다.

파디샤는 기쁜 표정으로 호자를 맞이했다. "내 사자가 다 나았어. 네가 한 말이 맞아."라고 하며. 그러고는 시종들을 거느리고 함께 정원으로 나갔다. 파디샤는 연못에 있는 물고기들을 보여 주면서 호자에게 소감을 물었다. 이 소감을 내게 다시 말해 줄 때 호자는 "빨간색이더군. 다른 말이 떠오르지 않았어."라고 했다. 하지만 그 순간 호자는 물고기들의 움직임에서 어떤 질서를 느꼈다. 마치 자기들끼리 말을 하고 그 질서를 지키려고 노력하는 것 같았다. 호자는 파디샤에게 물고기들이 영리한 것 같다고 했다. 파디샤에게 계속해서 그의 어머니의 충고를 상기시키는 환관 옆에 있던 난쟁이가 이 말에 웃자 파디샤는 그를 꾸짖었다. 이에 대한 벌로 파디샤가 마차를 타고 갈 때 그 붉은 머리 난쟁이는 데려가지 않았다.

일행은 마차를 타고 사자 우리가 있는 아트 메이단*으로 갔다. 파디샤는 호자에게 사자, 표범, 호랑이를 하나하나 보여 주었다. 동물들은 옛 교회 기둥에 쇠사슬로 묶여 있었다. 파디샤는 호자가 전에 회복될 거라고 했던 사자 앞에 멈춰 섰다. 아이는 먼저 사자와 이야기를 하고 호자에게 사자를 소개했다. 그 후 한구석에 누워 있는 다른 사자에게로 다가갔다. 다른 놈들처럼 더러운 냄새가 나지 않는 그 사자는 새끼를 뱄다고 했다. 파디샤는 눈을 반짝이며 물었다. "이 사자는 새끼를 몇 마리 낳을까? 암놈은 몇 마리, 수놈은 몇 마리가 나올까?"

당황한 호자는 나중에 내게 "내가 실수했지."라고 말했던 일을 저질렀다. 그는 파디샤에게 천문학에 대해서는 알지만 점성술사는 아니라고 대답했다. 이에 아이는 "그렇지만 너는 황실 점성술사 휘세인 에펜디보다 더 잘 알던걸!" 하고 대꾸했다. 호자는 대답을 못했고, 주위에 혹 듣는 사람이 있어 이 말이 휘세인 에펜디의 귀에 들어갈까 두려워했다. 화가 난 파디샤는 그렇다면 호자는 아무것도 모르느냐, 별들은 뭣 때문에 쓸데없이 관측하느냐고 추궁했다.

이에 호자는, 나중에 하려 했던 이야기를 그 자리에서 할 수밖에 없었다. 별에게서 아주 많은 것을 배웠고, 그 배움에서 아주 유용한 결론을 도출했다고 했다. 눈을 크게 뜨며 듣는 파디샤의 침묵을 좋은 기회라고 해석하며, 별들을 관측할 천문대를 만들어야 한다고 말했다. 이 세상 사람이 아닌 파디샤의 조부 아흐메트 1세의 조부 무라트 3세가 구십 년 전에 명을 내려 타

---

* 이스탄불의 한 지역으로 '경마장'이라는 의미.

키유던 에펜디*에게 만들게 했다가, 나중에는 관심을 기울이지 않아 허물어진 그 천문대 같은 것, 아니 그보다 더 발달된 것이 있어야 한다고 했다. 단지 별들만이 아니라, 모든 세상, 강과 바다, 구름과 산, 꽃과 나무는 물론 동물을 관찰하는 학자들도 모두 모여서 그들이 연구한 것들을 토론해 가며 발전시킬 수 있는, 그래서 우리의 지식을 넓힐 수 있는 과학원 같은 것을 세워야 한다고 말했다.

나도 처음 들었던 이 계획을 파디샤는 마치 감미로운 동화를 듣듯이 경청했다. 파디샤는 마차를 타고 궁전으로 돌아갈 때 다시 한 번 그에게 물었다. "사자가 암수 몇 마리를 낳을 것 같아?" 호자는 파디샤가 이것을 다시 물을 거라고 예상했기 때문에 이번에는 "태어날 새끼들은 암수 숫자가 같을 겁니다!"라고 했다. 호자는 이 말이 전혀 위험하지 않다고 말했다. "그 바보 같은 아이를 내 손아귀에 넣을 거야. 난 황실 점성술사인 휘세인 에펜디보다 더 능력이 있어."라고 했다. 그가 파디샤에 대해 말할 때 '그 바보 같은 아이'라고 하는 것이 놀라웠다. 이유는 모르겠지만 나는 호자에게 화가 났다. 그 당시 나는 따분하여 집 안을 청소하며 시간을 보내고 있었다.

호자는 이 말을 모든 구멍에 맞는 마법의 열쇠처럼 사용하기 시작했다. 바보들이기 때문에 머리 위에서 떠다니는 별을 보면서도 아무 생각을 하지 않는다는 둥, 바보들이기 때문에 배우기도 전에 그것이 어디에 쓰이는지를 먼저 묻는다는 둥, 바보들이기 때문에 세부적인 것이 아니라 요약에 관심을 갖는다는 둥, 바

---

* 1521~1585. 오스만 제국 당시 최초로 이스탄불에 천문대를 세운 천문학자.

보들이기 때문에 서로 닮았다는 둥……. 몇 년 전 내 나라에서는 이런 식으로 말하는 것을 별로 좋아하지 않았지만, 나는 호자에게 아무 말도 할 수가 없었다. 어차피 그 당시 그는 내가 아니라 바보들에게 관심이 있었으니까. 나도 바보 같은 행동을 하고 말았다. 한번은 달리 할 말이 별로 없어서 그에게 내가 꾼 꿈을 말한 적이 있었다. 그가 나 대신 우리 나라에 가서 내 약혼녀와 결혼을 했는데, 그 결혼식에서 아무도 그가 내가 아닌 것을 알아차리지 못했다. 나는 터키 전통 의상을 입고 구경을 하다가 어머니와 행복한 약혼녀와 만났다. 어머니와 약혼녀는 내가 누구인지도 모르고 등을 돌린 채 사라져 갔다. 나는 눈물을 흘리며 꿈에서 깨어났다.

그사이 호자는 파샤의 저택에 두 번 더 갔다. 파샤는 호자가 자신도 모르는 사이에 파디샤와 친분을 맺는 것을 좋아하지 않는 것 같았다. 파샤는 호자를 추궁했다. 파샤가 나에 대해 물었고, 나에 대해 조사를 했다는 것은 아주 나중에야, 파샤가 이스탄불에서 유배된 후에야 내게 말해 주었다. 그렇지 않았다면 독살당할 거라는 공포로 가득 찬 나날을 보냈을 것이다. 그래도 파샤가 호자보다는 내게 관심을 갖는다고 느꼈다. 호자와 나 사이의 유사성에 대해, 파샤가 나보다 더 초조해하는 것에 우쭐해졌다. 그 당시에 호자는 이 유사성에 대해 전혀 알고 싶어 하지 않았던 것 같다. 이 유사성은 내게 이상한 용기를 주는 비밀 같은 것이었다. 단지 이 유사성 때문에 호자가 살아 있는 한은 내가 위험으로부터 멀리 떨어져 있는 거라고 생각하기도 했다. 어쩌면 이 때문에 그가 파샤를 바보들 중 하나라고 했을 때 그 의견에 반대했는지도 모른다. 그러면 호자는 화를 냈다. 그가 나를 무시하지 못할 뿐 아니라, 내게 열등감을 느낀다는 걸 감지했고, 나는 뻔뻔스럽게 행동하게 되었다. 뜬금없이 파샤의 안부를 묻거나, 파샤가 우리 둘에 관해 무슨 말을 했는지를 물었다. 자신도 확실히 모르는 어떤 이유로 호자는 화를 내곤 했다. 그러면서 그는 고집스럽게 이런 말을 되풀이했다. 파샤도 제거될 것이고, 곧 예니체리*가 무슨 일을 벌일 것이며, 궁 안에서도 모종의 음모가 진행 중인 것이 느껴진다고. 그렇기 때문에, 만약 파샤의 명령대로 무기를 제조하더라도, 그저 일시적으로 왔다 사라져 버리는 일개 고관이 아니라, 파디샤에게 바치기 위해 만들어야 한다고 했다.

이즈음 그는 이 확실치 않는 무기 제조 계획에 열을 올리는 것 같았다. 그렇지만 진전은 없는 것 같았다. 만약 있었다면, 나를 애써 무시하려 하면서도 내가 어떻게 생각하는지를 알아보려고 자신의 계획을 말해 줄 거라 확신했다. 이삼 주에 한 번씩 가는 악사라이**에 있는 그 집에서 음악을 듣고 여자들과 동침을 한 후 돌아오는 길이었다. 호자는 내게 아침까지 일할 거라고 했다. 그리고 여자들에 대해 물었다. 우리는 여자들에 대해 전혀 얘기해 본 적이 없었다. 그러곤 갑자기 "생각 중인데 말이야……."라고 말을 꺼냈다. 그러나 무엇을 생각하는지는 말하지 않은 채, 집에 오자마자 방에 틀어박혀 꼼짝하지 않았다. 나도 이제는 책장조차 넘기기 귀찮은 책들에 묻혀 그를 생각했다. 그는 여전히 진전시키지 못하는 어떤 계획이나 아이디어를 짜고 있을 것이고, 아직도 익숙하지 않은 책상 앞에서 빈 종이를 바

---

* 오스만 제국 시대 파디샤의 상비군. 1826년까지 정예부대로 활약했다.
** 이스탄불의 한 지역.

라보며, 몇 시간 동안 수치심과 분노를 느끼며 그저 앉아 있을 것이다.

그는 자정이 훨씬 지나 방에서 나왔다. 작은 문제에 부딪힌 학생이 도움을 구하며 수줍어 조심스러워하듯이 나를 안으로, 책상 앞으로 불렀다. 그는 전혀 주저하지 않고 내게 "도와줘. 함께 생각해 보자, 혼자서는 진전이 없어."라고 했다. 한순간, 여자와 관련된 일이라 생각하며 입을 다물었다. 내가 멍청하게 쳐다보고만 있자 심각하게 "바보들에 대해서 생각하고 있어. 왜들 그렇게 멍청하지?"라고 묻고는 나의 대답을 이미 안다는 듯이 덧붙였다. "그래, 바보가 아니라고 치자. 하지만 그들의 머릿속은 무언가 모자라." 나는 '그들'이 누구냐고 묻지 않았다. "그 지식을 머릿속의 어느 곳에 새겨 둘 수 없을까?"라며 마치 어떤 단어를 찾는 것처럼 주위를 둘러보았다. "머릿속에 상자, 상자들, 저 서랍장의 서랍처럼 복잡한 것들을 넣을 수 있는 구석이 있을 법한데, 그런 것이 없는 것 같아. 무슨 말인지 알겠어?" 자신이 무엇인가를 이해했다고 믿고 싶었으나 별 소용이 없었다. 우린 한동안 아무 말도 하지 않았다. 드디어 그는 "사람이 왜 이런지 또는 왜 저런지 누가 알 수 있겠어." 하고 말했다. 그러고는 "아, 네가 진짜 의사여서 우리 몸, 우리 몸속과 머릿속을 내게 가르쳐 준다면……." 하고 말하기도 했다. 그는 조금 무안해하는 것 같았다. 나를 두렵게 하지 않기 위해 태연한 척 설명했다. 포기하지 않겠다고 했다. 끝까지 가겠다고 했다. 그 이유는 끝이 어떤 것인지 알고 싶기도 하고, 그 외에 마땅히 다른 할 것이 없기 때문이기도 하다고 했다. 나는 이해할 수가 없었지만, 그가 이 모두를 내게서 배웠다고 생각하니 마음은 뿌듯해졌다.

나중에는 마치 우리 둘 다 그 의미를 아는 것처럼 그는 그 말을 자주 썼다. 하지만 단호함 속에는 자주 질문을 하며 환상을 꿈꾸는 학생의 목소리가 배어 있었다. 끝까지 가겠다, 하고 말할 때마다 나는 그에게서 자신에게 일어난 일들의 이유를 묻는, 어쩔 수 없는 사랑에 빠진 사람의 슬프고 분노에 찬 저주를 보는 것 같았다. 그 당시에 그는 이런 말을 더 자주 했다. 예니체리가 반란을 준비하고 있다는 것을 알았을 때도 그런 말을 했다. 사원 부속 어린이 학교 학생들이 별보다는 천사에 대해 더 궁금해한다고 말한 후에도 그런 말을 했다. 돈을 많이 주고 산 필사본을 반도 채 읽지 못하고 화를 내며 구석으로 던져 버린 후에도, 이제는 그저 습관처럼 만나고 있는 사원 시계실 친구들과 헤어진 후에도 그런 말을 했다. 잘 데워지지 않은 목욕탕에서 갔다가 감기에 걸려서, 자신의 주위와 꽃무늬 이불 위에 펼쳐놓은 애지중지하던 책과 함께 침상에 누운 후에도 그런 말을 했으며, 기도를 올리기 전 사원의 안뜰에서 손발을 씻는 사람들의 바보 같은 대화를 듣고도 그런 말을 했다. 터키 전함이 베네치아인들에게 패배했다는 소식을 들은 후에도, 결혼할 나이가 지났다며 그를 결혼시키려고 방문한 마을 사람들의 말을 인내심을 갖고 들은 후에도 그런 말을 또 반복했다. 끝까지 가겠다는 말을.
　　지금 생각해 본다. 이 글을 마지막까지 읽을 사람들 가운데, 모든 사건 혹은 내가 상상하면서 쓴 모든 것을 인내를 가지고 읽을 독자들 가운데, 과연 호자가 이 약속을 지키지 않았다고 할 수 있는 사람이 있을까?

4

여름이 끝날 무렵 어느 날, 황실 점성술사 휘세인 에펜디의 시체가 이스틴예*에서 발견되었다는 소식을 들었다. 그를 처형하라는 명령을 마침내 파샤가 받아 냈던 것이다. 휘세인 에펜디는 은신처에서 얌전히 있지 않았고, 사득 파샤가 곧 죽을 거라는 점괘를 써서 여러 곳에 보냈기 때문에 은신처가 노출되었던 것이다. 그가 아나톨리아**로 건너가려 할 때 사형 집행인이 그가 탄 나룻배를 사로잡아 익사시켰다. 그의 전 재산이 압수된 사실을 알고 호자는 점성술사의 서류와 책과 노트를 입수하기 위혜 행동을 개시했다. 호자는 그동안 모았던 돈을 전부 뇌물로 썼다. 집으로 가져온 궤짝 가득한, 수천 장에 이르는 자료를 일주일 만에 독파한 어느 날 밤, 그는 화를 내며 자신은 이보다 더 뛰어난 것들을 할 수 있다고 말했다.

---

* 이스탄불의 유럽 쪽 바닷가에 위치한 지역.

** 터키의 소아시아 지역.

그가 일에 착수하자 나도 그를 거들었다. 파디샤에게 선사하기로 한 『동물의 일생』과 『괴상한 동물들』이라는 두 책자를 완성하기 위해, 나는 그에게 이탈리아 엠폴리에 있는 우리 집의 넓은 정원과 초원에서 보았던 아름다운 말, 평범한 당나귀, 토끼와 도마뱀에 대해 설명해 주었다. 호자가 내 상상력에 굉장히 한계가 있다고 해서, 나는 연꽃이 피어 있는 우리 집 연못에 사는 수염 난 프랑스산 개구리와 시칠리아 방언으로 말하는 푸른색 앵무새, 짝짓기 하기 전에 마주 앉아 서로의 털을 핥아 주는 다람쥐를 떠올려 가며 자세히 설명해 주었다. 파디샤는 개미들의 생태에 큰 관심을 보였지만, 궁전 첫 번째 안뜰이 지나치게 깨끗해서 충분한 지식을 얻지 못했고, 우리는 이에 대해 오랫동안 심혈을 기울여야 했다.

  호자는 개미의 체계적이며 논리적인 생태를 집필하면서 우리가 어린 파디샤를 교육시킬 거라는 꿈을 키워 갔다. 그러기 위해서는 우리가 아는 검은 개미로는 충분치 않았고, 그래서 아메리카에 분포해 있는 불개미의 생태에 관해서도 서술했다. 결국 그는 아메리카라는 뱀이 많은 땅에 살면서 자신들의 삶을 전혀 변화시키지 않는 멍청한 원주민들에게 일어난 슬프고도 교훈적인 책을 쓰게 되었다. 그리고 어린 왕이 동물과 사냥에만 몰두하고 학문에는 관심을 갖지 않아, 결국 스페인 이교도들에 의해 말뚝에 박혀 죽었다는 내용을 쓸 거라고 내게 자세히 말해 주었다. 하지만 내 생각에 그는 이 책을 끝낼 용기가 없었던 것 같다. 날개 달린 물소, 다리가 여섯 개 달린 소, 머리가 두 개 달린 뱀을 좀 더 잘 보여 주기 위해 세밀화가에게 그리게 했는데도, 우리 둘 다 만족하지 못했다. 그는 그림을 보며 "옛날에는 모든 게 이렇게 평면적이었어. 지금은 모든 게 삼차원적이야, 진짜 그림자가 있어. 봐, 가장 하찮은 개미조차도 등으로 쌍둥이를 운반하는 것처럼 인내심을 가지고 자신의 그림자를 운반하고 있잖아."라고 했다.

파디샤가 그에게 전혀 연락을 주지 않아서, 그는 파샤 편으로 파디샤에게 책을 보내기로 했다. 하지만 그 결정에 대해 그는 나중에 무척 후회했다. 파샤는 점성술이 궤변이라고 하면서, 황실 점성술사 휘세인 에펜디가 자신의 능력 밖의 주제 넘는 일에 개입했으며 정치적 음모를 꾸몄다고 말했다. 지금 공석이 된 황실 점성술사 자리를 호자가 눈독 들이고 있다고 의심했으며, 학문이라는 것을 신뢰하기는 하지만 그것은 별이 아니라 무기와 관련이 있어야 한다고도 했다. 황실 점성술사 자리는 재수가 없는 직책이라고들 하는데, 그 자리에 있던 모두가 결국 살해되거나, 더 심하면 어느 날 쥐도 새도 모르게 사라진 것만 봐도 그렇다는 것이었다. 그러니, 그가 아주 좋아하고, 학문적인 재능이 있다고 생각하는 호자가 이런 임무를 맡는 것을 절대 원치 않는다고 했다. 그리고 사실 황실 점성술사 임무는 그 일을 필요한 만큼만 할 수 있을 정도로 멍청하고 순진한 스트크 에펜디가 맡을 거라고도 했다. 호자가 죽은 점성술사의 자료를 입수했다는 얘기를 들었는데 그런 일에 관심을 갖지 않았으면 한다고 했다. 호자는 그에게 학문 이외의 것에는 관심이 없다고 하면서, 파디샤에게 전해 줄 책자를 건넸다. 그날 저녁, 그는 학문 이외에 다른 아무것에도 관심을 갖지 않겠지만, 그 학문을 하기 위해 필요한 것은 절대 포기하지 않겠다고 말했다. 그가 했던 첫 번째 일은 파샤를 저주하는 것이었다.

그다음 달, 우리의 상상력이 담겨 있는 형형색색의 동물에 대해 아이가 어떤 반응을 보일지 궁금해하고 있을 무렵, 호자는 여전히 궁전에서 왜 자신을 부르지 않는지를 생각하고 있었다. 그러던 중 드디어 궁전에서 그를 사냥에 초대했다. 그는 파디샤의 곁으로 갔고, 나는 멀리서나마 이를 구경하려고, 캬으트하네 냇가에 있는 미라호르 별장으로 갔다. 사람들이 많았다. 보스탄즈 바시*는 모든 준비를 해 놓고 있었다. 토끼와 여우를 놓아주고 그 뒤에 사냥개를 풀었다. 토끼 한 마리가 무리에서 이탈해 냇물로 뛰어들었고 우리는 모두 그것을 구경했다. 헤엄 쳐서 강 건너편에 도달할 즈음 수비대가 그곳에 사냥개를 풀어놓으려 한다는 걸 멀리서도 들을 수 있었다. 파디샤는 "토끼를 놓아주어라."라고 하면서 토끼를 쫓는 걸 허락하지 않았다. 그런데 우연히도 들개 한 마리가 그곳에 있다가 다시 물속으로 뛰어 들어간 토끼를 재빨리 따라가 잡았다. 수비대가 즉시 몰려가 개의 입에서 토끼를 빼앗아 파디샤의 앞으로 가져왔다. 아이는 당장 토끼를 검사케 했으며, 심각한 상처가 없는 걸 보고 기뻐했다. 토끼를 산으로 데려가 놓아주라고 명령했다. 잠시 후 호자와 붉은 머리 난쟁이 등 많은 이들이 파디샤의 주위에 모였다.

　그날 밤 호자는 무슨 일이 있었는지 설명해 주었다. 파디샤는 이 사건을 어떻게 해석하느냐고 모두에게 물었다고 한다. 모두가 말하고 난 뒤 호자 차례가 왔고, 전혀 얘기치 않았던 곳에서 적들이 나타날 것이지만 파디샤는 아무런 사고 없이 그 위험을 넘길 거라고 말했다. 적이나 생사 문제를 언급하는, 게다가 파디샤

---

* 오스만 제국의 궁전 및 도시 보안을 담당했던 수비대 '보스탄즈'의 대장.

와 토끼를 같은 선상에 놓는 이런 해석이 나쁘다고 말하는 사람들이 나왔다. 그중에는 새로 임명된 황실 점성술사 스트크 에펜디도 있었다. 하지만 파디샤는 모두에게 입을 다물라고 했으며, 호자의 말을 새겨들을 거라고 했다. 그 후 독수리가 매의 집단 공격을 받아 목숨을 걸고 싸우는 장면, 성난 사냥개들이 갈기갈기 조각내 버리는 여우의 슬픈 최후를 구경하고 있을 때, 파디샤는 사자가 암수 한 마리씩 새끼를 낳았으며, 동물에 관한 책이 아주 마음에 들었다고 말했다. 그리고 나일 강 주변의 초원에서 볼 수 있는 푸른 날개가 달린 황소와 분홍색 고양이에 대해 물었다. 호자는 아찔한 승리감과 두려움이 섞인 이상한 기분이 들었다.

궁전에서 무슨 일이 일어났다는 소식은 이로부터 한참 후에 들려왔다. 쾨셈 술탄*이 예니체리 장교들과 결탁해서, 파디샤와 그의 어머니를 죽이고 그 자리에 쉴레이만 왕자를 앉히려는 음모를 꾀했으나 실패했던 것이다. 쾨셈 술탄을 코와 입에서 피가 날 때까지 목을 졸라 죽였다. 호자는 사원의 시계실에 온 멍청한 친구들의 뒷공론을 통해 이 사건을 알았다. 그는 학교에 가는 것 말고는 집 밖으로 나가지 않았다.

그는 가을에는 잠깐 다시 천체학 이론을 다루려 했지만 절망에 빠지고 말았다. 관측소가 필요했기 때문이었다. 게다가 바보들이 별에게 무관심하듯, 별들도 바보들에게 관심을 갖지 않았다. 겨울이 왔다. 흐린 날들이 시작되었다. 어느 날 파샤가 파면

---

* 오스만 제국에서 '술탄'은 일반적으로 통치자, 군주를 의미하나 그 외 왕가의 공주, 왕자, 파디샤의 어머니, 파디샤의 부인 등에게 부여하는 칭호이기도 하다. 쾨셈 술탄은 파디샤의 친할머니이다.

되었다는 것을 알게 되었다. 그도 교살하려 했지만 파디샤의 어머니가 동의하지 않아 재산만 몰수하고 에르진잔*으로 귀양 보냈다고 한다. 그리고 이후에 그에 관해서는 죽음 이외에 다른 소식을 듣지 못했다. 호자는 이제 아무도 두렵지 않다고 했다. 그 누구에게도 신세진 것이 없다고 했다. 호자가 이렇게 말할 때 나는 내게서 무엇을 배웠는지에 대해 어느 정도 확신이 있는지는 알 수 없었다. 아이 그리고 그 아이의 어머니도 신경 쓰지 않는다고 했다. 이제는 '영광이 아니면 죽음'이라는 식이었다. 하지만 집에서는 책에 파묻혀 얌전히 앉아 있었고, 아메리카의 불개미에 대해 얘기하면서 새로운 개미록을 완성할 계획을 구상하고 있었다.

이전에 살았던 그리고 이후에 살아갈 많은 사람들처럼 우리도 집에서 겨울을 보냈다. 아무 일도 일어나지 않았다. 추운 겨울밤에 삭풍이 문과 굴뚝을 통해 들어오는 집의 아래층에서 새벽까지 이야기를 나누며 앉아 있었다. 그는 나를 얕잡아 보지 않았다. 어쩌면 이제는 얕잡아 보는 척하는 것도 귀찮은 모양이었다. 궁전이나 궁전 측근들 그 아무도 그를 찾지 않기 때문에 이러한 친근감이 생겼다고 나름대로 해석했다. 우리의 유사성을 그가 나만큼 보았을 거라고 생각할 때도 있었다. 이제는 나를 바라보며 자신을 보고 있다고 생각하지 않았을까 궁금해졌다. 그는 무슨 생각을 하고 있을까? 우리는 얼마 전에 동물에 관한 책을 다 썼다. 하지만 호자는 파샤가 유배된 이후, 궁전을 출입하는 그 누구와도 만나고 싶어 하지 않았기 때문에 그저 책상

_____

* 터키 북동쪽의 한 지역.

66

앞에 앉아 있었다. 나는 때때로 할 일 없이 지나가는 날들이 지루해 책을 폈고, 내가 그린 보라색 메뚜기, 날아다니는 물고기를 보면서 파디샤가 읽는다면 어떤 생각을 할까 궁금해했다.

궁전에서는 봄이 올 무렵에야 호자를 불렀다. 아이는 호자를 보자 기뻐했다. 호자가 말한 바에 의하면, 아이가 행동하고 말하는 걸 봤을 때 자신을 많이 생각했지만 주위에 있는 바보들의 압력 때문에 궁전으로 부르지 못했다는 걸 알 수 있었다. 파디샤는 즉시 친할머니의 계략에 대해 말을 꺼냈다. 호자가 그 위험을 예언했을 뿐 아니라, 이 위험한 상황을 온전하게 모면하리라는 것도 예측했다고 말했다. 그날 밤, 아이는 궁전에서 그의 목숨을 앗아 가려 했던 사람들의 고함 소리를 들으면서도 전혀 무섭지 않았다고 한다. 왜냐하면 잔인한 개가 토끼를 물어뜯지 못했던 일이 떠올랐기 때문이었다. 파디샤는 호자를 칭찬한 후, 호자에게 적당한 곳에 수입원을 하사할 것을 명했다. 호자는 다른 예언을 하기도 전에 그곳을 나와야만 했는데, 수입원 증서는 여름이 끝날 무렵 수여하겠으니 기다리라고 했다.

호자는 기다리는 동안 곧 얻게 될 수입원을 믿고 뜰에 소규모 관측소를 세우려는 계획을 짰다. 구덩이를 어느 정도 파야 할지와 기구 설치 비용을 계산하는 중에, 타키유딘의 관측의 결과를 집성한 그러나 형편없는 글씨로 쓰인 책 한 권을 한 고서점에서 발견했다. 그 관측이 맞는지 확인하는 데 두 달이 걸렸지만, 어떤 것이 자신의 값싼 기구에서, 어떤 것이 타키유딘의 관측에서, 어떤 것이 악필로 쓴 서기의 부주의에서 유래했는지를 알아내지 못한 채 화를 내며 그만두었다. 그의 신경을 더욱 건드린 것은, 삼각 도형 사이에 그 책의 전 주인 가운데 누군가 적어

놓은 운율과 각운이 있는 시 구절이었다. 알파벳을 수치로 표현하는 등의 방법으로 세상의 미래에 대해 겸손하게 관찰한 내용도 있었다. 마지막에는, 여자아이 네 명이 생길 것이고, 남자아이도 하나 낳을 것이며, 무고한 사람들과 죄 많은 사람들을 구분 지을 흑사병이 돌 것이고, 이웃집의 바하딘 씨는 죽을 거라고 쓰여 있었다. 호자는 처음에는 이 예언을 읽고 즐거워하는 듯 보이다가, 나중에는 절망감에 사로잡혔다. 우리의 머릿속에 관해, 기이하고 두려울 정도로 단호하게 말했던 것이다. 마치 뚜껑을 열고 속을 들여다볼 수 있는 궤짝에 대해, 방 안에 있는 서랍에 대해 언급하는 것처럼 말했다.

파디샤가 약속한 수입원은 여름의 끝은 고사하고 겨울로 접어들 때까지도 결정되지 않았다. 이듬해 봄에야 새로 토지 등록을 해야 하기 때문에 더 기다려야 한다는 연락이 왔다. 그 즈음에는 자주는 아니지만 그래도 가끔 궁전으로 불려 갔다. 금이 간 거울이나 야스아다 공터에 떨어진 번개, 갑자기 산산조각이 난 체리 주스가 가득 담긴 빨간 병을 어떻게 해석해야 할지에 대해, 마지막으로 썼던 책에 실린 동물에 대한 파디샤의 질문에 대답을 했다. 집에 돌아와, 아이가 사춘기로 접어들었다고 말하곤 했다. 사람이 가장 예민한 시기라고 했다. 그러곤 파디샤를 손아귀에 쥐겠다고 덧붙였다.

이러한 목적을 가지고 그는 아주 새로운 책을 준비하기 시작했다. 그는 내게 아스텍인들의 최후와 코르테스에 대한 이야기를 들은 적이 있었다. 그의 머릿속에는, 학문을 무시했기 때문에 말뚝에 박혀 죽은 불쌍한 어린 왕의 이야기가 예전부터 자리 잡고 있었다. 선한 사람들이 졸고 있을 때, 대포와 기구와 무기로 그들을 굴복시키고 자신의 규율을 따르도록 하는 부도덕한 사람들에 대해 그는 말하곤 했다. 그러나 방에 틀어박혀 써 내려갔던 것은 오랫동안 내게 보여 주지 않았다. 내가 먼저 관심을 보이기를 기다린다는 것을 느낄 수 있었다. 그러나 그 즈음 갑자기 나에게 덮쳐 온 고국에 대한 향수병은 그를 향한 적의만 키워 갈 뿐이었다. 나는 호기심을 억제했다. 값이 쌌기 때문에 사서 읽었던, 책장이 찢어진 질 나쁜 책과 내 이야기에 기초하여 쓴 그의 창조적인 생각이 다다른 결과가 궁금하지 않은 척했다. 이렇게 해서, 그가 자신에 대한 그리고 나중에는 그 당시 쓰려고 했던 것에 대한 믿음을 천천히 상실하는 것을 나는 날마다 즐겁게 구경했다.

그는 서재로 만든 위층 작은 방에 올라가 내가 만든 책상에 앉았다. 물론 구상은 했을 것이다. 하지만 쓰지는 못했다. 그가 쓰지 못하고 있는 것을 나는 느끼고 있었다, 아니 알고 있었다. 내 의견을 모르는 채로 독자적으로 써 내려갈 용기가 그에게는 없다는 걸 나는 알고 있었다. 내가 그를 우습게 여겼기 때문에 그가 자신을 믿지 못했던 것은 아니다. 그는 사실 나 같은 사람들, '그들', 내게 모든 지식을 가르쳐 준 내 머릿속 그 상자를, 그 지식의 서랍을 채워 준 '다른 사람들'의 생각을 배우고 싶어 했다. '그들'은 이 상황에서 무엇을 생각할까? 내게 묻고 싶어 안달이 났지만 묻지 못하는 것은 바로 이것이었다! 자존심을 팽개치고 용기를 내어 내게 물어보기를 나는 얼마나 기다렸던가! 하지만 그는 묻지 않았다. 나는 그가 그 책을 끝냈는지 알 수 없었다. 얼마 뒤 그 책 집필을 그만두고는 다시 그 '바보들' 타령을 시작했다. 그들이 왜 그렇게 바보 같은지를 이해하고, 그들의 머릿속이 왜 그런지를 알아서 그것에 의거하여 생각하면 진짜 학문을 이룰 수 있다고 했다. 기다리던 청신호를 궁전에서 받지 못한 절망 때문에 같은 것을 반복하고 있구나, 하는 생각이 들었다. 시간은 덧없이 흘러갔고, 파디샤의 사춘기는 그에게 별로 도움이 되지 못했다.

쾨프륄뤼 메흐메트 파샤가 총리 대신이 되기 전 해의 여름, 결국 호자는 수입원을 받게 되었다. 그것도 원하는 곳을 선택해서. 게브제 근처에 있는 방앗간 두 곳과, 거기서 두 시간 걸리는 곳에 있는 두 마을의 수입을 갖게 되었다. 우리는 추수 때 게브제에 갔다. 우연의 일치로, 예전 빈집에 세를 들었다. 하지만 호자는 과거 우리가 그곳에서 함께 지냈던 세월과 내가 목수에게 가져오라고 했던 책상을 혐오스럽게 바라보던 날들은 잊어버렸다. 마치 집과 함께 그의 추억도 퇴색되고 추해진 것 같았다. 어차피 그는 과거에는 전혀 관심이 없을 정도로 조급해했다. 마을에 몇 번 가서 조사를 하고 지난해의 수입을 알아보았다. 사원의 시계실에 있는 친구들에게 소개받은 타르훈주 아흐메트 파샤 덕택에, 수입원 계산을 더 간결하게 하고 쉽게 알아볼 수 있는 장부 정리 방법을 찾았다고 선언했다.

하지만 이 독창적이고 유용한 발견을 스스로도 별로 믿지 않았고 만족하지도 못했다. 옛 집의 뒤뜰에서 하늘을 보며 앉아 할 일 없이 지냈던 밤들이 그의 마음속에 있는 천문학에 관한 열정을 다시 불살랐기 때문이었다. 그가 자신의 아이디어를 좀 더 진전시킬 수 있을 거라 생각하며 나도 그에게 용기를 북돋아 주기도 했다. 그러나 그의 의도는 관찰하거나 생각하는 것은 아니었다. 마을과 게브제에서 만났던 영리한 청년과 어린이 들을 가장 고차원의 학문을 가르쳐 준다며 집으로 불렀다. 나를 이스탄불로 보내 모형과 종을 가져오게 해 수리를 하고 기름을 친 뒤 뒤뜰에서 조립했다. 그리고 어느 날 밤, 어디서 얻었는지 모를 희망과 열정으로, 몇 년 전에 파샤 그리고 후에 파디샤에게 설명했던 천체 이론을 더하지도 빼지도 않고 그대로 연변을 토하며 설명했다. 자정이 되어 질문 하나 하지 않고 자기 집으로 돌아간 사람들과 천문학에 대한 희망이 마지막으로 꺾이는 데에는, 다음 날 아침, 아직 미지근한 피가 스며 나오는 저주를 퍼부은 양의 심장을 문 앞에서 발견하는 것으로 충분했다.

그러나 그는 이 패배 또한 그렇게 심각하게 받아들이지 않았다. 물론 그들이 지구와 별이 어떻게 도는지를 이해할 사람들도 아니었고, 지금 당장 이해할 필요도 없었다. 이해할 필요가 있는 사람은 이제 사춘기가 끝나고 있었다. 어쩌면 그는 우리가 없을 때 우릴 찾았을지도 모른다. 우리는 이곳에서, 추수 후 우리 손에 들어올 몇 푼 때문에 헛되이 기회를 놓치고 있었다. 우리는 일을 처리하고, 그 영리한 젊은이들 가운데 가장 영리해 보이는 아이를 하인으로 삼아 즉시 이스탄불로 돌아왔다.

그 후의 삼 년은 우리에게는 최악의 세월이었다. 매일은 그 전날의, 매달은 그전에 보냈던 달의, 매 계절은 우리가 보냈던 다른 계절의 지겹고도 견디기 힘든 반복의 연속이었다. 우리는 같은 것을 고통과 절망 속에서 다시 보면서, 이름을 붙일 수 없었던 패배를 헛되이 기다리는 것 같았다. 다시 간간이 궁전에서 그를 불렀다. 어떤 문제에 대해 남을 해하지 않을 정도의 해석을 그에게서 기대했다. 매주 목요일 오후에는 사원 시계실에서 학자 친구들과 만나 이야기를 나누었고, 옛날처럼 규칙적이지는 않아도, 아침마다 학생들을 가르치며 매질을 했다. 이제 약간은 망설이는 것 같았지만, 가끔 혼사를 꺼내러 온 사람들을 무시해 버렸다. 하지만 여자들과 자기 위해서, 더 이상 좋아하지 않는다고 했던 그 음악을 들어야 했다. 바보 같은 사람들에게서 느끼는 혐오감 때문에 때론 숨이 막힐 것처럼 보였고, 다시 방에 틀어박혀 펼쳐 놓은 침구에 누운 채 주위에 있는 필사본들, 평범한 책들을 신경질적으로 뒤적거린 후에, 몇 시간이고 천장만 보며 기다렸다.

그의 불행이 더 가중된 것은 사원 시계실에 늘 오는 친구들에게서 쾨프륄뤼 메흐메트 파샤의 승리에 관해 자세히 들은 후였다. 터키 함대가 베네치아인들을 물리쳤고, 보즈자와 림노스 섬을 수복했으며, 반란자 아바자 하산 파샤를 굴복시켰다는 소식을 내게 전해 주었다. 모두 최후의 일시적인 승리일 뿐이라고 덧붙였다. 곧 무지와 무능의 진흙탕에 처박힐 불구자의 마지막 몸부림 같은 것이라고 그는 말했다. 늘 계속되어 우리 모두를 소진시켜 버리는 단조로운 날들을 변화시킬 어떤 재앙을 그는 기다리는 것 같았다. 게다가 학문이라고 고집했던 것에도 장기간 고심할 인내나 희망이 남아 있지 않았기 때문에 이것으로도 시간을 때우지 못했다. 새로운 아이디어로 인한 흥분은 일주일도 못 되어 사라졌다. 바보들을 떠올리자 얼마 가지 않아 모두 잊어버렸던 것이다. 그들을 위해 지금까지 생각한 것으로 충분하지 않단 말인가? 그들에 대해 이만큼 고심할 가치가 있을까? 이렇게 화를 낼 가치가 있을까? 어쩌면 그 당시 그들과 자신을 구별하는 법을 새로 깨달았기 때문에, 학문의 세부적인 것까지 연구할 열정과 의욕을 갖지 못했을지도 모른다. 하지만 자신이 그들과 다르다는 것을 믿기 시작했다.

첫 번째 흥분은 단순한 지루함에서 비롯되었다. 이제는 그 어느 문제에도 긴 시간 동안 고심하지 않았기 때문에, 마치 혼자서 시간을 보내지 못하는 이기적이고 바보 같은 아이들처럼 집 안에서 이 방과 저 방을 들락거리며, 1층과 2층을 오르내리며, 그저 창밖을 바라보며 시간을 보냈다. 목조 건물 바닥을 삐걱거리려 신경을 곤두서게 하면서 서성거리다가 내게 들르곤 했다. 내게서 시간을 보낼 재미있는 놀이와 아이디어 그리고 희망의 말을 기대한다는 것을 나는 알고 있었다. 나 역시 이 상황이 지겨웠음에도 불구하고 그를 향한 분노와 혐오감은 하나도 잃지 않았기 때문에 그가 기대하던 말을 해 주지 않았다. 내게서 대답을 얻기 위해 자존심을 꺾고 돌려 가며 몇 마디를 해도 나는 그가 원하는 말을 해 주지 않았다. 궁전에서 온 좋게 해석할 수 있는 소식이나 계속 버티면 쓸모가 있을 그의 새로운 아이디어를 듣고도, 못 들은 척하거나, 그의 말에서 가장 진부한 부분을 즉각 끄집어내어 그의 흥분과 의욕을 꺾어 버리곤 했다. 그가 공허함과 절망 속에서 몸부림치는 것을 구경하는 게 즐거웠다.

하지만 그는 결국 이런 공허함 속에서 자신을 바쁘게 할 새로운 아이디어를 찾아냈다. 어쩌면 자기 자신과 홀로 남겨졌기 때문이거나, 어쩌면 그 어느 것에 대해서도 세부적으로 고심하지 않는 그의 뇌리가 조바심에서 벗어나지 못했기 때문일 것이다. 그때서야 나는 그에게 대답을 해 주었다. 그에게 용기를 주고 싶었기 때문이었고, 그가 생각하는 것이 나도 흥미로웠기 때문이었다. 그리고 어쩌면 그가 나의 존재를 의식할 거라는 생각이 들었기 때문이었기도 하다. 어느 날 저녁 무렵 삐걱거리며 집 안을 돌아다니던 발소리가 내 방으로 들어왔다. 마치 일상적이고 평범한 것이라는 듯 "왜 나는 나일까?"라고 말했을 때, 나는 용기를 북돋아 주기 위해 대답을 해 주었다.

나는 호자에게 왜 그가 그인지를 모른다고 말한 후, 그 문제는 그곳에서, 내가 살던 나라의 사람들이 굉장히 자주 묻고, 날이 갈수록 더 많이 묻는 것이라고 덧붙였다. 이렇게 말하면서도 내 머릿속에는 이 말의 근거가 될 어떤 예나 생각은 없었다. 아무것도 없었다. 단지 그의 질문에 그가 기대하는 대로 대답하고 싶었을 뿐이었다. 어쩌면 본능적으로 그가 이 놀이를 좋아할 거라 느꼈기 때문일 것이다. 그는 놀란 눈치였다. 호기심에 가득 찬 눈으로 나를 바라보았다. 내가 말을 계속 이어 가기를 기다리고 있었다. 내가 말을 하지 않자, 그는 참지 못하고 하던 말을 계속하라고 했다. 그러니까 그들이 그런 질문을 한단 말이지? 내가 미소를 지으며 그렇다고 하자 그는 즉시 화를 냈다. 그들이 그런다고 해서 자신도 똑같이 질문하는 것은 아니라고 했다. 그들이 그런 질문을 한다는 것을 모르는 채 자기 스스로에게 물었다고 했다. 그들이 무엇을 하는지에는 관심도 없다고 했다. 그러더니 묘한 목소리로 "귓속에서 어떤 소리가 계속해서 내게 노래를 불러 주고 있어."라고 말했다. 귓속에 있는 그 가수는 돌아가신 아버지를 떠올리게 했다. 아버지가 돌아가시기 전에도 그런 가수가 있었지만, 지금의 노래는 다르다고 했다. "내 가수는 항상 같은 후렴구를 불러."라고 조금 부끄러워하며 말했다. "나는 나다, 나는 나다, 아!"

나는 하마터면 폭소를 터뜨릴 뻔했지만 간신히 참았다. 이것이 재미있는 농담이었다면 그도 웃어야 할 것이다. 하지만 그는 웃지 않았다. 하지만 자신이 우스꽝스러울 수 있다는 것은 알고 있었다. 우스꽝스럽다는 것과 후렴구가 의미하는 바를 미리 알고 있었다는 반응을 보이는 것이 나의 의무였다. 왜냐하면 이번에는 그가 말을 계속하기를 바랐기 때문이다. 후렴구를 진지하게 받아들일 필요가 있다고 그에게 말했다. 물론 귓속에서 노래를 부르는 사람은 그 자신 말고는 아무도 아니라고 덧붙였다. 이말에 약간의 조롱기가 있다는 것을 느꼈는지 그는 화를 냈다. 그도 알고 있었다. 그가 궁금한 것은 그 소리가 왜 이 말을 계속 반복하는가였다.

물론 나는 "권태 때문이지요."라고 말하지 않았다. 그러나 나는 그렇게 생각하고 있었다. 이기적인 아이들이 권태에 빠지면 생산적이거나 그렇지 않으면 엉뚱한 결과가 나온다는 것을 나뿐만 아니라 내 형제자매들을 보고 알 수 있었다. 나는 후렴구가 들리는 원인이 아니라 의미를 생각해야 한다고 그에게 말했다. 어쩌면 이런 공허 속에서 그가 미쳐 버릴 수도 있다는 생각이 들었다. 어쩌면 나도 그를 지켜보면서 절망과 비굴함의 권태 속에서 헤어날 수 있을 것이다. 그러면 이번에 진심으로 내가 그를 경외할지도 모를 일이었다. 그렇게 된다면 이번에 우리 둘 다 인생에서 진정한 무언가가 될 수 있을 거라고 그에게 말했다. 그는 결국 "그러니까 내가 뭘 어떻게 해야 해?"라며 속수무책으로 물었다. 나는 그 자신이 왜 그인지를 생각하라고 말했다. 그러나 이 말을 충고하는 투로 하지는 않았다. 왜냐하면 이 문제에 대해 그에게 도움을 줄 수 없었고 자신이 해결해야만 했기 때문이다. 그는 비꼬듯 "그러니까 내가 뭘 어떻게 해야 하는 거야, 거울을 봐야 하나?"라고 했다. 그러나 심기는 편해 보이지 않았다. 그에게 생각할 여유를 주기 위해 나는 입을 다물었다. 그는 다시 말했다. "거울을 봐야 하나?" 나는 갑자기 화가 났다. 호자가 자기 혼자 어떤 일도 해결하지 못할 거라는 생각이 들었다. 그가 이 사실을 깨달았으면 했다. 나 없이는 그가 아무것도 생각할 수 없다고 그의 면전에다 말하고 싶었다. 하지만 용기가 나지 않았다. 나는 무덤덤하게 거울을 보라고 했다. 그는 내게 없는 것은 용기가 아니라 의욕이라고 했다. 그러고는 화를 내며, 문을 박차고 나가면서 "넌 바보야!"라고 소리 질렀다.

사흘 후, 내가 다시 그 문제를 거론했을 때, 그는 다시 '그들'에 대해서 말하고 싶어 했고, 나는 이 놀이를 계속하고 싶었다. 어찌되었든 간에, 그가 고심한다는 것 자체가 당시에는 희망을 주었기 때문이었다. '그들'은 이곳 터키 사람들보다 거울을 더 많이 본다고 말해 주었다. 왕이나 공주, 귀족의 궁전이 아니라, 평범한 사람의 집에도 정성 들여 틀을 끼워 조심스레 벽에 걸어 놓은 거울이 가득하다고 말해 주었다. 그곳에서 그 일이 발달한 이유는 거울을 걸어 놓아서가 아니라, 시종 자기 자신을 생각하기 때문이라고 말해 주었다. 호자는 놀라운 호기심과 순진함으로 "무슨 일?" 하고 물었다. 내가 말한 것을 전적으로 믿고 있다는 생각이 들었다. 그러나 잠시 후 그는 미소를 지었다. "그러니까, 아침부터 저녁까지 거울을 본다 이거지!" 그는 처음으로 내가 고국에 두고 온 것들을 조롱하고 있었다. 나는 화가 나서 그에게 상처가 될 말을 찾았다. 그리고 깊이 생각하지 않고 즉시 말해 버렸다. 자신이 누구인지는 자신만이 생각할 수 있으며, 호자에게는 그렇게 할 용기가 없다고. 내가 원하던 대로 그의 얼굴이 고통으로 일그러지는 것을 보고 희열을 느꼈다.

그러나 나는 이 희열의 대가를 비싸게 치러야 했다. 독살해 버리겠다고 협박했기 때문만은 아니었다. 며칠 후 그는 내가 말한, 자신이 내지 못한 용기를 내가 보여 주어야 한다고 했다. 나는 처음에는 이를 농담으로 치부하려고 했다. 거울을 보는 것도, 자신이 누구인지는 자기 자신만이 생각할 수 있다는 것도 농담이었으며, 그를 화나게 하려고 그렇게 말했다고 둘러댔다. 그러나 그는 나의 변명을 믿는 것 같지 않았다. 나의 용기를 증명하지 않는다면, 음식을 조금만 줄 것이며, 방에 가두어 버릴 거라고 위협했다. 내가 누구인지를 생각하고 종이에 써 내려가야 한다고 했다. 내가 이 일을 어떻게 하는지, 내가 얼마나 용기 있는 사람인지 보겠다고 했다.

5

나는 먼저 엠폴리에 있는 우리 농장에서 나의 형제자매, 어머니와 할머니와 함께 지냈던 그 아름다운 날들에 대해 몇 장 썼다. 내가 왜 나인지를 이해하기 위해서 왜 이것들을 택해 썼는지는 나도 잘 모르겠다. 어쩌면 잃어버린 그 아름다운 날들에 대한 그리움 때문인지도 모르겠다. 게다가 화가 나서 그렇게 쓸데없는 말을 한 후 호자가 내게 너무나 강요했기 때문에, 마치 지금 내가 쓰는 이 글처럼, 읽는 사람들이 보기에 그럴듯하고, 세부적인 것이 마음에 들도록 하기 위해 나는 상상을 해 가며 써야만 했다. 하지만 호자는 처음에 쓴 것들은 좋아하지 않았다. 누구든 생각하면 쓸 수 있는 것들이라고 했다. 사람들이 거울을 보면서 생각하는 것들은 그런 것이겠지만, 내가 그에게 부족하다고 말했던 용기는 그것일 리가 없다고 했다. 아버지와 형제들과 함께 사냥을 나갔을 때 우리 앞에 나타난 알프스 곰과 오랫동안 서로를 응시했던 기억, 충직한 우리 집 마부가 우리 눈앞에서 자신이 기르던 말에 짓밟힌 후 침대에서 죽어 가는 것을 보며 느꼈던 것을 읽어 주었을 때도 호자의 대답은 같았다. 그런 것은 누구나 쓸 수 있다는 것이다.

그래서 나는 그곳 사람들에게 일어나는 일이란 이런 것과 특별히 다를 게 없다고 말했다. 내가 전에 그렇게 말한 건 화가 났기 때문에 과장했던 것이니, 내게서 더 이상의 기대는 하지 말라고 했다. 하지만 그는 내 말을 듣지 않았다. 나는 방에 감금되는 것이 두려워 다시 상상을 하며 쓰기 시작했다. 이렇게, 사소한 것들이지만 기억할 때마다 즐거운 추억을 기쁨과 슬픔 속에서 떠올리며 두 달을 보냈다. 노예가 되기 전까지의 좋고 나쁜 모든 경험을 회상하고 음미하다 보니 급기야 나 자신이 이 일을 즐기고 있다는 걸 깨달았다. 내가 이런 것들을 계속 쓰도록 호자가 압력을 가할 필요도 더 이상 없었다. 자신이 원하는 것은 이러한 내용이 아니라고 할 때마다 나는 그 전에 쓰려고 했던 또 다른 추억, 또 다른 이야기를 써 내려갔다.

시간이 많이 흐른 후, 호자도 내가 쓴 것들을 재미있게 읽는 것을 보고, 그를 이 일에 동참시킬 적당한 시기를 노리기 시작했다. 그리고 이 일에 준비시키기 위해, 내 어린 시절의 경험을 이야기해 주었다. 끝날 것 같지 않던 불면의 밤에 느꼈던 두려움, 젊은 시절 동시에 같은 것을 생각하는 습관을 들였던 친구에게 느꼈던 친밀감, 이후 그 친구의 죽음을 나의 죽음으로 생각하고 느꼈던 그와 함께 산 채로 매장되는 공포에 대해 이야기했다. 그가 이러한 이야기를 좋아할 것을 나는 알고 있었다! 그래서 꿈에 대해 설명할 용기를 냈다. 나의 몸이 내게서 빠져나가, 어둠 속, 얼굴이 보이지 않는 나와 닮은 사람과 결탁하여 둘이 함께 내게 대항하는 내용이었다. 그 즈음 호자도 그 웃기는 후렴구가 다시, 더 자주 들린다고 했다. 내가 원했던 바대로 그가 내 꿈에서 영향을 받자, 나는 이런 글쓰기를 해 볼 필요가 있다고 그에게 끈질기게 권했다. 그렇게 하면 이 끝없는 기다림에서 벗어날 것이고, 바보들과 자신을 구별하는 진정한 경계를 찾을 수 있을 거라고 했다. 궁전에서 가끔 그를 불렀지만 희망을 품을 만한 진전은 전혀 없었다. 처음에는 약간 탐탁지 않아 했다. 하지만 내가 끈질기게 권유하자 마지못해 시도해 보겠다고 했다. 자신이 우습게 보일지도 모른다는 두려움을 느꼈는지 농담도 했다. 우리가 함께 글을 쓰는 것처럼 함께 거울도 볼 건가?

함께 글을 쓴다는 것이 나와 함께 같은 책상에 앉기를 원하는 것이라고는 전혀 생각조차 하지 않았다. 그가 글을 쓰기 시작하면 나는 게으른 노예의 한가한 자유 시간으로 돌아갈 줄로 생각했던 것이다. 그건 착각이었다. 그는 책상에 마주 앉아 함께 글을 써야 한다고 했다. 이 위험한 문제 앞에서 게을러지려는 우리의 사고는 이런 식으로만 집중할 수 있으며, 이렇게 해야만 둘이서 온전히 작업에 몰두할 수 있다는 것이었다. 하지만 이것은 핑계라는 걸 나는 알고 있었다. 그는 홀로 남겨져, 사고를 할 때 혼자임을 느끼는 게 두려웠던 것이다. 이러한 사실은 빈 종이를 앞에 두고 내가 들으라는 듯이 중얼거리기 시작하는 걸 보고도 알 수 있었다. 자신이 앞으로 쓰려고 하는 것에 대해 미리 나의 승인을 얻기를 기대하고 있었던 것이다. 몇 문장을 끼적거린 후 아이 같은 순진함을 연상케 하는 겸손함과 호기심을 보이며 내게 그 내용을 보여 주었다. 이런 것들도 쓸 만한 가치가 있을까? 당연히 나는 그렇다고 승인을 했다.

이렇게 해서 나는 두 달 만에 지난 십일 년 동안 알지 못했던 그의 인생에 대해 알게 되었다. 그의 가족은 우리가 나중에 파디샤와 함께 갔던 도시 에디르네*에 살았다. 아버지는 일찍 돌아가셔서 얼굴도 기억하지 못했다. 어머니는 부지런한 여자였다. 후에 재혼을 했다. 그녀는 첫 남편에게서 딸 하나와 아들 하나를 낳았고, 두 번째 남편에게서는 아들 넷을 낳았다. 새아버지는 이불 장사를 하는 사람이었다. 형제들 중 책 읽기와 공부를 좋아했던 사람은 당연히 그였다. 형제들 가운데 가장 영리하고, 가장 일 처리를 잘하고, 가장 부지런하고, 가장 힘이 센 사람도 그였다. 가장 정직한 사람도 그였다. 여동생 이외의 다른 형제들에 대한 기억은 모두 혐오로 가득 차 있었다. 하지만 이런 것을 모두 쓸 필요가 있는지에 대해 확신이 서지 않는 모양이었다. 어쩌면 시간이 많이 흐른 후 이러한 사고방식과 그의 인생을 나의 것으로 만들 거라는 사실을 내가 미리 감지했는지는 몰라도, 나는 그에게 모든 것을 다 쓰라고 용기를 주었다. 그가 글을 쓰는 스타일과 모습에는 내가 좋아하고 또 배우고 싶었던 무언가가 있었다. 사람은 자신이 선택한 인생을 훗날 온전히 받아들일 만큼 좋아해야 한다. 물론 나는 지금 이 인생을 좋아한다. 그는 형제들 모두가 바보라고 생각했다. 그들은 돈을 구걸할 때만 그를 찾아왔다. 그러나 그는 독서에만 열중했다. 셀리미예 이슬람 신학교에 들어갔고, 졸업할 무렵 누군가에게 중상모략을 당해 퇴학당했다. 그는 이 문제를 다시 꺼내지 않았고, 여자들에 대해서도 전혀 언급하지 않았다. 한번은 결혼 직전까지 갔다는 글을 썼지

---

* 1361년 술탄 무라트 1세가 정복한 도시이며, 1453년 콘스탄티노플(현 이스탄불)을 정복할 때까지 오스만 제국의 수도였다.

만, 결국 화를 내며 모두 찢어 버렸다. 그날 밤 밖에서는 비가 구질구질하게 내리고 있었다. 이후에 계속되었던 지겨운 밤의 시작이었다. 그는 나를 모욕하면서 자신이 쓴 것은 모두 거짓이라며 다시 쓰기 시작했다. 나도 그의 맞은편에 앉아 글을 쓰기를 원했기 때문에, 우리는 이틀 밤을 불면으로 지새웠다. 이제 내가 쓴 것에는 눈길조차 주지 않았다. 나는 책상 맞은편에 앉아 상상력조차 동원하지도 않고 같은 것을 다시 쓰면서 곁눈질로 그를 관찰했다.

며칠 후부터 그는 동방에서 수입된 비싸고 깨끗한 종이에 매일 아침 '왜 나는 나인가'라고 쓰기 시작했다. 하지만 이런 제목 아래로는 다른 사람들이 왜 그토록 저질이며 바보인지에 관해서 말고는 쓰지 못했다. 친어머니가 돌아가신 후 차별 대우를 당했고, 수중에 들어온 돈만 가지고 이스탄불에 왔으며, 잠깐 이슬람 수도원에 머물다가 그곳 사람들의 저질스럽고 사기꾼 같은 기질을 보고서는 나와 버렸다는 걸 알게 되었다. 나는 그 수도원 생활을 조금 더 설명해 주었으면 했다. 그들에게서 헤어날 수 있었던 것이 호자의 진정한 성공이라고 생각했기 때문이다. 그는 그들과 자신을 구분할 수 있었던 것이다. 이렇게 말하자 그는 화를 냈다. 그에 관한 세세한 일들까지 알고 싶어 하는 것은, 장차 그에게 해를 끼치려는 의도라며 몰아세웠다. 내가 그에 대해 이미 너무 많은 것을 알고 있다고 그는 생각했다. 게다가 그러한 유의 ― 이 부분에서 그는 점잖지 못한 성적인 단어를 사용했다 ― 세부적인 것까지 알고 싶어 하는 것이 의심스럽다고 했다. 그리고 그는 여동생 셈라에 대해 장황하게 설명했다. 그녀의 착한 성품과 그녀의 못된 남편, 그리고 그녀를 몇 년 동안 만나지 못한 슬픔에 대해 언급했다. 그런데 내가 이 문제에 대해 궁금해하자 또다시 나를 의심하면서, 다른 곳으로 화제를 돌렸다. 그는 수중에 남은 돈으로 책을 샀고, 한동안 책 읽는 것 말고는 아무것도 하지 않았다고 했다. 여기저기서 서기 일을 했다는 것, 그리고 사람들이 얼마나 부도덕한지에 대해 이야기했다. 그러다 얼마 전 에르진잔에서 사망했다는 소식을 들은 사득 파샤를 떠올렸다. 그는 그때 사득 파샤를 알게 되었고, 파샤는 호자의 학문에 대한 관심을 높이 샀다. 파샤는 그에게 사원의 어린이 학교 선생 일을 주선해 주었다. 하지만 그는 파샤 역시 바보라고 했다. 이렇게 글을 써 가며 한 달이 지날 무렵이었다. 어느 날 밤 호자는 후회에 사로잡혀 그때까지 쓴 글을 모두 찢어 버렸다. 그래서 지금 나는 그가 쓴 것들과 나의 과거를 상상력에 의거하여 재구성하고 있다. 이런 상황에서 내 마음에 들었던 자세한 부분에 집착하는 것이 나는 전혀 두렵지 않다. 마지막으로 그는 '내가 잘 알고 있는 바보들'이라는 제목하에 사람들을 분류하여 뭔가를 썼다. 하지만 느닷없이 화를 냈다. 아무리 글을 써도 어떤 결론에 도달하지 못했기 때문이었다. 그는 새로운 것을 배우지 못했고, 왜 그가 그인지도 여전히 모르고 있었다. 내가 그를 속였고, 기억하기 싫은 것들을 쓸데없이 다시 떠올리게 했다는 것이다. 그는 내게 벌을 주고자 했다.

이 벌이라는 것은 그와 보낸 며칠간의 기억을 떠올리게 하는데, 그 당시 왜 그가 그렇게 거기에 집착했는지 모르겠다. 내가 말 잘 듣는 겁쟁이였던 것이 그에게 용기를 주었다는 생각도 들었다. 그래도 그가 처음 벌이라는 말을 했을 때는 저항하려는 마음이 들었다. 호자는 과거를 기억하는 일이 지겨워지자 한동안 집 안만 서성거렸다. 나중에는 다시 내게 왔다. 그러고는 우리가 우리의 진짜 생각을 써야 한다고 했다. 거울을 들여다보면 자신의 모습이 보이듯, 자신의 생각을 들여다보면 본질을 볼 수 있다고.

그의 이 기막힌 비유에 나 또한 흥분했다. 우리는 즉시 책상에 마주보고 앉았다. 이번에는 나도 반은 장난처럼 종이에 '왜 나는 나인가'라고 제목을 썼다. 그 순간 머릿속에 내 인격의 특징이라는 것이 떠올라, 수줍었던 어린 시절의 추억을 써 내려갔다. 다른 사람들의 나쁜 점들에 대해 불만을 토로하는 호자의 글을 읽고는 그 순간 갑자기 중요하다고 느껴지는 생각이 떠올라 그에게 말했다. 자신의 나쁜 점도 써야 한다고. 그는 내가 쓴 것을 읽은 후 자신은 겁쟁이가 아니라고 했다. 물론 그가 겁쟁이는 아닐 수 있지만, 다른 사람들처럼 그에게도 부정적인 요소가 있으며, 그런 부정적인 요소를 추적해 보면 진정한 자신을 발견할 거라고 생각했다. 나는 그렇게 했다. 그는 나처럼 되고 싶어 했다. 내가 이를 이미 인지하고 있다고 하자 그는 화를 냈지만 곧 자제를 하며 말했다. 사악한 것은 다른 사람들이라고. 물론 모두 다 그런 것은 아니지만, 대부분은 불완전하고 부정적이기 때문에 모든 것이 이렇게 잘못되어 가고 있다는 것이다. 나는 그에게도 아주 사악한 면이 있으며, 스스로 그것을 알아야 한다고 하며 그의 의견에 반대하고 나섰다. 그런 후 나는 건방지게도 이렇게 덧붙였다. 그가 나보다 더 나쁘다고.

이렇게 해서 우스꽝스럽고, 끔찍하고, 사악한 날들이 시작되었다! 그는 나를 의자에 묶은 후 책상에 앉혔다. 자신은 맞은편에 앉더니 그가 원하는 것을 쓰라고 나에게 명령했다. 그러나 그

것이 무엇인지는 그 자신도 모르고 있었다. 그의 머릿속에는 전에 비유했던 말, 그러니까 거울로 외양을 볼 수 있듯이, 생각을 하면 내면을 관찰할 수 있다는 말 말고는 아무것도 없었다. 그는 내가 그렇게 할 수 있으면서도 그 비밀을 자기에게 감추고 있다고 했다. 호자는 맞은편에 앉아 내가 이 비밀을 쓰기를 기다렸고, 나는 내 앞에 놓여 있는 종이에 나의 사악한 점들을 과장되게 써 내려갔다. 어린 시절의 사소한 도둑질, 질투심 때문에 했던 거짓말, 형제들보다 사랑을 더 많이 받기 위해 썼던 교활한 수법, 청년 시절의 성 경험에 대해 즐겁게 과장을 해 가며 썼다. 호자는 호기심과 기이하고 놀라운 희열과 두려움을 보이며 읽은 후 더욱 화를 냈다. 이젠 정도가 지나친 학대도 마다하지 않았다. 어쩌면 내 과거의 나쁜 짓들을 의심스러워하며 참지 못했기 때문에 반발했을 수도 있다. 그는 공공연히 나를 때리기 시작했다. 나의 어떤 잘못을 읽고는 "이 부도덕한 놈."이라고 하면서 장난을 섞어 화를 내며 내 등을 주먹으로 내리쳤다. 어떤 때는 참지 못하고 내 따귀를 때린 적도 있다. 어쩌면 궁전에서 그를 부르는 것이 뜸해지고, 나와 그 자신 이외에는 별 다른 관심사를 찾지 못해 답답해서 그러는 건지도 몰랐다. 하지만 그가 나의 나쁜 짓을 읽고 내게 유치한 벌을 내릴수록 나는 이상한 자신감을 갖게 되었다. 처음으로 그를 내 손아귀에 쥐었다는 생각이 들기 시작했다.

한번은, 나를 심하게 때린 후 그가 나에게 연민을 느끼는 것을 보았다. 어떤 사람이 자신과 전혀 동등하지 않다고 생각하는 타인에게 느끼는 역겨움이 뒤섞인 불쾌한 감정이었다. 이제는 더 이상 나를 혐오하지 않고 바라보는 눈길로도 이를 알 수 있었다. 그는 "이제 더 이상 글을 쓰지 말자."라고 하고는, 곧바로 "난 네가 글을 쓰는 걸 원하지 않아."라고 정정했다. 몇 주 동안 이나 나의 나쁜 짓들을 쓰고 있어도, 그는 그저 바라만 보고 있었다. 그러고는 집 안에서 갈수록 더 깊은 우울 속으로만 빠져 드느니, 게브제로 여행이나 떠나는 게 좋겠다고 했다. 다시 천문학에 대해 연구하려 했고, 개미의 생태에 대해 보다 진지한 책을 쓸 생각을 했던 것이다. 그가 나에 대한 경외심을 완전히 잃어버릴 단계에 이르렀다는 예감이 들어 두려웠다. 나에 대한 관심이 사라지지 않도록, 나 자신을 가장 치명적으로 비하하는 이야기를 하나 더 꾸며 냈다. 호자는 그것을 열정적으로 그리고 재미있게 읽은 후 화조차 내지 않았다. 단지 사람이 이 정도로 사악해질 수 있다는 사실을 내가 어떻게 견딜 수 있었느냐는 듯한 표정이었다. 어쩌면 그는 끝까지 자기 자신으로 남는 것에 만족하는 것 같았다. 물론 그는 이 일에 게임과 같은 무언가가 있다는 사실을 아주 잘 알고 있었다. 그날, 나는 그가 사람 축에도 끼워 주지 않는 궁전의 아첨꾼처럼 말을 했다. 그의 호기심을 자극하려 안간힘을 썼다. 내가 어떻게 그런 사람이 될 수 있는지를 이해하기 위해서는 게브제에 가기 전에 마지막으로, 호자도 자신이 저지른 사악한 짓에 대해 써 보아도 손해 볼 게 없을 거라고 말했다. 게다가 그가 쓰는 것이 사실이 아니어도 되고, 다른 사람들이 그것을 믿을 필요도 없다고 덧붙였다. 그렇게 하면 나와 닮은 사람이 어떤 사람인지를 알 수 있고, 어느 날엔가 이 지식이 쓸모가 있을 것이라고. 결국 그는 호기심과 나의 설득을 더이상 이겨 내지 못하고, 다음 날 한번 시도해 보겠다고 했다. 물론 나의 바보 같은 장난에 동조하는 것이 아니라, 자신이 원하기 때문이라는 말도 덧붙였다.

다음 날은 내가 노예 생활을 한 이래 가장 즐거운 날이었다. 이제는 나를 의자에 묶지도 않았다. 그가 서서히 다른 사람이 되는 것을 즐겁게 관찰하기 위해 나는 하루 종일 그의 맞은편에 앉아 있었다. 처음에 그는 자신이 하는 일에 완전히 확신을 품고, '나는 왜 나인가'라는 그 우스운 문장을 종이 위쪽에 쓰는 것도 귀찮아했다. 그리고 즐거운 거짓말을 궁리하는 장난꾸러기 아이같이 행동했다. 나는 그가 여전히 자신의 안전한 세계에 살고 있는 것을 곁눈으로 지켜보았다. 그러나 이 헛된 신념은 그리 오래 지속되지 않았다. 내게 보여 주기 위한 가장된 죄책감도 그리 오래 지속되지 않았다. 곧, 그가 가장했던 조롱은 걱정으로, 게임은 사실로 변해 버렸다. 거짓일지언정 자신을 비판하는 시늉을 하는 것이 호자를 굉장히 두렵게 했다. 그는 자신이 쓴 것을 내게 보여 주지도 않고 바로 지워 버렸다. 그러나 이미 호기심이 발동했고, 내게도 부끄러웠는지, 글쓰기를 멈추지는 않았다. 처음 머리에 떠오르는 대로만 하고 책상에서 일어나 버렸다면 어쩌면 마음의 평온을 잃지 않은 채 벗어날 수 있었을 것이다.

이후 그가 서서히 긴장을 푸는 것을 지켜보았다. 자신을 비판하는 글을 썼다가 내게 보여 주지 않고 찢어 버렸다. 자신감과 자존심을 점점 상실해 가는 순간순간을 목격했다. 하지만 그는 잃어버리고 있는 것들을 다시 찾으려는 듯 다시 쓰기 시작했다. 그는 자신의 사악한 짓에 대해 고백한 글을 내게 보여 주기로 했다. 그러나 어둠이 내린 후에도, 내가 읽고 싶어 안달했던 그 글은 한 글자도 볼 수 없었다. 쓰는 족족 찢어 버렸던 것이다. 이제 호자도 여력이 남아 있지 않았다. 나를 모욕하면서, 더러운 이교도인의 유희라고 소리소리 질렀다. 그의 자신감이 바닥에 떨어진 것을 보고 나는 그에게 무례하게 대답했다. 그렇게 상심하지 말라고, 나쁜 사람이 되는 것에 곧 익숙해질 거라고. 나의 시선을 참을 수 없었는지 그는 집에서 나가 버렸다. 그러고는 밤늦게 돌아왔다. 예상했던 대로, 그가 그 집에, 그 저속한 여자들과 자러 갔다는 것을 그의 몸에 밴 냄새로 알 수 있었다.

다음 날 오후, 그가 계속해 가도록 부추기기 위해, 그는 이렇게 작은 게임 따위에는 상처를 입지 않는 강한 사람이라고 말해 주었다. 그리고 시간을 죽이기 위해서가 아니라 무언가를 배우기 위해 이 일을 하고 있는 것이다, 결국 이 일은 바보들이 왜 그런지를 이해하기 위한 것이다, 인간이 서로를 끝까지 안다는 것은 충분히 매력적인 일이 아니겠는가? 우리 인간은 가장 사소한 것까지 아는 사람의 마력에, 악몽을 사랑하는 것처럼, 빠져들 수도 있을 것이다, 하고 나는 주장했다.

궁전에 있는 난쟁이의 아첨 정도의 신뢰를 주는 내 말 때문이 아니라, 햇빛이 가져다준 안정감 덕분에 그는 다시 책상에 앉았다. 저녁이 되어 책상에서 일어났을 때, 그는 전날보다 더 자신감이 없어 보였다. 그가 밤에 다시 여자들에게 가는 것을 보자 그에게 동정심이 생겼다.

이렇게 그는 매일 아침 자신의 사악한 면을 쓸 수 있을 거라고 생각하면서, 하루 전에 잃어버린 것들을 얻고자 하는 희망으로 책상 앞에 앉았다. 밤에는 그나마 남아 있던 자신감마저 잃은 채 책상에서 일어났다. 자신이 하찮은 존재로 보였기 때문에 이제는 나를 하찮게 여기지 않았다. 나는 처음 그와 함께 지냈던 며칠 동안 착각이라고 생각했던 우리의 동등한 면을 결국 찾았다는 생각이 들었다. 아주 만족스러웠다. 나 때문에 초조하다며 내가 책상에 앉을 필요가 없다고도 했다. 이것도 좋은 징조였다. 그러나 몇 년째 쌓여 온 그에 대한 분노는 극단으로 흐르고 있었다. 복수를 하고 그를 공격하고 싶었다. 그와 마찬가지로 나도 균형을 잃어 갔던 것이다. 호자가 자기 자신을 더 의심하도록 만든다면, 내게 꼭꼭 숨기고 있는 그 고백을 조금이라도 읽어 낸 후 그를 교묘하게 무시한다면, 그때는 내가 아니라 그가 노예가 될 것이며, 이 집의 나쁜 사람은 내가 아니라 그가 될 거라는 생각이 들었다. 그런 조짐도 이미 보이고 있었다. 때때로 내가 자신을 놀리고 있지 않은지 의심하고 있다는 걸 느낄 수 있었다. 자신을 믿지 않는 나약한 사람들처럼, 그는 내가 동조해 주기를 기대하기 시작했다. 이제 사소한 일상 문제에 대해서도 나의 의견을 점점 더 많이 물어보았다. 옷이 괜찮은지, 누군가에게 대답한 말이 적절했는지, 자신의 필체가 멋진지, 내 생각은 어떤지 등등. 그가 절망에 빠져 이 게임을 중단하는 일이 없도록 나 자신을 비하했다. 그가 마음을 편히 갖도록 하기 위해. 그는 '교활한 녀석 같으니라고!'라는 시선으로 나를 쳐다보았지만 이제 때리지는 않았다. 자신도 맞을 짓을 했다고 생각하는 게 분명했다.

자신을 그렇게 하찮은 존재로 보는 동기로 작용한 그 고백이 무엇인지 무척 궁금했다. 당시 나는 은근히 그를 비하하고 있었기 때문에 그가 쓴 고백들은 그저 단순하고 별것도 아닌 나쁜 짓들일 거라고 생각했다. 지금, 내 과거를 보다 신빙성 있게 하기 위해, 한 줄도 읽을 수 없었던 그 고백 한두 가지라도 자세히 생각해 내려 해도, 내 이야기와 내 삶의 균형을 흐트러지게 할 정도로 나쁜 짓은 호자에게서 도저히 찾을 수 없다. 하지만 나와 같은 처지에 있는 사람이 다시 자신감을 찾으리라고 예상하고 있었다. 그러니까 나는 호자 자신도 눈치채지 못하게 그 그리고 그와 닮은 사람의 약점을 발견하도록 유도했던 것이다. 어쩌면 그뿐만 아니라, 다른 사람들을 혼란에 빠뜨릴 날도 머지않았다고 생각했던 것 같다. 나는 그들이 사악하다는 것을 증명하여 파멸시키려 했다. 나의 이야기를 읽는 사람들은, 호자가 내게서 배운 만큼, 나도 그에게서 많은 것을 배웠다는 사실을 지금쯤은 이해할 것이다! 사람은 나이가 들면 균형이라는 것을 추구하게 되고, 이야기에서조차 그런 것을 찾기 때문에 지금 이렇게 생각하는 것일지도 모른다. 몇 년 동안 쌓여 왔던 나의 적의가 꿈틀거리기 시작했다. 호자가 철저히 자기 자신을 비하하고 있을 때, 최소한 나의 우월성과 나의 자유를 인정하게 하여, 나를 풀어 준다는 문서를 노골적으로 요구할 생각이었다. 그가 찍소리도 못하고 나를 풀어 줄 거라고 생각하며, 고국에 돌아가 나의 모험과 터키인에 대해 어떻게 책을 쓸지 자세히 생각하고 있었다. 나는 아주 쉽게 정도를 넘었던 것이다! 어느 날 아침 그가 내게 가져온 소식은 이 모든 것을 바꾸어 버렸다.

도시에 흑사병이 퍼졌다! 그는 이 말을 이스탄불이 아니라 다른 도시 얘기인 듯 했기 때문에 처음에는 믿지 않았다. 자세한 것을 알고 싶어서 그 소식을 어디서 들었는지 물었다. 갑자기 사람들이 죽어 나가자 무슨 병 때문이라고 생각하고들 있다는 것이었다! 어쩌면 흑사병이 아닐 수도 있다는 생각이 들었다. 그래서 병의 증상을 물어보았다. 호자는 나를 보고 웃었다. 궁금해할 필요가 없다고 했다. 일단 병에 걸려 보면 의심할 것 없이 그 병에 걸렸다는 걸 알 거라고 했다. 이 병에 걸리면 삼 일 동안 열이 난다고 했다. 귀 뒤, 겨드랑이 밑, 배에 두드러기가 나며, 임파선이 붓고, 그 후 열이 난다고 했다. 종기가 터지고, 각혈을 하고, 폐렴에 걸린 사람처럼 기침을 하면서 죽는 사람도 있다고 했다. 마을마다 서너 명씩 죽어 나가고 있다고 덧붙였다. 나는 흥분하여 우리 마을의 상태를 물었다. 아이들이 자기 정원에서 사과를 따먹는다고, 닭들이 벽으로 들어온다고 마을 사람들과 싸움을 벌이던 벽돌공이 일주일전에 열에 들떠 소리를 지르다 죽은 것을 모르느냐고 내게 물었다. 이제야 모두들 그가 흑사병으로 죽었다는 사실을 알게 되었던 것이다.

그래도 나는 믿고 싶지 않았다. 밖으로 보이는 모든 것이 너무나 정상적이고, 창문 앞을 지나가는 사람들도 너무나 조용했기 때문에, 흑사병의 존재를 믿기 위해서는 나의 이런 당혹감을 나눌 만한 사람을 찾아야 할 것 같았다. 다음 날 아침, 호자가 학교에 가자 나는 거리로 뛰쳐나갔다. 이곳에서 알고 지냈던 무슬림으로 개종한 이탈리아인들을 찾았다. 개종한 이름이 무스파타 레이스라는 남자는 조선소에 갔다고 했다. 또 다른 한 명인 오스만 에펜디의 집 대문을 쾅쾅 두들겼지만, 처음에는 나를 안으로 들이지 않았다. 하인을 시켜 자신이 부재중이라고 했다가 내가 돌아가려던 차에 참다 못해 나를 불렀다. 도대체 어떻게 된 사람이 아직도 병이 사실인가를 물어보러 다니느냐고 했다. 거리에서 관을 옮기는 걸 보면서도 모르겠냐고 했다. 잠시 후 그는 내 얼굴을 보니 두려워하고 있는 게 역력하다고 했다. 내가 여전히 기독교를 고집하고 있기 때문에 두려워하고 있다는 것이다! 나를 꾸짖었다. 이곳에서 행복하게 살고 싶다면 무슬림이 되어야 한다고 했다. 하지만 자기 집의 축축한 어둠 속으로 들어가기 전에는 나와 악수도 하지 않고, 나를 만지지도 않았다. 기도 시간이었다. 사원 뜰에 있는 사람들을 보고 나는 두려움에 휩싸여 서둘러 집으로 돌아왔다. 나는 재앙의 순간을 맞은 사람들에게서 흔히 보이는 당혹감에 빠져 있었다. 내 과거를 잊어버리고 기억을 잃어버린 것 같아 꼼짝달싹할 수 없었다. 마을에서 관을 짊어지고 가는 사람들을 보자 이제는 거의 제정신이 아니었다.

호자는 학교에서 돌아와 있었다. 나의 상태를 보고 즐거워하는 것이 느껴졌다. 겁쟁이 같은 내 모습을 보고 자신감이 솟아났던 것이다. 나는 신경질이 났다. 자신은 두렵지 않은 척하는 쓸데없는 자만심에서 벗어나길 바랐다. 우선 흥분을 가라앉히기 위해 나의 모든 의학과 문학 지식을 동원했다. 히포크라테스에서 시작하여, 투키디데스*, 보카치오**의 작품 중에서 내 머리에 남아 있던 흑사병에 관한 부분을 그에게 설명해 주었다. 전염성이 있는 병이라고도 말했다. 하지만 나의 말로 인해 그가 나를 더욱 얕잡아 보게 되었다. 그는 흑사병이 두렵지 않다고 했다. 왜냐하면 병은 신의 뜻이며, 인간은 어차피 죽기 마련이라는 것이었다. 그러므로 내가 겁쟁이처럼 당황해서 집에만 처박혀 외부와 관계를 끊거나 이스탄불을 빠져나가려 하는 것은 쓸데없는 짓이라고 했다. 운명이 그렇다면, 어디에 가든지 죽음이 우릴 찾아온다는 것이다. 그는 내가 왜 두려워하는지 물었다. 지난

---

* BC 460?~400?. 고대 그리스의 역사가. 5세기 후반에 일어난 아테네와 스파르타의 전쟁을 다룬 『펠로폰네소스 전쟁사』의 저자.
** 1313~1375. 이탈리아의 작가로, 『데카메론』을 썼다.

며칠 동안 종이에 써 내려갔던 나의 나쁜 짓들 때문이 아니냐며 미소를 지었다. 그의 눈은 희망으로 빛나고 있었다.

자신이 말한 것들에 대해 그가 확신을 품었는지는 그와 헤어질 때까지도 알 수 없었다. 그의 태연한 모습을 보고는 일순 두려웠지만, 곧 우리가 책상에 앉아 이야기했던, 그 끔찍한 게임이 떠올라 의심스러웠다. 그는 말을 빙빙 돌리며 우리가 함께 썼던 죄에 대해 언급했고, 잘난 척하는 태도로 계속 같은 말을 되풀이해서 나를 환장하게 만들었다. 이토록 죽음을 두려워하는 걸 보니 용기를 내어 썼던 나의 사악한 짓들에 대한 죄책감에서 내가 아직 헤어나지 못하는 거라고도 했다. 죄를 모조리 다 기록했던 용기는 그저 단순한 거만함이라고 했다! 반면 호자가 쓰지 못하고 주저했던 이유는 아주 사소한 죄에 대해서도 신중에 신중을 기했기 때문이라는 것이었다. 지금 그는 마음이 편했다. 흑사병이 눈앞에 닥쳐와도 두렵지 않은 이유는 자신에게 죄가 없다는 것을 믿기 때문이었다.

이러한 어이없는 해명에 기가 막혀 나는 반박했다. 그가 두려워하지 않는 이유는 죄책감이 없어서가 아니라, 죽음이 눈앞에 다가온 것을 모르기 때문이라고 말해 주었다. 그리고 죽음을 피할 수도 있다고 말했다. 흑사병에 걸린 사람을 만지지 않고, 석회질 성분의 우물에 시체를 묻고, 서로 만나는 횟수를 줄이고, 또 호자도 사람 많은 학교에 가지 않아야 한다고 했다.

내가 마지막에 한 말은, 그에게 흑사병보다 더 끔찍한 생각을 갖도록 만들어 버렸다! 그는 다음 날 정오 무렵 아이들을 하나하나 만졌다고 하면서 내게 손을 내밀었다. 내가 두려워하며 그를 만지기를 꺼리자 그는 즐거운 듯 다가와서는 나를 껴안았다.

속으로는 소리를 지르고 싶었지만, 마치 꿈속인 양 목소리가 나
오지 않았다. 호자는 내가 나중에서야 이해하게 된 비웃는 듯한
모습으로, 두려워하지 않는 태도를 가르쳐 주겠다고 했다.

6

흑사병은 급속도로 퍼져 나갔다. 하지만 호자가 말했던 두려워하지 않는 태도를 나는 도저히 배울 수가 없었다. 사실은 처음처럼 몸을 사리지는 않았다. 몸져누워 있는 노후한 여인처럼 방에 틀어박혀 며칠 동안 창밖만 바라보는 일도 지겨웠다. 나는 집에서 뛰쳐나와 술 취한 사람처럼 거리를 싸돌아다니기도 했다. 시장에서 물건을 사는 여자들, 가게에서 일을 보는 상인들, 친지들을 묻은 후 커피 집에 모여 있는 사람들을 보면서 흑사병에 익숙해지려고 노력했다. 그리고 조금 익숙해지려고 하는데, 호자는 나를 가만두지 않았다.

온종일 사람들을 만졌다고 하면서 밤마다 내게 그 손을 내밀었다. 나는 꼼짝 않고 기다렸다. 잠에서 깨어나 몸 위를 기어 다니는 전갈을 보고 질겁하는 바로 그런 느낌! 그의 손가락은 나의 손가락과 달라 보였다. 그의 손가락들이 소름끼치게 내 몸 위를 기어 다닐 때 호자는 묻곤 했다. "두려우냐?" 나는 꼼짝할 수가 없었다. "두렵구나. 왜 두려워하는 거지?" 나는 때로 그의 손을 뿌리치고 싸우고 싶은 마음이 들었다. 하지만 이렇게 행동하면 그의 분노를 더욱 돋울 거라는 사실을 나는 알고 있었다. "내가 말하지, 네가 왜 두려워하는지를. 죄를 지었기 때문이야. 머리끝에서 발끝까지 죄의 구렁텅이에 빠져 있기 때문에 두려운 거야. 내가 너를 믿는 것보다, 네가 나를 더 믿기 때문에 두려워하는 거야."

우리가 책상에 마주 앉아 무언가를 써야 한다고도 그는 말했다. 내가 왜 나인지를 우리가 써야 할 때가 바로 지금이라고 했다. 하지만 결국 그는 다른 사람들은 왜 그런가에 대한 것 말고는 쓰지 못했다. 그는 처음으로 자신이 쓴 것들을 자랑스럽게 보여 주었다. 어쩐지 그 글을 읽고 나서 내가 수치스러워하기를 기대하는 것 같아 역겨움을 감출 수가 없었다. 나는 그가 멍청이들과 별반 다를 것이 없고, 나보다 먼저 죽을 거라고 말해 버렸다.

그 당시 나는 가장 효과적인 나의 무기가 이 말이라고 결론을 내렸다. 그리고 십 년 동안 그가 했던 연구를 상기시켰다. 천문학 이론 때문에 허비한 날들, 눈이 나빠질 정도로 오랜 시간 하늘을 관찰했던 것, 책에서 눈을 떼지 않았던 날들에 대해 언급했다. 이번에는 내가 그를 공격했던 것이다. 흑사병으로 죽는 것을 예방할 수 있는데도 쓸데없이 죽어 가는 것이 얼마나 터무니없느냐고 했다. 그는 나의 이런 말을 의심하였고, 나에게 내리는 벌도 무거워졌다. 그가 내 글을 읽고, 그동안 잃어버렸던 나에 대한 경외를 마지못해 인정하는 것을 나는 눈치챘다.

나는 불행을 잊어버리기 위해, 밤뿐만이 아니라, 낮잠을 잘

때 꾸었던 행복한 꿈도 종이에 적어 내려갔다. 의미와 행동이 일 치했던 꿈에 대해, 잠에서 깨어난 후 모든 것을 잊어버리기 위해 시적인 언어로 꼼꼼하게 기록했다. 예컨대, 우리 집 옆의 숲 속 나무 사이에는 우리가 오랜 세월 동안 궁금해하던 비밀을 알고 있는 자들이 살았다. 숲의 어둠 속으로 들어갈 용기가 있으면 그 들과 친구가 된다. 우리의 그림자는 해가 져도 사라지지 않는다. 깨끗하고 쾌적한 침대에서 편안히 자면서, 알 필요가 있고 경험 할 필요가 있는 수많은 사소한 것들을 하나하나 지루해하지 않 고 검토하여 알게 되었다. 내가 꿈에서 그린 그림 속의 사람들 은, 아름다운 삼차원의 사람들일 뿐 아니라, 그림 액자 속에서 나와 우리 사이로 들어왔다. 어머니와 아버지 그리고 나는 뒤뜰 에서 우리 일을 대신해 줄 철제 기구를 조립하고 있었다.

호자는 이 꿈이 자신을 불멸의 지식의 어둠 속으로 끌어들 일 교활한 함정임을 감지했지만, 조금씩 자신감을 잃어 가면서 도 내게 물어 왔다. 이런 말도 안 되는 꿈이 무슨 뜻이며, 내가 정말로 그런 꿈을 꾸었는지를. 이렇게 해서, 몇 년 뒤 파디샤를 위해 우리가 함께할 일들을 처음으로 내가 그에게 하게 되었다. 우리의 꿈에서 우리의 미래에 대한 결론을 끄집어냈다. 한번 병 에 전염되면, 마치 흑사병처럼 학문에 전염되면, 도망칠 수 없다 는 것은 분명한 사실이었다. 호자도 병에 전염되었다는 것은 구 별하기 어렵지 않았다. 하지만 그래도 호자의 꿈이 궁금했다. 그 는 내 이야기를 들으며 비웃었다. 그러나 그는 내게 질문을 던질 정도로 자존심이 꺾여 있어서 내 신경을 돋우지는 않았다. 내가 꿈 이야기를 할 때 그는 그저 호기심 가득한 시선으로 듣고만 있었다. 흑사병에 대한 태연했던 태도가 흔들리는 것을 보면서도 죽음에 대한 나의 두려움이 줄어들지는 않았다. 하지만 이제 적어도 나 혼자만의 두려움에서는 벗어났다고 생각했다. 물론, 이에 대한 대가를 밤의 고통으로 치르고 있었다. 그러나 이제 내가 쓸데없는 투쟁을 하고 있지는 않다는 사실을 알았다. 그가 내게 손을 내밀 때마다, 그가 나보다 먼저 죽을 거라는 사실, 두려움을 모르는 사람의 무지함, 그가 쓰다 만 글들, 그날 그가 읽었던 나의 행복한 꿈이 떠올랐다.

하지만 내가 한 말이 아니라, 또 다른 사건이 위기로 몰고 갔다. 하루는 학교 학생의 아버지가 우리 집을 방문했다. 우리 마을에 사는 평범한 사람이었다. 나는 집 안의 게으른 고양이처럼 구석에 앉아 듣고 있었다. 그들은 이것저것 많은 이야기를 했다. 그리고 결국 혀 속에 숨겼던 말을 꺼냈다. 고모의 딸이 있는데, 그녀의 남편이 지난여름 지붕을 고치다가 떨어져 죽는 바람에 과부가 되었다는 것이다. 지금 그녀를 원하는 자리는 많지만, 자기 머리에 호자가 떠올랐다고 했다. 호자가 결혼할 의사가 있다는 건 마을 사람 모두가 아는 사실이었기 때문이다. 호자는 내가 전혀 예상하지 못한 무례한 반응을 보였다. 결혼은 하고 싶지 않으며, 할 마음이 있다손 치더라도 과부는 원하지 않는다고 했다. 손님은 예언자 마호메트가 자신의 부인인 하디자가 과부라는 것에 개의치 않고 그녀를 첫 번째 부인으로 맞이했다는 것을 상기시켰다. 호자는 자신도 그 과부를 알고 있지만, 그녀는 같은 이름의 성녀 하디자의 손톱만도 못하다고 했다. 이에 괴상한 코를 지닌 손님은 호자도 그렇게 잘난 사람이 아니라는 것을 상기시키려 했다. 손님 자신은 믿지 않지만, 마을 사람들은 호자가 공공연히 염소를 훔친다고 말하고들 있으며, 별을 바라보고,

돋보기를 가지고 놀면서 이상한 시계를 만드는 걸 아무도 좋게 생각하지 않는다고 했다. 그는 마치 팔려고 내놓은 물건을 깎아내리는 소리를 들은 상인처럼 노여움 섞인 투로 덧붙였다. 호자는 책상다리가 아니라 이교도인들처럼 의자에 앉아서 음식을 먹고, 돈을 많이 들여 책을 산 다음에는 바닥에 던져 버리고, 예언자들의 이름이 쓰여 있는 종이를 발로 밟고, 몇 시간 동안 하늘을 바라보는 것으로는 마음속의 악마를 잠재우지 못해서 대낮에 침대에 누워 더러운 천장만 바라보며, 여자가 아니라 소년만 좋아하는 데다, 내가 호자의 쌍둥이 형제이며, 금식 기간에도 금식을 하지 않고, 흑사병도 호자 때문에 신이 보냈다고 마을 사람들이 이야기한다고 했다.

손님을 돌려보낸 후, 호자는 분노에 휩싸였다. 그가 다른 사람들과 같은 생각을 하며, 또는 그렇게 보이려고 가장하면서 느꼈던 평온함이 끝에 다다랐다는 결론을 내렸다. 나는 그에게 마지막 일격을 가하기 위해, 흑사병을 두려워하지 않는 사람들은 그 손님처럼 멍청한 사람이라고 했다. 그는 조금 긴장하는 것 같았지만 자신은 흑사병이 두렵지 않다고 했다. 어쨌든 진심으로 하는 말 같았다. 그는 극도로 신경이 날카로워져, 손을 어디다 둘 줄을 몰랐고, 최근에는 잊어버렸던 '바보들'이라는 말을 계속 되풀이했다. 어둠이 내리자, 그는 등불을 켜서 책상 가운데에 놓은 후 앉으라고 했다. 우리가 무언가를 써야 한다고 하면서.

끝날 것 같지 않은 겨울밤을 보내기 위해 점이나 치는 미혼 남자들처럼 책상에 마주 앉아, 우리 앞에 놓인 빈 종이에 무언가를 끼적거렸다. 우리가 우스워 보였다! 호자가 아침에 꿈이라며 썼던 글을 읽자 그가 나보다 더 우스워 보였다. 내 글을 따라 그도 꿈 이야기를 썼지만, 그가 그런 꿈을 꾸지 않았다는 것이 역력한 꾸며 낸 이야기였다. 우리가 형제라고 했다! 그가 형이고, 나는 그의 학구적인 말을 얌전히 듣고 있는 동생이라는 것이다. 그는 다음 날 아침에 식사를 하면서, 마을 사람들이 우리를 쌍둥이 형제라고 하는 것을 어떻게 생각하느냐고 물었다. 질문이 마음에 들었다. 그러나 내 자만심을 한껏 부추기지는 못했다. 나는 아무 말도 하지 않았다. 이틀 후, 그가 전에 쓴 꿈을 이번에 정말로 꾸었다고 하면서 한밤중에 나를 깨웠다. 어쩌면 사실일 수도 있었지만 나는 무시했다. 다음 날 밤 그는 흑사병으로 죽는 것이 두렵다고 했다.

나는 집에만 틀어박혀 있는 것이 지겨워 저녁 무렵 거리로 나갔다. 아이들이 정원에 있는 나무에 올라가 있었다. 색색의 신발을 밑에 벗어 놓은 채. 수다쟁이 아낙네들은 우물가에 줄을 서서 내가 지나갈 때도 수다를 멈추지 않았다. 저자거리는 물건을 사는 사람들로 가득했다. 서로 밀치며 싸우는 사람들, 그들을 말리는 사람들을 즐거운 듯 구경하는 사람들도 있었다. 전염병이 약화되었다고 믿고 싶었다. 그러나 베야즈트 사원 뜰에서 연달아 나오는 관을 보고는 마음이 착잡해져 급히 집으로 돌아왔다. 방에 들어가려고 하는데 호자가 나를 불렀다. "이리 와, 이것 좀 봐." 그는 윗옷 단추를 열고, 배 밑에 작게 부어오른 빨간 반점을 가리키며 "온몸이 벌레에 물렸어."라고 했다. 나는 다가가 자세히 보았다. 작고 빨간 반점들이었다. 조금 부어올라 있었다. 꽤 큰 벌레가 문 것 같았다. 그런데 왜 내게 보여 주는 걸까? 얼굴을 더 가까이 대기가 두려웠다. "벌레가 문 거야."라고 호자는 말했다. "그렇지?"라며 그는 손가락 끝으로 부어오른 곳을 만졌다. "아니면 벼룩인가?" 나는 입을 다물었다. 그렇게 생긴 벼룩이 문 자국은 본 적이 없다는 말은 하지 않았다.

나는 평계를 대고 해가 질 때까지 뜰에 머물렀다. 이제 이 집에서 머물 필요가 없다고 생각했지만, 갈 곳도 없었다. 그 반점은 정말로 벌레가 문 흔적 같았다. 흑사병의 임파선종만큼 크거나 넓지 않았다. 그러나 잠시 후 다른 생각이 떠올랐다. 어쩌면 내가 뜰에서 빨리 푸르러지는 풀 사이에서 거닐었기 때문인지 모른다. 반점들이 이틀 안에 부어올라 꽃처럼 피어 터지고, 호자는 고통 속에서 죽을 거라고 생각했다. 밤에만 활동하는 열대지방의 커다란 곤충이 호자를 문 것 같았다. 하지만 이 유령 같은 곤충의 이름은 도무지 떠오르지 않았다.

저녁 식사를 하려고 앉았을 때, 호자는 기분 좋은 표정을 지으려고 했다. 농담도 하고 내게 장난도 쳤지만 오래가지 않았다. 말없이 저녁을 먹은 후, 바람 한 점 없는 조용한 어둠이 내리고도 아주 한참이 지난 후, 호자는 "마음이 착잡해. 답답해, 책상에 앉아 뭔가 쓰자."라고 했다. 그렇게라도 시간을 보내고 싶다고 했다.

하지만 그는 아무것도 쓰지 못했다. 내가 마음 편히 쓰는 동안, 그는 멍하니 앉아 곁눈질로 나를 바라보았다. "뭘 쓰고 있지?"라고 물었다. 나는 공학 학교 첫 해를 마치고 방학 때 말 한 마리가 끄는 마차를 타고 집에 돌아갈 때 얼마나 흥분했는지를 썼다. 그에게 읽어 주었다. 나는 학교와 친구들을 아주 좋아했다. 혼자 물가에 앉아 학교에서 가져온 책을 읽으며 학교 친구들을 생각하고 그리워했다는 내용을 읽었다. 잠시 정적이 흐른 후, 호자는 갑자기 마치 무슨 비밀이라도 말하는 것처럼 속삭이며 물었다. "그곳에서는 모두들 그렇게 행복하게 사나?" 묻자마자 그가 후회할 거라고 생각했지만 그는 여전히 어린애 같은 호기심을 품고 나를 바라보았다. 나도 속삭이듯 말했다. "저는 행복했어요!" 그의 얼굴에 가벼운 질투심이 일었지만 두려움을 줄 정도는 아니었다. 그는 부끄러워하면서 자신의 이야기를 했다.

그는 열두 살 때 에디르네에 살았는데 한동안 어머니와 여동생과 함께 위장병으로 입원한 외할아버지를 만나러 베야즈트 사원 부속 의료원에 가곤 했다. 아침이면 어머니는 아직 걷지 못하는 동생들을 이웃집에 맡기고, 아침 일찍 준비한 무할레비*가 든 그릇을 들고, 호자와 여동생을 데리고 길을 나섰다. 포플러 나무의 그늘이 드리워진 짧지만 아기자기한 길을 지났다. 외할아버지는 그들에게 옛날이야기를 들려주었다. 호자는 그 이야기들을 좋아했지만 의료원을 더 좋아했기 때문에, 그들 옆을 빠져나와 주위를 돌아다녔다. 한번은 등불이 반사되어 비치는 사원의 돔 아래에서 정신병자들에게 들려주는 음악을 들었다. 시냇물 흐르는 소리도 들었다. 그리고 형형색색의 이상한 병과 그릇이 반짝거리는 방을 돌아다녔다. 한번은 길을 잃어 울기도 했다. 의료원 사람들은 외할아버지 압둘라가 입원해 있는 방을 찾을 때까지 그에게 모든 방을 보여 주었다. 어머니는 가끔 눈물을 흘리며 딸과 함께 아버지의 이야기를 들었다. 그리고 그가 건네는 빈 무할레비 통을 가지고 돌아왔다. 그러나 집에 오기 전에, 어머니는 그들에게 헬와**를 사 주면서, 남들이 보기 전에 먹어 버리자고 했다. 그들 셋은 물가 포플러 나무 사이에서 물 쪽으로

* 우유와 쌀가루로 만든 단 푸딩.
** 참깨와 다양한 곡류에 꿀을 섞어 만든 터키 고유의 단 과자.

발을 뻗고 앉아 몰래 헬와를 먹곤 했다.

호자가 말을 끝내자 정적이 흘렀다. 우리는 이상한 형제애를 느끼며 불안하고 초조했다. 호자는 한동안 긴장된 분위기를 견뎌 냈다. 그런 후, 근처에 있는 집에서 꽝하고 문 닫는 소리가 들리자 말을 시작했다. 그때 처음 학문에 대한 관심을 가졌다고. 환자들, 그들을 치료하는 형형색색의 병들, 그릇들, 저울들 때문에. 그러나 할아버지가 돌아가신 후 다시는 그곳에 갈 기회가 없었다. 호자는 커서 그곳에 혼자 가는 상상을 하곤 했다. 그러다 어느 해인가 근처 툰자 강이 범람하자, 환자들을 도피시키는 일이 생겼다. 의료원의 방을 채워 버린 더럽고 탁한 물은 오랫동안 빠지지 않았고, 빠진 후에도 아름다운 의료원은 몇 년 동안 청소를 하지 못해 더럽고 냄새 나는 진흙 속에 방치되었다.

호자가 입을 다물었을 때 우리의 친근감은 사라졌다. 그는 책상에서 일어났다. 나는 곁눈질로 방 안을 서성거리는 그의 그림자를 보았다. 그는 책상에 놓여 있던 등불을 들고 내 뒤로 갔다. 나는 더 이상 그도, 그의 그림자도 볼 수 없었다. 돌아보고 싶었지만 그럴 수 없었다. 마치 어떤 사악함이라도 기다리는 듯 공포에 떨었다. 잠시 후 바스락거리며 옷을 벗는 소리를 듣고는 두려워하며 뒤를 돌아보았다. 그는 웃통을 벗은 채였다. 거울 앞으로 가서 등불에 반사되어 비치는 가슴과 배를 유심히 보고 있었다. 그는 "하느님, 세상에, 이게 무슨 종기야?"라고 했다. 나는 말을 하지 않았다. "와서 좀 봐." 나는 자리에서 꼼짝할 수가 없었다. 그가 소리를 질렀다. "오라고 했잖아!" 나는 벌을 받을 학생처럼 두려워하며 그의 곁으로 다가갔다.

그의 벗은 몸을 이렇게 가까이서 본 적은 처음이었다. 나는 싫었다. 처음에는 이런 이유 때문에 그에게 다가갈 수 없었다고 믿고 싶었지만 실은 그 종기가 두려웠다는 것을 나는 알고 있었다. 그도 알아챘다. 하지만 나는 그가 알아채지 못하기를 바라며 얼굴을 가까이 가져갔다. 의원 같은 태도로 부어오른 종기에 시선을 집중시키곤 뭐라고 중얼거렸다. 호자는 결국 "너는 두려워하고 있구나, 그렇지?"라고 했다. 나는 두려워하지 않는다는 걸 증명하기 위해 얼굴을 더 가까이 갖다 댔다. "혹여 흑사병 임파선종이 아닐까 두려워하고 있구나, 그렇지?"라고 했다. 나는 그 말을 못 들은 척했다. 벌레가 문 자리라고 말하려 했다. 나도 전에 물린 적이 있는 이상한 그 벌레라고 말하려 했지만, 벌레 이름이 여전히 떠오르지 않았다. 그가 "만져 봐."라고 했다. 호자는 "만져 보지 않고 어떻게 알겠어, 만져 봐!"

내가 만지지 않는 것을 보자 즐거워하는 듯했다. 그는 부어오른 부분을 만졌던 손가락을 내 얼굴에 들이댔다. 내가 역겨워하며 흠칫 놀라는 걸 보자 그는 웃음을 터뜨렸다. 고작 벌레에 물린 것을 보고 두려워하는 나를 조롱했다. 그러나 그의 즐거움은 오래가지 않았다. 그는 갑자기 "죽음이 두려워."라고 실토했다. 마치 다른 이야기를 하는 듯한 목소리로. 부끄러움보다는 분노였다. 불공평한 일을 당한 사람의 분노. "너한테는 이런 종기가 없어? 확실해? 윗옷을 벗어 봐!" 그가 강요하자 나는 목욕하기를 죽도록 싫어하는 아이처럼 겨우 윗옷을 벗었다. 방은 더웠다. 창문은 닫혀 있었다. 그러나 어디선가 서늘한 바람이 불어왔다. 어쩌면 나를 소름끼치게 하는 것은 거울의 냉기인지도 몰랐다. 거울에 비친 내 모습이 부끄러워 발걸음을 떼어 거울의 테두리 밖으로 물러났다. 이번에는, 거울 속에서, 내 몸에 얼굴을 들이댄 호자의 옆얼굴을 보았다. 나의 것과 닮았다고 모두가 말하는 그의 커다란 머리가 내 몸을 향해 숙이고 있었다. 갑자기 그가 내 영혼에 해를 입히려 한다는 생각이 문득 떠올랐다. 나는 지금까지 그에게 그런 짓을 한 적이 없었다. 오히려 나는 그를 가르친 것에 대해 몇 해 동안 나 자신을 자랑스러워했다. 그런 생각이 떠오르는 것조차 우스웠다. 하지만 한순간 등불 아래에서 부끄러움을 감추지 못한 수염 달린 그 머리가 나의 배를 빨아들일 거라는 생각을 했다! 어린 시절 들었던 그 공포스러운 이야기를 좋아했나 보다. 이런 생각을 하고 있을 때, 내 배에 그의 손가락이 느껴졌다. 나는 도망치고 싶었다. 그의 머리를 뭔가로 내리치고 싶었다. 그는 "너한테는 없구나."라고 했다. 내 뒤로 가서 겨드랑이, 목, 귀 뒤도 검사했다. "여기도 없구나, 벌레는 널 물지 않았나 보군."

그는 손을 내 어깨에 얹으며 내 곁을 지나갔다. 나는 고민을 나누었던 그의 어린 시절 친구 같았다. 그는 손가락으로 내 목덜미를 쥐고 나를 끌어당겼다. "이리 와, 같이 거울을 보자."라고 했다. 희미한 등불 밑에서 우리가 얼마나 닮았는지 나는 한 번 더 확인할 수 있었다. 사득 파샤의 방에서 기다리며, 그를 처음 보았을 때도 이런 감정에 휩싸였던 것이 생각났다. 그때 나는 내가 되어야 할 사람을 보았다. 지금은 그도 나 같은 사람이 되어야 한다고 생각했다. 우리 둘은 같은 사람이었다! 지금, 이것은 매우 명백한 사실처럼 다가왔다. 옴짝달싹할 수 없는 느낌이 들었다. 이 상황에서 벗어나기 위해 움직였다. 내가 나인 것을 이해하기 위해. 재빨리 손으로 머리카락을 만졌다. 그러나 그도 나와 같은 행동을 했다. 그것도 아주 노련하게, 거울 속의 대칭 상태를 전혀 흐트러뜨리지 않고. 내 시선도 흉내 내고 있었다. 내 머리의 움직임, 거울을 보기 싫어하는 모습, 두려움에 대한 호기심으로 눈길을 거둘 수 없었던 나의 공포심도 흉내 내고 있었다. 친구의 말과 행동을 흉내 내면서 상대방을 화나게 하는 아이처럼 즐거워했다. 그는 소리를 질렀다! 우리는 함께 죽을 거라고! 나는 터무니없다고 생각했다. 하지만 두렵기도 했다. 그와 보냈던 날들 가운데 가장 끔찍한 밤이었다.

  그러고 나서, 자신은 처음부터 흑사병을 두려워했으며, 지금까지의 행동은 모두 나를 시험하기 위한 것이었다고 주장했다. 사득 파샤의 사형 집행인이 나를 처형하려고 끌고 갔을 때도 두려웠고, 다른 사람들이 우리를 닮았다고 했을 때도 두려웠다고 했다. 그리고 자신이 내 영혼을 빼앗았다고 했다. 조금 전 나의 행동을 모방할 때처럼, 이제 내가 무슨 생각을 하든 자신은 알 수 있으며, 내가 아는 것은 무엇이든 알아낼 수 있다고 했다! 그러고는 지금 이 순간 내가 무슨 생각을 하는지 물었다. 내 머릿속에는 그에 관한 것 말고는 아무것도 없었다. 나는 아무것도 생각하지 않는다고 대답했다. 그러나 그는 내 대답에 개의치 않았다. 그는 내가 무엇을 생각하는지 알고 싶은 것이 아니라 단지 나를 두렵게 하기 위해 말하고 있다는 생각이 들었다. 자신의 두려움을 가지고 장난을 치며, 그 두려움을 나도 느껴 보라는 식으로. 외로움을 느낄수록 그가 못된 짓을 하려 한다는 것을 알아챌 수 있었다. 그가 손으로 내 얼굴을 만질 때, 그 이상한 닮은꼴의 마력으로 나를 공포로 감싸려 할 때, 나보다 자신이 더 흥분해 즐거워하고 있을 때, 나는 그가 못된 짓을 하고 있다고 생각했다. 한순간 그 사악한 짓들이 내키지 않아져서, 내 목덜미를 잡아 거울 앞에 멈춰 섰을 거라고 생각했다. 하지만 그가 실성했다거나 속수무책의 상태였다고는 전혀 생각되지 않았다. 그가 옳았다. 사실 그가 말하고 행동하는 것을 나 역시 말하고 행동하고 싶었다. 그런데 그가 나보다 먼저 이것을 행동으로 옮겨 흑사병과 거울 안의 두려움을 가지고 장난을 칠 수 있다는 게 부러웠다.

하지만 내가 그렇게 두려워하고, 전에는 생각하지 못했던 새로운 내 모습을 감지했음에도 불구하고, 이 모두가 게임이라는 생각에서는 벗어나지 못했다. 내 목덜미를 쥐었던 손가락이 느슨해졌다. 하지만 나는 거울 앞에서 물러서지 않았다. 호자는 "난 너처럼 되었어. 이제 네가 얼마나 두려워했는지 알아. 나는 네가 되었어!"라고 했다. 나는 그가 하는 말이 이해는 되었지만, 지금은 절반은 맞다고 확신하는 그 말이 우습고 유치하다고 생각하려 애를 썼다. 그는 세상을 나처럼 볼 수 있다고 주장했다. 다시 '그들'이라고 말했다. '그들'이 어떻게 생각하고 느끼는지를 마침내 이해했다고 했다. 그는 시선을 거울 밖으로 거두면서, 등불이 비추는 희미한 책상, 컵, 의자 같은 물건을 보면서 말했다. 그러곤, 전에는 보지 못했기 때문에 말하지 못했던 것들을 지금은 말할 수 있다고 주장했다. 그러나 나는 그가 틀렸다고 생각했다. 단어도 같고 대상도 같았다. 유일하게 새로운 것은 두려움이었다. 그것도 아니었다. 두려움을 경험하는 방식이 달랐던 것이다. 그 방식이 어떠한 것인지는 지금도 정확히 표현할 수 없지만, 거울 앞에서 하는 또 다른 새로운 게임이라고만 생각했다. 마지못해 이 게임을 끝내고, 다시 그 붉은 반점으로 돌아가는 것 같았다. 벌레가 문 자국인지 흑사병인지 물었다.

그는 내가 떠나온 곳에서 다시 시작하고 싶다고 했다. 우리는 여전히 반라의 몸으로 거울 앞에 서 있었다. 그는 내가 되고, 나는 그가 되기를 원했다. 서로 옷을 바꾸어 입고, 그가 수염을 깎고, 내가 그 수염을 턱에 붙이면 될 거라고 했다. 이런 생각을 하자 거울에 비친 우리의 비슷한 모습이 더욱 오싹했다. 나는 신경을 바싹 곤두세운 채 계속 그의 말에 귀를 기울였다. 내가 그를 풀어 줄 것이고, 그는 내 자리를 차지하여 내 나라로 돌아갈 거라고 하면서, 그 후 그가 그곳에서 할 일들을 즐겁게 설명했다. 그가 내 어린 시절과 청년 시절, 내가 그에게 말해 주었던 모든 것을 가장 세세한 부분까지도 기억하고 있다는 것이, 그 세세한 부분을 자신의 생각에 따라 엉뚱하고 비현실적인 상상의 세계로 만든 것이 놀라웠다. 마치 내 인생이 내 통제에서 벗어나 그의 손에 의해 다른 곳으로 끌려가는 것 같았다. 내게 일어난 일을 마치 꿈을 꾸는 것처럼 멀리서 바라보는 것 말고는 다른 방도가 없었다. 하지만 그가 내 행세를 하며 내 나라에서 할 여행과 그곳에서 살 인생이 너무나 우습고 비현실적이었기에 그를 완전히 믿을 수는 없었다. 한편으론 그의 상상의 세세한 부분에 그럴싸한 구석도 있다는 생각이 들어 놀라웠다. 마음속으로 아, 그럴 수도 있겠구나, 내가 그렇게 살 수도 있겠구나, 하고 생각했다. 그때 처음으로 호자의 인생에 보다 심오한 무언가가 있다고 느꼈지만, 그것이 무엇인지는 정확히 말할 수 없을 것 같다. 그저 몇 년 동안 그리워하며 생각했던 나의 옛 세계에서 내가 했던 일들을 들으며 놀라워하다 보니, 흑사병에 대한 두려움은 잊어버렸다.

하지만 이것도 그리 오래가지 않았다. 이번에는 내가 그가 된다면 무엇을 하고 싶은지 말하라고 했다. 우리가 서로 닮지 않았고, 반점은 벌레에 물린 것이라고 믿으려 애쓰며, 그 괴상한 상태로 서 있는 나 자신에게 화가 났기 때문에 머릿속에 아무것도 떠오르지 않았다. 그가 계속 재촉하기에, 한때 고국에 돌아가면 터키에서의 추억을 쓰겠다고 구상했던 것을 떠올려, 그에게 들려주었다. 어쩌면 어느 날엔가, 내가 경험한 것들을 이야기로 쓸 거라고 하자, 그는 혐오스러운 표정으로 나를 비웃었다. 그는 자신이 나를 아는 만큼, 나는 그를 모른다고 했다! 나를 밀쳐 내고 혼자 거울 앞에 섰다. 자신이 내가 되면 내게 일어날 일을 말해 보겠다는 것이었다! 우선 반점은 흑사병의 임파선종이라고 했다. 내가 죽을 거라고 했다. 죽기 전에 내가 얼마나 고통 속에서 몸부림칠 것인지를 설명했다. 지금까지는 미처 깨닫지 못했기에 마음의 준비가 되어 있지 않았던 두려움은 죽음보다도 더 끔찍한 것이라 했다. 내가 어떻게 병마와 싸울지를 말하면서 그는 거울 앞에서 물러났다. 잠시 후 그를 바라보았을 때 그는 바닥에 펼쳐 놓은 흐트러진 침상에 누워 내가 당할 아픔과 고통을 설명하고 있었다. 손은 배 위에 올린 채였다. 그가 말한 그 고통이 거기에 있다고 생각했다. 바로 그때, 그가 나를 불렀다. 나는 두려워하며 그의 곁으로 갔지만 바로 후회했다. 그는 다시 나를 만지려 했다. 이제는 그 반점들이 벌레가 문 자국이라고 생각했는데도 여전히 두려웠다.

그날 밤을 그렇게 보냈다. 그는 병과 두려움을 나에게 전염시키려고 하면서 내가 그이며, 그가 나라고 되풀이해서 말했다. 그가 자신에게서 벗어나 자신을 바라보는 희열을 느끼는 거라고 나는 생각했다. 나는 꿈에서 깨어나고 싶은 사람처럼 혼잣말을 했다. 그는 게임을 하고 있다, 자신도 '게임'라는 이 단어를 사용한 적이 있었다. 그는 서서히 땀을 흘렸다. 더운 방에서 숨 막히는 말들이 두려워 호흡이 곤란해진 것이 아니라, 실제로 몸에 이상이 있는 환자처럼.

동이 틀 무렵에 그는 별과 죽음에 대해 말했다. 꾸며 낸 예언, 파디샤의 어리석음과 사악함, 바보들, '우리'와 '그들', 다른 사람이 되고 싶은 자신에 대해 말했다. 나는 더 이상 그의 이야기를 듣지 않고 뜰로 나왔다. 어쩐 일인지, 옛날에 읽었던 영생(永生)에 대한 책이 머릿속에 맴돌았다. 보리수나무 사이를 여기저기 날아다니며 지저귀는 참새들 말고는 아무런 움직임이 없었다. 당혹스러운 정적! 이스탄불에 있는 수많은 방과 흑사병에 걸린 사람들을 생각했다. 호자는 흑사병에 걸렸고, 죽을 때까지 치료되지 않을 것이며, 만약 흑사병이 아니라면 그 붉은 두드러기가 사라질 때까지 그렇게 방에서 지낼 것이다. 이제는 더 이상 이 집에서 머물 수 없다고 느꼈다. 집 안으로 들어갈 때까지는, 어디로 도망칠지 어디에 숨을지 생각하지 않았다. 호자 그리고 흑사병에서부터 멀리 떨어진 곳을 상상했다. 옷 몇 벌을 자루에 쑤셔 넣으면서, '그곳'은 잡히기 전에 도착할 수 있는 가까운 곳이어야 한다는 것만을 생각했다.

7

나는 그동안 호자에서 조금씩 돈을 훔쳐 모아 왔다. 그리고 여기저기서 번 돈도 있었다. 집에서 나오기 전에, 이제는 전혀 읽지 않는 책을 넣어 둔 궤짝 안의 양말 속에서 숨겨 둔 돈을 꺼냈다. 잠시 후 호기심이 발동해 호자의 방으로 가 보았다. 불은 켜져 있었고, 그는 땀에 젖은 채 잠들어 있었다. 한 번도 전적으로 믿은 적이 없던 그 마법적인 유사함을 투영하여 밤새 나를 두렵게 했던 거울이 작다는 것이 놀라웠다. 아무것도 만지지 않고 급히 집에서 빠져 나왔다. 텅 빈 마을의 텅 빈 거리를 걷는데 미풍이 불어왔다. 문득 손을 씻고 싶다는 생각이 들었다. 내가 어디로 가고 있는지 알기 때문에 기뻤다. 아침의 정적 속에서 거리를 걷고, 바다를 향하는 비탈길을 따라 내려가고, 우물에서 손을 씻고, 할리치 만을 바라보았다. 나는 행복했다.

헤이벨리 섬에 대해서는 그곳에 머물다가 이스탄불로 온 젊은 수도사에게서 처음 들었다. 갈라타에서 그를 만났을 때, 그는 흥분해 가며 섬의 아름다움에 대해 말해 주었다. 그의 말이 내 머릿속에 남아 있었던지, 마을에서 벗어날 즈음에는 내가 그곳으로 갈 것임을 알 수 있었다. 나룻배 주인과 어부는 나를 섬에 데려다 주는 대가로 엄청난 돈을 요구했다. 기분이 상했다. 내가 도망자라는 걸 알고 있다는 생각이 들었다. 그들은 호자가 내 뒤를 쫓기 위해 보낼 사람들에게도 나의 행방을 말할 것이다! 나중에는 그들의 그런 태도가 흑사병을 두려워하는 기독교인을 향한 위협이라고 결론 내렸다. 더 이상 그들의 주의를 끌지 않기 위해, 두 번째로 가격을 물어본 나룻배 주인과 흥정을 마쳤다. 그는 강인한 사람처럼 보이지 않았다. 노에 매달려 이야기했으며, 흑사병이 어떤 죄에 대한 벌인지에 대해 말했다. 흑사병으로부터 도망치기 위해 섬에 숨는 것은 아무 소용이 없다는 말도 덧붙였다. 이런 이야기를 하는 그도 나처럼 두려워한다는 것을 알 수 있었다. 섬까지는 여섯 시간이 걸렸다.

돌이켜 보면 그 섬에서 나는 행복한 나날을 보냈던 것 같다. 적은 돈을 주고 혈혈단신의 그리스인 어부의 집에서 머물렀다. 남의 눈에 띄지 않으려고 노력했으며, 불안했다. 호자가 죽었을 거라는 생각을 하거나, 나를 찾기 위해 사람을 풀었을 거라는 생각을 했다. 섬에는 나처럼 흑사병을 피해 도망 온 기독교인들이 많았지만, 나는 그들의 눈에도 띄고 싶지 않았다.

나는 매일 아침 어부와 함께 바다에 나가 저녁 무렵 돌아왔다. 작살로 가재나 게를 잡는 일에 흥미를 느끼기도 했다. 고기잡이에 나설 만큼 날씨가 좋지 않을 때는 섬을 산책했다. 수도원 포도밭에 들어가 넝쿨 밑에서 단잠을 자기도 했다. 무화과나무에 기대어 있는 정자에도 있었다. 날씨가 맑은 날에는 멀리 아야 소피아*까지 보였다. 나는 정자에 앉아 이스탄불을 바라보면서 몇 시간이고 상상의 나래를 폈다. 한번은 섬으로 올 때 내가 탄 나룻배를 호위했던 돌고래들과 호자가 나오는 꿈도 꾸었다. 호자는 돌고래들과 친구였고, 돌고래들에게 나에 대해 물었다. 나를 찾는 것 같았다. 또 한번은 그들이 내 어머니와 함께 있었는데, 그들은 나를 비난하며 왜 못 돌아오는지 물었다. 얼굴에 내리쬐는 햇살 때문에 땀을 흘리며 깨어난 후에도 다시 꿈속으로 돌아가고 싶었지만, 그럴 수 없자, 억지로 상상을 이어 가곤 했다. 때로는 호자가 죽었다고 생각했다. 내가 떠난 빈집에 시체를 운반하러 온 사람들, 아무도 찾지 않은 장례식의 정적. 호자의 예언도 생각했다. 그가 즐겁게 꾸며 대던 재미있는 예언과, 증오와 분노로 꾸며 대던 예언들. 파디샤에 관해서도, 파디샤의 동물에 관해서도. 내가 작살로 등을 찔러 잡은 가재와 게는 집게발을 천천히 움직이면서 이 백일몽에 동참하곤 했다.

고국으로 탈출할 수 있을 거라는 확신을 가지려 했다. 탈출하기 위해서는 대문이 활짝 열려 있는 집에서 돈을 훔치기만 하면 그만이었다. 그렇지만 그전에 호자를 잊어야 했다. 왜냐하면 내게 일어난 일의 환상과 추억의 매력에 뜬금없이 사로잡히는 나 자신을 발견했기 때문이다. 나와 너무나 많이 닮은 사람을 죽게 내버려 둔 나 자신을 비난하기도 했다. 글을 쓰는 지금 이 순간처럼 못 견디게 그가 그리웠다. 그가 나의 기억 속에 있는 것만큼 정말 나와 닮았을까, 아니면 내가 착각하는 걸까? 십일 년 동

---

* 이스탄불 톱카프 궁전 근처에 있는 건축물. 원래 기독교 성당으로 지어졌다가 오스만 제국 점령 후에 이슬람 사원으로 바뀌었고 현재는 박물관으로 개조되었다.

안, 한 번도 그의 얼굴을 마음껏 제대로 보지 못했다는 생각이 들었다. 그렇게 많이 서로의 얼굴을 들여다보았는데도 말이다. 이스탄불로 돌아가 마지막으로 한 번 더 그의 시신을 보고 싶다는 생각까지 했다. 나 자신이 자유로워지려면 우리 둘 사이의 유사성은 내가 잘못 기억하는 추억으로 또는 잊어야 할 좋지 못한 착각으로 결론 내 버려야 할 것이며, 그 사실에 익숙해져야 한다고 생각했다.

그 사실에 익숙해지지 않은 게 다행이었다. 어느 날 호자를 내 앞에서 보고야 말았기 때문이다! 나는 어부의 집 뒤뜰에 누워 눈을 감은 채 해를 바라보면서 공상을 하고 있었다. 그의 그림자를 느꼈다. 맞은편에 서 있었다. 미소를 짓고 있었다. 게임에서 이긴 사람이 아니라 마치 나를 사랑하는 사람인 양! 그런데 기이하게도 자신감이 생겼다. 나 자신조차 두려울 정도로. 어쩌면 나는 은근히 이 순간을 기다렸는지도 모른다. 왜냐하면 바로 게으른 노예, 고개를 조아리며 굴복하는 하인의 죄책감에 사로잡혔기 때문이다. 짐을 싸면서 호자를 혐오하기는커녕 나 자신을 경멸했다. 내가 어부에게 빚진 돈도 그가 지불했다. 그는 사람 둘을 데려왔으며, 두 개의 노를 저어 왔기 때문에 이스탄불에 빨리 도착할 수 있었다. 날이 어두워지기 전에 집에 도착했다. 집의 향기를 그리워했던 것 같다. 거울은 벽에서 내려져 있었다.

다음 날 아침, 호자는 나를 불러 앉혀 놓고 말했다. 내 죄가 아주 무겁다고 했다. 단지 내가 도망쳤기 때문이 아니라, 벌레에 물린 자리를 흑사병 임파선종으로 생각하곤 그를 죽음에 방치했기 때문에 내게 반드시 벌을 주어야 마땅하다고 했다. 그러나 지금은 때가 아니라고 했다. 그러곤 설명했다. 파디샤가, 일주일 전에, 드디어 호자를 불렀다. 이 흑사병이 언제 사라질지, 얼마나 더 인명을 앗아갈지, 자신의 목숨이 위험한지를 물었다. 호자는 매우 당황하여, 대답할 준비가 안 되어 있었으므로 그저 애매모호하게 답을 했으며, 별을 보며 관찰을 해야 하니 시간을 달라고 했다. 호자는 신이 나서 집으로 돌아왔지만 파디샤의 궁금증에 어떤 식으로 방향을 제시할지 판단이 서지 않았다. 그렇게 해서 나를 데리러 올 결심을 했던 것이다.

그는 내가 섬에 있다는 것을 진작부터 알고 있었다. 내가 도망친 후에 그는 지독한 독감에 걸렸고 삼 일 후에야 나를 찾으러 나설 수 있었다. 어부들이 있는 곳에서 나의 행방을 알게 되었다. 돈 몇 푼을 쥐어 주자 수다쟁이 사공은 나를 헤이벨리 섬까지 태워 주었다고 말했다. 호자는 내가 섬 말고는 다른 곳으로 도망가지 못할 거라는 사실을 알았기 때문에 쫓아오지 않았다. 파디샤와 맺은 최근의 관계가 그의 인생에서 가장 중요한 기회라고 하기에 나는 수긍했다. 그는 나의 지식이 필요하다고 솔직하게 말했다.

우리는 즉시 일을 시작했다. 호자에게는 무엇을 추구하는지를 아는 사람만이 갖는 결단력이 있었다. 전에는 잘 보지 못했던 그의 결단력이 좋았다. 다음 날 다시 궁전에서 부를 거라 예상하고 우리는 시간을 벌기로 했다. 즉시 합의를 본 원칙은, 너무 많은 정보를 주지 않는 것, 그러나 우리가 준 정보는 곧 증명될 수 있는 내용이어야 한다는 것이었다. 호자는 내가 좋아하던 그 예지력으로 '예언은 광대 짓이다. 하지만 어리석은 사람들에게 이용하면 영향을 미칠 수 있다.'라는 생각을 적용시켰다. 호자는 내가 설명하는 것을 들으며, 흑사병은 예방만으로도 물리칠 수 있는 재앙이라는 것에 동의하는 듯 보였다. 그도 나처럼, 재앙이 신과 관계되어 있다는 것을 부정하지 않았다. 하지만 간접적인 관계였다. 그렇기 때문에 우리같이 죽음을 면치 못하는 인간도 손발을 걷고 재앙에 대항해 무언가 할 수 있으며, 이것은 신의 자존심을 조금도 상하게 하지 않는 것이었다. 성인 우마르*도 자신의 군대를 흑사병으로부터 보호하기 위해 에부 위베이데를 시리아에서 메디나로 부르지 않았던가? 호자는 파디샤를 보호하기 위해 사람들과의 접촉을 최소한으로 줄이라고 조언했다. 이 조언을 실천하도록 하기 위해 파디샤에게 죽음에 대한 두려움을 심어 줄 생각이었으나, 매우 위험한 일이었다. 시적인 언어로 파디샤에게 죽음에 대한 두려움을 줄 만한 기회가 없었다. 항상 신하들과 함께 있었기 때문이다. 파디샤가 호자의 언변에 솔깃해지더라도, 주위에는 그가 두려움을 무시하게 하는 멍청한 사람들이 많이 있었다. 그리고 이 뻔뻔한 멍청이들은 매순간 호자가 무신론자라고 몰아세울 수 있었다. 그래서 우리는 나의 문학적인 재능을 가미하여 파디샤에게 들려줄 이야기를 하나 꾸며 냈다.

호자가 가장 두려워하는 것은 흑사병이 언제 물러날지를 예언하는 일이었다. 나는 하루 사망자 수를 조사할 필요가 있다고 생각했다. 호자에게 그렇게 말했지만 그는 심드렁했다. 이 통계를 입수하기 위해서는 파디샤에게 도움을 청해야 하는데, 이번에도 다른 이야기를 꾸며서 요청 의도를 숨겨야만 했다. 수학을

* 586?~644. 이슬람교의 2대 정통 칼리프로, 메소포타미아, 시리아, 이집트 등지를 정복했다.

그리 믿지 않았지만, 다른 방도가 없었다.

다음 날 아침, 그는 궁으로 나는 흑사병이 만연한 도시 속으로 들어갔다. 전처럼 여전히 흑사병이 두려웠다. 하지만 일상생활과 인생의 격렬함, 그리고 세상을 조금이나마 정복하기 위한 열망에 아찔한 느낌이 들었다. 선선한 바람이 부는 여름날이었다. 죽은 사람들과 죽어 가는 사람들 사이를 돌아다니며, 지난 몇 년 동안 내가 삶에 대해 이만큼 애착을 느낀 적이 없다는 생각을 했다. 사원 뜰로 들어가 종이에 관의 수를 적었다. 동네를 돌아다니며 내가 본 것들과 시체의 수 사이에 있는 어떤 관계를 알아내려고 노력했다. 그 집들과 사람들, 즐거움과 슬픔과 기쁨에 의미를 부여하는 것이 쉽지는 않았다. 게다가 까닭 모를 공허함이 엄습해 와 내 눈은 세부적인 것에만 머물렀다. 다른 사람들의 인생, 한집에서 친지와 형제와 더불어 사는 사람들의 행복, 속수무책, 그리고 그들의 태평함 같은 것에만 눈길이 갔다.

정오 무렵, 군중과 시체에 마음이 복잡한 채로 반대편 해안에 있는 갈라타로 건너갔다. 조선소 근처 노동자들의 찻집을 돌아다녔다. 나는 주저하면서 입담배를 피웠고, 그저 그들을 이해하려는 마음으로 음식점에서 식사를 했다. 시장과 상점에도 들어갔다. 어떤 결론을 도출하기 위해 모든 것을 머릿속에 새겨 두고 싶었기 때문이다. 저녁 어스름이 내린 후 피곤에 지쳐 집으로 돌아왔다. 그리고 궁에서 돌아온 호자의 말을 들었다.

일은 잘 진행되었다. 우리가 꾸며 낸 이야기가 파디샤의 마음을 움직였던 것이다. 흑사병은 마치 악마처럼, 사람의 탈을 쓰고, 속임수를 쓰고 있다는 이야기가 파디샤의 공감을 샀다. 파디샤는 낯선 사람들의 궁 출입을 금지하는 결정을 내렸으며, 출입도 엄격하게 통제했다. 흑사병이 언제 어떻게 끝날지를 물었을 때, 호자는 청산유수처럼 말을 했고, 파디샤는 도시를 술 취한 사람처럼 돌아다니는 죽음의 천사 아즈라엘을 눈앞에 떠올리고 두려움에 떨었으며, 아즈라엘이 눈에 띄는 사람들을 손으로 잡아 끌어당긴다고 말했다. 호자는 당황하여 즉시 정정했다. 사람들을 죽음으로 이끄는 것은 아즈라엘이 아니라 악마라고. 게다가 그는 술에 취한 자가 아니라 매우 교활한 자라고. 또한 호자는 우리가 계획했던 대로, 악마와 싸워야 한다고 말했다. 흑사병이 언제 도시를 떠날지 알기 위해서는 그것이 어디서 돌아다니는지를 보아야만 했다. 파디샤 주위에 있는 사람들 중 흑사병과 싸우는 것은 신에 대항하는 짓이라고 하는 사람들도 있었지만 파디샤는 그들의 말을 무시했다. 그리고 동물에 관해서도 질문했다. 매, 독수리, 사자, 원숭이에게 흑사병 악마가 다가갈 것인가. 호자는 즉시 그 악마는 사람에게는 사람의 탈을 쓰고, 동물에게는 쥐의 탈을 쓰고 접근한다고 말했다. 파디샤는 흑사병이 들르지 않은 먼 도시에서 고양이 오백 마리를 데려올 것과 호자가 원하는 만큼의 사람을 동원해 주라고 명령했다.

우리의 휘하에서 일하는 열두 명을 즉시 이스탄불 곳곳으로 보냈다. 그들은 동네방네 돌아다니며, 자신들이 본 것과 시체의 수를 우리에게 알렸다. 내가 다른 책을 견본 삼아 수정하여 그린 대략적인 이스탄불 지도를 우리는 책상 위에 펼쳐 놓았다. 매일 밤, 우리는 두렵지만 기꺼이 흑사병이 어디에서 돌고 있는지를 지도 위에 표시했으며, 파디샤에게 보고할 것들을 정리했다.

초반에는 별로 낙관적으로 생각하지 않았다. 흑사병은 도시에서, 교활한 악마가 아니라, 목적 없이 떠도는 부랑아처럼 돌아다니고 있었다. 어떤 날에는 악사라이 지역에서 마흔 명의 생명을 앗아가고, 다음 날은 그곳을 떠나 파티흐 지역에 들렀다. 그러다 반대편 해안 지역인 톱하네와 지한기르에도 돌아다녔다는 것을 알게 되었다. 그다음 날에는, 위에서 언급한 지역에는 거의 들르지 않고 제이렉 지역으로 갔으며, 할리치 만이 내려다보이는 우리 마을에도 들어와 스무 명의 목숨을 앗아갔다. 사망자 수는 물론이고 그 어떤 것도 추정할 수가 없었다. 어떤 날은 오백 명이 죽고, 다음 날은 백 명이 죽었다. 흑사병이 어디서 사람들을 죽이느냐가 아니라, 사람들이 어디서 처음 흑사병에 감염되는지를 조사할 필요가 있다고 느꼈을 때는 이미 늦어 버렸다. 파디샤는 다시 호자를 불렀다. 우리는 고심에 고심을 거듭했다. 흑사병은 사람이 붐비는 저자거리에서, 사람들이 서로 흥정을 하는 시장 바닥에서, 모여 앉아 잡담을 하는 찻집에서 돌아다닌다고 파디샤에게 말하기로 했다. 그는 궁에 갔고, 저녁에 돌아왔다.

파디샤는 "그러면 어떻게 하지?"라고 물었다. 호자는 시장과 도시의 왕래를 무력을 써서라도 통제해야 한다고 했다. 물론 파디샤 주위에 있는 잘난 사람들은 즉시 반대했다. 그러면 도시 사람들은 어떻게 먹고살 것인가, 상업 활동이 멈추면 생계도 파탄 날 것이다, 흑사병이 사람의 탈을 쓰고 돌아다닌다는 말을 들으면 사람들은 잔뜩 겁을 먹을 것이고, 종말이 왔다고 믿는 사람들을 통제할 수 없을 것이며, 아무도 흑사병 악마가 돌아다니는 마을에서 꼼짝달싹 못한 채 살고 싶어 하지 않을 것이니, 결국은 폭동이 일어날 것이라고 했다. 호자는 "이 사람들 말에도 일리가 있습니다."라고 말했다. 그때 한 멍청이가 나서서, 그러면 시민들을 이렇게 철저히 통제할 사람들을 어디서 찾을 것이냐고 물었고, 파디샤는 분노했다. 자신의 힘을 얕보는 사람들에게 벌을 내리겠다며 모두에게 겁을 주었다. 그는 노한 상태에서 불호령을 내리며, 호자가 말한 것들을 즉시 시행하라고 명했다. 하지만 신하들에게 의견을 묻는 것도 잊지 않았다. 황실 점성술사인 스트크 에펜디는 호자에게 적의를 품고 있었기 때문에, 흑사병이 이스탄불에서 언제 물러갈지를 아직 말하지 않았다고 비꼬았다. 파디샤가 그의 말도 옳다고 할까 봐 두려워, 호자는 다음에 올 때는 일정표를 가지고 오겠다고 했다.

책상 위에 펼쳐져 있던 지도에 표시를 하고 숫자로 채웠다. 그러나 흑사병이 어떤 방식으로 도시를 돌아다니는지 전혀 알아낼 수가 없었다. 이사이에 파디샤는 통행금지령을 내렸고, 시행된 지 사흘이 지났다. 시장 입구나 대로 그리고 선창에서 길을 막는 예니체리 병사들은 지나는 사람들을 붙잡고 "당신은 누구야! 어디 가? 왜 가는데?"라는 식으로 몰아세워 검문을 했다. 그들은 두려워하며 놀라는 행인들과 할 일 없이 돌아다니는 사람들을 집으로 돌려보냈다. 카팔르 차르시*와 운카파느 지역에서 사람들의 왕래가 뜸해지는 것을 알고, 우리는 최근 한 달간의 사망자 수를 더해 종이에 써서 벽에 걸어 놓고 생각에 잠겼다. 흑사병이 어떤 논리에 따라 움직이기를 기대하는 호자의 생각은 부질없는 것이었다. 우리는 목숨을 부지하기 위해 파디샤에게 어떤 핑계를 대야만 했다.

이즈음 통행 허가서라는 것도 발급되었다. 예니체리 아아**는

---

* 이스탄불에 있는 거대한 시장. '그랜드 바자르'라고도 부른다.
** '아아'는 사령관을 뜻한다.

상업 활동이 마비되지 않도록 하고 도시의 생계유지를 위해 필요하다고 인정되는 사람들에게 통행 허가서를 나누어주었다. 그가 이 일로 많은 돈을 벌어들인다는 것, 그리고 그에게 뇌물을 주지 않는 소상인들이 반란을 준비하고 있다는 것을 알았을 무렵, 나는 처음으로 사망자 수에서 어떤 규칙성을 감지했다. 호자가 총리 대신 쾨프륄뤼가 상인들과 결탁해 음모를 꾸민다는 이야기를 했을 무렵, 나는 흑사병이 외곽 지역과 빈민가에서 서서히 물러나고 있다고 확신한다고 말했다.

내가 한 말을 호자는 그다지 믿지 않았으나, 날짜를 계산하는 일은 내게 맡겼다. 그는 파디샤의 환심을 사기 위해 아무런 의미도 없고, 읽은 후에 아무도 어떤 결론을 유추해 낼 수 없는 이야기를 쓰고 있다고 했다. 며칠 후 그는 내게 물었다. 읽고 듣는 기쁨 이외에는 아무런 결과나 의미가 없는 이야기를 꾸며 낼 수 있느냐고. "음악처럼 말인가요?"라고 나는 대답했다. 호자는 놀랐다. 우리는 좋은 이야기란 처음 부분은 동화처럼 천진난만해야 하며, 중간 부분은 악몽처럼 무서워야 하고, 마지막 부분은 이별로 끝나는 사랑 이야기처럼 슬퍼야 한다고 생각했다. 궁에 들어가기 전날 밤 우리는 함께 앉아서 즐겁게 잡담을 나누었고, 서둘러 일을 처리했다. 바로 옆방에는 호자가 아직 결론을 못 내린 이야기의 도입부를 베껴 쓰고 있는 왼손잡이 서예가 친구가 있었다. 아침이 밝아 올 무렵 내가 얻은 제한된 숫자와 며칠에 걸쳐 고안해 낸 방정식을 사용해, 앞으로 이십 일 후 흑사병이 시장에서 마지막 희생자를 잡아간 후 도시를 떠날 거라는 결론을 산출해 냈다. 호자는 어떤 근거로 이 결과를 도출했는지는 묻지 않았다. 단지 흑사병에서 해방될 날이 너무 멀다고 하면서, 날짜를 이 주로 해서 다시 계산하고, 그 기간의 수치도 바꾸라고 지시했다. 별로 낙관적이지 않았지만 시키는 대로했다. 호자는 즉시 그 자리에서 일정표의 특정 날짜에 시를 쓰고는, 일을 마치려 하는 서예가의 손에 쥐어 주었다. 내게는 그 시들을 설명하는 삽화를 그리라고 했다. 정오 무렵 에브루로 장식된 파란 표지로 서둘러 제본한 책을 가지고 궁으로 가는 그는 침울하고, 초조하고, 두려워 보였다. 그는 내가 만든 일정표보다는, 이야기책에 꽉꽉 채워 놓은 펠리컨과 날개 달린 황소, 불개미, 말하는 원숭이를 더 믿는다고 했다.

저녁에 집으로 돌아온 그는 잔뜩 흥분해 있었다. 이 흥분은 그의 예언을 파디샤가 완전히 믿었던 삼 주 내내 지속되었다. 처음에 그는 전혀 희망을 갖고 있지 않았기 때문에 "어떤 일이든 일어날 수 있어."라고 했다. 목소리가 아름다운 소년에게 이야기를 읽게 하고 귀를 기울일 때, 파디샤 주위에 모인 사람들 가운데는 웃는 사람도 있었다. 그들은 호자를 파디샤의 눈 밖에 나게 하려고 일부러 그렇게 행동하는 게 분명했다. 하지만 파디샤는 그들에게 조용히 하라고 꾸짖었다. 그러곤 호자에게 흑사병이 이 주 후에 물러나리라는 것을 어떤 징후에 근거해 예측했는지를 물었다. 호자는 그 답이 아무도 이해할 수 없는 이야기 속에 있다고 했다. 그리고 파디샤의 환심을 사기 위해, 트라브존*에서 배로 실어 와서, 궁전 뜰뿐 아니라 방에도 가득 채워 놓은 형형색색의 고양이를 귀여워하는 척했다.

두 번째로 궁전에 들어갔을 때 조정은 두 편으로 나뉘어 있

_____

* 터키 흑해 연안에 위치한 도시.

었다. 황실 점성술사인 스트크 에펜디가 속해 있는 무리는 도시에 내려진 조치를 모두 해제하라고 요구했고, 호자가 속해 있는 무리는 '도시를 질식시켜, 그 안에서 돌아다니는 흑사병 악마도 숨을 못 쉬게 하자.'라고 주장했다. 나는 매일 사망자 수가 줄어드는 것을 보고 희망에 젖었지만, 호자는 여전히 흥분에 들떠 있었다. 호자가 속해 있지 않는 그룹이 총리 대신 쾨프륄뤼와 결탁해 반란 모의를 하고 있다는 소문이 들렸다. 그들의 목적은 흑사병을 물리치는 것이 아니라, 반대파들에게서 자유로워지는 것이었다.

일주일 후에는 사망자 수가 눈에 띄게 줄었지만, 내 계산에 의하면 흑사병이 남은 일주일 안에 물러나지는 않을 것 같았다. 나는 계산한 날짜를 바꾸었고 호자에게 그렇게 말했지만 그는 이제 희망을 품고 있었다. 잔뜩 흥분하면서 총리 대신에 대한 소문은 아무 일없이 사라졌다고 했다. 그래서 호자가 속해 있는 편은 총리 대신이 자신들과 의견을 같이 한다는 소문을 퍼뜨렸다. 이런 권모술수에 지쳐 버린 파디샤는 고양이에게서 위안을 찾는다고 했다.

이 주가 지날 무렵, 도시는 흑사병보다는 도시에 내려진 예방책 때문에 숨막혀하고 있었다. 날이 갈수록 죽는 사람들은 줄었지만, 우리처럼 상황 파악을 하는 사람들만 그 사실을 알았다. 기아가 시작될 거라는 소문이 나돌았다. 이스탄불은 버려진 끔찍한 도시처럼 변해 갔다. 나는 마을 밖으로 나가지 않았기 때문에 호자가 모든 것을 말해 주었다. 호자는 닫힌 창문과 대문 뒤에서 흑사병과 싸우는 사람들의 무력감, 흑사병과 죽음 이외에 다른 것에 대한 기대를 느낄 수 있다고 했다. 이러한 기대는 궁에서도 느낄 수 있었다. 잔이 땅에 떨어지거나, 누군가 큰소리로 기침을 하면, 그 잘난 체하는 간신들은 소근거리며 파디샤가 오늘은 무슨 결정을 내리는지 두고 보자고 가슴을 졸이며 기다렸다. 까짓 거 무슨 일이든지 일어나라지 하며 속수무책인 사람들도 쉽사리 흥분을 했다. 호자도 그런 흥분에 휩싸여 있었다. 파디샤에게 흑사병은 서서히 물러나고 있으며, 자신의 예언이 맞아떨어졌다고 했다. 하지만 이 말이 파디샤에게 별 효과가 없자, 결국 다시 동물에 대해 이야기할 수밖에 없었다.

이틀 후, 사원에서 작성한 수치를 바탕으로 하여 흑사병이 꽤 물러났다는 결론이 나왔다. 하지만 바로 그 금요일에 호자를 기쁘게 한 일은 다른 데 있었다. 절망에 빠진 소상인들이 길을 통제하고 있는 예니체리와 충돌했다. 이들은 정부가 내린 흑사병 예방책에 불만이 있는 일부 예니체리와 마을 사원에서 설교를 하는 멍청한 이맘* 한두 명, 물건을 훔치려는 건달들과 무위도식하는 사람들을 규합했다. 이들은 흑사병은 신의 뜻이며, 신에게 대항하는 행동은 하지 말아야 한다고 주장했다. 그러나 이 소요는 크게 번지지 않고 곧 진압되었다. 이들에 대해 셰이휠이슬람**이 유권 해석을 내리자, 어쩌면 이 사건을 더욱 과장하기 위해서인지는 몰라도, 스무 명은 즉시 처형당했다. 호자는 아주 만족했다.

다음 날 밤 그는 자신의 승리를 선언했다. 이제 궁에서 아무도 흑사병에 대한 예방책을 해제하라고 말하지 못했다. 예니체리 아아가 궁으로 들어갔고 반란자와 결탁한 궁 내부 지지자들

---

* 이슬람교 사원의 목회자.
** 현재의 종교부 장관에 해당한다.

에 대해 보고했다. 파디샤는 분노했다. 호자에게 적의를 품고 그를 괴롭혔던 파벌은 뿔뿔이 흩어졌다. 한때 이들의 편이라고 소문이 났던 총리 대신 쾨프륄뤼는 반란을 도모하는 자들을 가혹하게 처단했다. 호자는 이 문제에 대해서도 자신이 파디샤에게 입김을 불어넣었다고 자랑스레 말했다. 반란을 평정한 사람들은 파디샤를 설득하기 위해 흑사병이 물러나고 있다고 말했다. 이것은 사실이었다. 파디샤는 호자에게 그때까지 하지 않았던 최고의 칭찬을 아끼지 않았다. 파디샤는 아프리카에서 데려온 원숭이들을 보여 주기 위해, 원숭이가 살고 있는 우리로 호자를 데려갔다. 호자가 원숭이의 배설물과 방자한 행동에 역겨워하고 있을 때, 파디샤는 그들이 앵무새처럼 말을 배울 수 있는지 물었다. 또 수행원들을 향해 이제는 호자를 곁에서 더 자주 보고 싶다고 했으며, 그가 예견한 흑사병에 대한 날짜 계산도 맞아떨어졌다고 했다.

한 달 후 어느 금요일, 호자는 황실 점성술사가 되었다. 아니 이보다 더한 위치가 되었다. 파디샤가 흑사병의 종식을 기념하여 시민 모두가 참석한 아야 소피아 사원의 금요 예배에 갈 때, 호자는 바로 그의 뒤에 섰다. 흑사병에 대한 예방책은 해제되었다. 신과 파디샤를 찬양하는 수많은 사람 사이에는 나도 있었다. 파디샤가 말을 타고 우리 앞을 지나갈 때 주위 사람들은 온 힘을 다해 함성을 질렀다. 열광을 하며 서로 밀치는 등 아수라장이었다. 예니체리가 우리를 밀쳐냈다. 그 와중에 나는 밀려드는 사람들과 나무 사이에 끼게 되었다. 그러다 사람들을 밀고 앞으로 나갔을 때, 서너 발자국 앞에서 즐겁고 행복하게 걷고 있는 호자와 눈이 마주쳤다. 그는 시선을 돌렸다. 나를 알아보지 못한 것 같았다. 사람들의 열광과 아우성 속에서 나는 갑자기 바보 같은 희열에 빠졌다. 호자가 그 순간 나를 보지 못했다고 믿고는, 온 힘으로 소리치며 그를 불렀다. 나의 존재를 알아주기를 원했다. 나를 알아보고 이 사람들 속에서 날 끌어당겨 구제해 주기를 바라기라도 하듯이. 승리와 권력을 손에 쥐고 있는 그 행복한 행렬에 끼고 싶기나 하듯이. 하지만 승리로 인해 덕을 본다거나 내가 한 일에 대한 대가를 원해서는 아니었다. 내 마음속에는 아주 다른 감정이 있었다. 내가 그 자리에 있어야 했다. 왜냐하면 내가 호자 그 자신이기 때문이었다! 내가 자주 꾸던 악몽처럼, 나는 나 자신과 분리되어 밖에서 보고 있었다. 나 자신을 멀리서 바라볼 수 있는 것으로 봐서 나는 내가 아니라 다른 사람이었다. 나의 정체를 뒤집어쓴 이 사람이 누구인지 알고 싶지도 않았다. 내 앞에서 나를 알아보지 못하고 지나가는 나 자신을 두려운 시선으로 바라보고 있을 때, 가능한 빨리 그와 함께하고 싶었다. 하지만 어떤 우악스러운 병사가 온 힘으로 나를 뒤쪽으로, 군중 속으로 밀쳐 버렸다.

8

흑사병이 물러난 후, 호자는 황실 점성술사로 격상되었을 뿐
아니라, 몇 년 동안 갈망해 왔던 이상으로 파디샤와 친밀해졌다.
총리 대신은 실패로 끝난 소규모 소요 후에, 파디샤가 주위 아
첨꾼들에게서 벗어나야 한다는 의향을 황후에게 내비쳤다. 소
상인들과 예니체리 병사들도 헛소리를 지껄이며 파디샤를 나쁜
길로 이끄는 측근들을 재앙의 책임자로 보았다. 이렇게 해서 음
모의 주동자라고 지목되었던 전(前) 황실 점성술사 스트크 에펜
디 일당이 유배지로 보내지거나 다른 임무를 맡고 궁전에서 쫓
겨나자, 그들에게 맡겨졌던 일도 호자에게 일임되었다.

이제 그는 매일 파디샤가 머무는 궁으로 갔으며, 자신에게 일
정한 시간을 할애하는 파디샤와 이야기를 나누었다. 집에 돌아
와서는 흥분과 승리감에 휩싸여 그날 있었던 일을 들려주곤 했
다. 그가 매일 아침 가장 먼저 하는 일은 파디샤가 간밤에 꾼 꿈
을 해석하는 것이었다. 자신에게 일임된 일들 가운데 이 일이 제

일 마음에 드는 모양이었다. 어느 날 파디샤가 지난밤에는 꿈을 꾸지 않았다고 상심하며 말하자 그는 그렇다면 다른 사람의 꿈을 해석하면 어떠냐고 제의했다. 파디샤도 호기심이 발동해 이 제의를 받아들였고, 보스탄즈들은 즉시 꿈을 잘 꾸는 사람을 찾아 파디샤 면전에 대령시켰다. 이렇게 매일 아침 해몽을 하는 일이 거를 수 없는 습관처럼 되었다. 남는 시간에는 궁전 뜰이나 커다란 플라타너스와 박태기나무의 그늘이 드리워진 정원을 거닐고, 보스포루스 바다에서 뱃놀이를 하며 파디샤의 애완동물과 우리가 상상으로 만들어 낸 동물에 대해 이야기를 나누었다. 그밖에도, 흥분하며 내게 말했던 것들을 파디샤에게도 말했다. 보스포루스 바다의 해류의 원인은 무엇인가? 개미의 질서 정연한 생활에서 배우고 알아야 할 것은 무엇인가? 자석은 그 힘을 신 이외에 다른 어디에서 얻는가? 별들이 어떤 식으로든지 운행하는 것이 왜 중요한가? 이교도들의 삶에서 이교도적인 특징 이외에 알아야 할 만한 것이 있는가? 그들을 물리칠 무기를 제조하는 것이 가능한가? 이러한 것들을 파디샤가 관심 있게 들었다고 하면서 흥분하여 책상 앞으로 가서 커다란 비싼 종이 위에 무기 설계도를 그렸다. 그 무기는 포신이 긴 대포와 자동 발사 장치, 그리고 악마 같은 괴물을 연상시켰다. 나를 책상 앞으로 불러, 곧 실현될 거라는 그 꿈의 열정에 내가 목격자가 돼 주기를 바랐다.

그렇지만 나는 이러한 꿈들을 호자와 함께 나누고 싶었다. 어쩌면 이러한 이유로 나는 우리가 끔찍하고 기묘한 형제애를 나누게 해 주었던 흑사병에 계속 집착했다. 아야 소피아 사원에서 흑사병 악마에게서 해방되었다고 모두 함께 감사의 기도를 드렸다. 하지만 흑사병은 아직 도시에서 완전히 물러난 상태는 아니었다. 호자는 매일 아침 파디샤의 궁으로 달려갔고, 나는 걱정하면서 시내를 돌아다녔다. 땅딸막한 첨탑이 있는 동네 사원과 기와에 이끼가 낀 초라한 작은 사원에서 여전히 치러지고 있는 장례식 건수를 기록했으며, 한편으로는 까닭 모를 충동에 사로잡혀 흑사병이 도시와 우리에게서 떠나지 않기를 바랐다.

호자가 파디샤에게 어떤 영향력을 행사했는지, 자신이 어떠한 승리를 했는지에 대해 말할 때, 나는 그에게 흑사병은 아직 도시를 떠나지 않았으며 예방책을 해제했기 때문에 다시 번질지도 모른다고 말했다. 그는 화를 내며 내 말을 가로막으며 내가 자신의 승리를 질투한다고 말하곤 했다. 그의 말이 맞을 수도 있다. 황실 점성술사가 되고, 매일 아침 파디샤가 자신의 꿈을 말해 주고, 멍청한 신하들을 물러가게 하고 파디샤가 자신을 경청하게 만든 것 등. 우리가 십오 년 동안 기다려 왔던 일이었다. 승리였다. 그러나 그는 이러한 것들을 왜 자신만의 승리인 것처럼 말하고 있을까? 흑사병에 대항하는 예방책을 제안했던 사람이 나라는 것을, 그렇게 적중하지는 않았지만 그런 것처럼 받아들여진 일정표를 준비한 사람이 나라는 것을 잊은 것 같았다. 게다가 더 자존심이 상했던 것은, 그가 다급하게 나를 데리러 섬으로 왔던 사실이 아니라, 내가 그곳으로 어떻게 도망쳤는지를 기억한다는 사실이었다.

어쩌면 그의 말이 맞았는지도 모른다. 어쩌면 내가 느낀 것이 질투라고 할 수도 있을 것이다. 하지만 그건 그가 미처 깨닫지 못한 형제애 같은 감정이었다. 그도 이것을 이해해 주길 바랐기 때문에, 흑사병이 나돌기 전, 외로운 밤의 지루함을 잊으려 하는 미혼 남자들처럼 책상에 마주 앉아 시간을 보낸 일을 상기시켰다. 또한 가끔은 그와 내가 두려움에 휩싸였지만, 둘 모두 그 두려움에서 얼마나 많은 것을 배웠는지를, 특히 섬에 혼자 있을 때 그러한 밤을 죽도록 그리워했다는 것을 그에게 고백했다. 하지만 그는 내가 말하는 것들을, 마치 자신은 전혀 동참하지 않은 게임에서 나의 속임수가 드러나는 것을 목격하여 경악하고 무시하듯 듣곤 했다. 형제처럼 지냈던 그날들로 다시 돌아갈 그 어떤 희망이나 약속도 암시하지 않았다.

동네방네 돌아다녀 보니, 예방책이 해제되었음에도 불구하고, 호자가 승리라고 불렀던 일에 오점을 남기지 않으려는 듯 이제는 흑사병이 서서히 도시에서 물러나고 있는 것을 목격할 수 있었다. 가끔은 죽음의 어두운 공포가 물러나는데 왜 내가 외로움을 느끼는지 궁금하기도 했다. 파디샤의 꿈이나 호자가 그에게 말했던 계획이 아니라, 우리의 지난날에 대해 다시 이야기하고 싶을 때가 있었다. 벽에서 내려 버린 끔찍한 거울 앞에, 내 곁에 죽음의 공포가 있다 하더라도 그와 함께 설 준비가 되어 있었다! 그러나 호자는 벌써 예전부터 나를 무시하고 있었다. 자신을 그런 식으로 과시하려 했는지도 모르겠다. 하지만 더 최악은 그가 나를 무시하는 것마저 귀찮아한다는 생각이 들 때였다.

그를 다시 지난날 행복했던 우리의 생활로 끌어들이기 위해 우리가 다시 함께 책상 앞에 앉아야 한다고 말하곤 했다. 그에게 보여 주기 위해 종이에 무언가 끄적여 보기도 했다. 흑사병에 대한 두려움, 그 두려움이 싹 틔운 사악한 짓에 대한 열망, 그 시절 쓰다 말았던 내가 저질렀던 못된 짓에 관한 과장된 글들을 읽어 주었을 때, 그는 귀도 기울이지 않았다. 그리고 자신의 승리보다는 나의 이 속수무책의 태도에서 어쩌면 힘을 얻었는지 거만하게 말했다. 그 글들은 죄다 바보 같은 짓일 뿐이라는 것을 그 당시에도 알고 있었다고. 지루함을 견디기 위해, 끝이 어떻게 날지 궁금했기 때문에 게임을 했다고 했다. 또 약간은 나를 시험하기 위해서였기도 했고. 그가 흑사병에 걸렸다고 생각하며 내가 노망쳤던 날, 내가 어떤 인간인지를 알았다고 했다. 나는 죄인이란다! 그에 의하면 인간은 두 부류, 즉 자신과 같은 정당한 사람들과 나와 같은 죄지은 사람들로 나뉜다는 것이다.

그가 승리감에 도취되었기 때문이라고 나름대로 해석하여 이 말에 대꾸하지 않았다. 사실 나의 머리는 옛날처럼 명석했다. 사소한 일상사에 분노하는 나 자신을 보고는 필요할 때는 화를 낼 준비가 되어 있다는 것도 깨달았다. 하지만 반격을 부추기는 호자의 말에 대한 반동으로 그를 어디로 이끌고 가서, 어디로 몰아붙일지는 알지 못했다. 그에게서 도망쳐 헤이벨리 섬에서 지냈을 때는 나의 목표가 흐려지는 것 같았다. 베네치아로 돌아간다고 해서 뭐가 달라질까? 십오 년의 세월이 흐르는 동안 어머니는 돌아가셨을 것이고, 약혼녀도 결혼을 해 아이를 낳고 가정을 이루며 살고 있을 거라고 진작부터 짐작하고 있었다. 그들을 떠올리고 싶지 않았다. 또한 날이 갈수록 그들이 꿈에 나타나는 횟수도 줄어들었다. 게다가 꿈속에서 그들은 베네치아가 아니라, 이스탄불에서 우리와 함께 있었다. 베네치아로 돌아간다고 해도 도중에 그만두고 온 삶을 그다음부터 다시 시작할 수 없으리라는 것도 알았다. 삶을 새로이 다시 시작해야 할 것이다. 터키인들, 그리고 내가 노예로 살던 시절에 대해 쓰려고 구상했던 한두 권의 책 말고는, 그 삶의 세부적인 것에 대해서는 이제 흥미를 느끼지 못했다.

때로는 그가 조국도 없고 목표도 없는 나약함 때문에 나를 무시한다는 생각이 들었다. 때로는 그가 이런 것조차 느낄지 의심스러웠다. 그는 매일 파디샤에게 들려주었던 이야기와 세부적인 일들을 상기했다. 반드시 파디샤를 감동시킬 거라고 했던 그 가공할 무기에 대한 상상과 승리감에 너무나 빠져 있었기 때문에 어쩌면 내가 무엇을 생각하는지조차 몰랐을 것이다. 나는 때로 자기 자신만으로 충만한 호자의 행복한 모습을 부러워하며 바라보는 나 자신을 발견했다. 나는 그를 좋아했다. 과장된 승리감으로 인한 인위적인 기쁨, 끝이 없는 계획들, 파디샤를 손아귀에 넣을 거라고 하며 손바닥을 들여다보는 그의 눈길을 좋아했다. 이렇게 생각한다고 나 자신에게도 솔직히 고백할 수는 없었지만 그의 행동을 바라보면 가끔은 나 자신을 보는 것 같은 느낌이 들었다. 사람은 때로 어린아이나 청년의 행동에서 자신의 어린 시절이나 청년 시절을 발견하고는 사랑과 호기심을 품고 지켜보게 된다. 내가 느끼는 것도 이러한 두려움과 호기심이었다. 그가 나의 목덜미를 잡고 "나는 네가 되었어."라고 했던 말이 자주 떠올랐다. 그러나 그러한 날들을 그에게 상기시켜도, 호자는 내 말을 막고 믿기 어려운 무기를 믿게끔 하기 위해 그날 파디샤에게 어떤 말을 했는지를 들려주었다. 그날 아침 파디샤의 꿈을 해몽할 때 어떻게 그의 마음을 빼앗았는지에 대해 자세히 이야기하기도 했다.

그가 입에 침이 마르게 설명했던 그 성공의 찬란함을 나도 믿고 싶었다. 때로는 무한한 상상에 빠져 나를 기꺼이 그의 위치에 두고 믿었던 적도 있다. 그러면 그를, 나를, 그리고 우리를 더 사랑하게 되었고, 마치 재미있는 동화를 듣는 바보처럼 입을 벌리고 그가 한 이야기에 빠져들면서, 미래의 그 아름다운 날들이 우리 둘의 목표인 것처럼 생각되었다.

이렇게 해서 그가 파디샤의 꿈을 해몽하는 데에 나도 합류하게 되었다! 호자는 스물한 살짜리 파디샤가 권력을 더 많이 행사하도록 유도할 작정이었다. 그래서 파디샤가 꿈에서 자주 보았던 힘차게 뛰는 외로운 말은 주인이 없기 때문에 불행하다는 것을 의미하며, 날카로운 이빨로 적들의 목덜미를 공격하는 늑대는 자신의 일을 스스로 해결하기 때문에 행복하다는 것을 의미한다고 말했다. 울고 있는 노파와 아름다운 눈 먼 소녀, 검은 비를 맞아 잎사귀가 떨어져 내리는 나무는 파디샤에게 도움을 청한다는 의미이며, 성스러운 거미와 오만한 매는 외로움의 미덕을 상징한다고 해몽했다. 우리는 파디샤가 권력을 장악한 후 우리의 학문에 관심을 갖기를 바랐다. 이 때문에 그가 꾼 악몽조차 이 목적에 이용했다. 사냥을 좋아하는 사람들이 그렇듯 길고 힘든 사냥 여행 중에 자신이 사냥감이 되는 꿈을 꾸거나, 왕위를 잃을 거라는 두려움 때문에 왕좌에 어린 자신이 앉아 있는 꿈을 꾸었다. 그러면 호자는 파디샤에게 항상 젊은 모습으로 왕위를 지킬 거라고 했다. 하지만 항상 경계 태세인 적들의 함정에서 벗어나기 위해서는 그들보다 우세한 무기를 만들어야 한다고 했다. 파디샤는 할아버지인 술탄 무라트가 자신의 팔 힘을 증명하기 위해, 단칼에 당나귀를 두 동강이 냈는데, 이 두 동강 난 당나귀가 각기 다른 방향으로 달려가는 꿈을 꾸었다. 또한 친할머니인 쾨셈 술탄이라는 마녀가 자신과 어머니의 목을 조르기 위해서 무덤에서 일어나 발가벗은 채로 그에게 덤벼드는 꿈을 꾸었다. 경마장의 플라타너스 나무가 있던 자리에 죽은 무화과 나무가 있고, 무화과 열매 대신 피 묻은 시체가 매달려 있는 꿈을 꾸었다. 자신과 닮은 나쁜 사람들이 손에 들고 있던 자루에 그를 집어넣어 질식시키려고 쫓아오는 꿈을 꾸었다. 위스퀴다르에서 바다로 들어간 거북이 군대가 바람에도 꺼지지 않는 촛불을 등에 얹고 궁으로 곧장 다가오는 꿈도 꾸었다. 나는 파디샤의 꿈 이야기를 들으면, 그가 정치는 뒷전이고, 사냥과 동물에만 관심이 있다고 비난하는 사람들이 부당하다는 생각이 들었다. 우리가 인내를 가지고 즐겁게 공책에 써서 분류한 꿈들도 과학과 경이로운 무기를 제작하는 데 유리한 방향으로 해몽했다.

호자에 따르면, 우리는 서서히 그에게 영향을 미치고 있었다. 그러나 나는 더 이상 우리의 성공을 자신할 수 없었다. 관측소나 과학원을 설립하기 위해, 그리고 새로운 무기를 제작하기 위해 파디샤에게서 약속을 받아 내고 즐겁게 꿈에 젖은 날들을 보냈지만, 이 문제들을 한 번도 진지하게 파디샤와 이야기하지 않은 채 몇 달이 지나고 있었다. 흑사병이 발생한 지 일 년 후, 총리 대신 쾨프륄뤼가 죽자 호자에게 절호의 기회가 왔다. 파디샤는 쾨프륄뤼의 권력과 성격을 두려워했기 때문에 자신의 계획을 실행에 옮기기를 주저했다. 하지만 지금 총리 대신이 죽고 그 자리에 그의 아버지만큼은 힘이 없는 아들이 임명되었으니, 파디샤가 용단을 내리기를 기다렸다.

우리는 그 후로 이 용단을 기다리며 삼 년을 보냈다. 꿈과 사냥 사이에서 정신을 못 차리는 파디샤의 우유부단함이 아니라, 호자가 여전히 그에게 희망을 걸고 있다는 것이 나는 놀라웠다. 나는 삼 년 내내 호자가 희망을 버리고 나처럼 되는 날을 기다렸던 것이다! 이제 그는 과거처럼 승리라는 말을 자주 꺼내지 않았고, 흑사병이 끝난 이후 느꼈던 흥분도 사라지고 없었다. 하지만 거대한 계획으로 파디샤를 움직이게 할 날에 대한 꿈은 여전히 생생하게 간직하고 있었다. 그는 항상 핑계를 찾아냈다. 이스탄불을 휩쓸고 지나간 대화재 직후, 파디샤가 거대한 계획에 돈을 투자하게 되었고, 그의 동생을 왕좌에 앉히려 하는 적들에게는 절호의 기회가 왔다. 파디샤는 지금 아무것도 할 수 없었다. 왜냐하면 군대가 헝가리로 원정을 나가 있었기 때문이었다. 그다음 해는 게르만을 공격했기 때문에 우리는 또 기다렸다. 호자가 파디샤와 어머니 투르한 술탄과 함께 갔던 할리치 만 해안에 있는 예니 발리데 사원도 계속 건축되고 있었다. 이 사원을 완공하기 위해 어마어마한 돈이 투입되었다. 게다가 사냥 여행도 끊임없이 계속했다. 나는 그 여행에 함께하지 않았다. 호자가 사냥에서 돌아오기를 기다리며, 그의 지시에 따라 '거대한 계획' 혹은 '학문'을 위해 기발한 아이디어를 찾아내려 했고, 꾸벅꾸벅 졸면서 책장을 넘기곤 했다.

실현된다고 해도 결과에는 별로 신경도 쓰지 않을 이 계획은 상상조차 더 이상 즐겁지 않았다. 우리가 처음 만났던 시기에 천문학이나 지리학 같은 자연과학에 대해서 생각했던 것들이 구체적이지 않다는 것을 호자도 나만큼 알고 있었다. 시계, 기구, 모형은 한구석에 처박힌 채 이미 잊혀 녹슬고 말았다. 우리는 그가 '학문'이라는 이 모호한 작업을 실행할 때까지 모든 것을 뒤로 미루었다. 우리를 폐허에서 구해 낼 거대한 계획이 아니라 이 계획에 대한 환상만이 우리에게 남아 있을 뿐이었다. 나로서는 전혀 받아들일 수 없는 이 무색의 환상을 믿기 위해, 호자와 함께 있기 위해, 내가 넘겨 가던 책장이나 머릿속에 그저 떠오르는 생각을 그의 눈으로 보고 그의 입장에서 생각해 보려고 노력했다. 그가 사냥에서 돌아왔을 때, 내게 연구하라고 맡겼던 문제에 새로운 사실을 유추해 내고, 모든 것을 이에 의거하여 바꿀 수 있는 것처럼 말했다. "바닷물의 수위가 오르고 내리는 원인은 바다로 흐르는 시냇물의 온도와 관계가 있습니다."라든지 "흑사병은 공기 속의 알갱이에 의해 전염되고, 날씨가 바뀌면 사라집니다." 또는 "커다란 무기를 만들어 그 무기의 긴 포신과 바퀴로 모두를 추적할 수 있습니다." 혹은 "지구는 태양 주위를 돌고, 태양은 달 주위를 돕니다."라고 했을 때 호자는 잊고 있던 먼지 가득한 사냥복을 갈아입으면서 늘 나를 미소 짓게 하는 대답을 하곤 했다. "그리고 이곳의 바보들은 그 사실을 깨닫지도 못하고 있지!"

그러곤 나까지 끌어 들여갔던 격한 분노에 휩싸였다. 파디샤가 당황한 돼지를 뒤쫓아 몇 시간 동안 말을 몰았고, 사냥개를 풀어 잡게 했던 토끼 때문에 엉뚱하게도 눈물을 흘렸던 일에 대해 말해 주었다. 사냥 내내 파디샤가 그의 말을 한 귀로 듣고 한 귀로 흘렸다는 것을 어쩔 수 없이 고백하면서, 혐오스럽다는 듯이 이렇게 반복했다. 이 바보들은 언제 진실을 알아차릴까? 이렇게 많은 바보들이 한군데 있는 것이 우연일까 필연일까? 그들은 왜 그렇게 어리석을까?

이렇게 그는 그들의 머릿속을 이해하기 위해서 '학문'이라는 것을 새로 시작할 필요가 있다고 서서히 느끼게 되었다. 책상 앞에 앉아 서로를 혐오하면서 서로를 닮아 갔던 그 아름다운 날들을 떠올렸기 때문에 '학문'을 시작하는 것에 나도 의욕적이었다.

하지만 몇 차례 시도해 본 후에 예전과는 다르다는 것을 알게 되었다.

이번에는 그를 어디로, 왜 끌고 가야 할지 알지 못했기 때문에 도저히 강요할 수가 없었다. 더 중요한 것은 그의 슬픔과 그의 패배를 마치 나의 슬픔과 나의 패배처럼 느끼게 되었다는 것이다. 한번은, 실은 나는 믿지 않지만, 과장된 실례를 들면서 이곳 사람들의 아둔함을 그에게 상기시키고, 그들만큼 그도 어쩔 수 없이 패배할 것임을 깨닫게 한 후 그의 반응을 살폈다. 그는 격분하며 내 말을 부정했다. 패배는 필연이 아니며, 그들보다 선수를 쳐서 우리가 이 일에 전념한다면, 예를 들면 무기 제작 계획을 실현시킬 수 있다면, 계속 후퇴하는 역사의 흐름을 우리가 원하는 방향으로 바꿀 수 있다고 했다. 실제로 그는 계획이 아니라, 우리가 절망했던 때처럼 '우리'의 계획에 대하여 언급하면서 나를 기쁘게 했지만, 피할 수 없는 패배의 공포감이 다가옴을 느꼈다. 나는 그를 고아에 비유했다. 나는 나의 초기 노예 생활을 떠올리게 하는 그의 분노와 슬픔을 사랑했다. 나도 그처럼 되고 싶었다. 그는 어두운 빗속의 더러운 진흙탕 거리를, 할리치만 해안에 있는 집에서 여전히 타고 있는 창백하고 떨리는 등불을, 마치 희망을 걸 수 있는 어떤 새로운 흔적을 거기서 찾는 듯 바라보며 방 안을 서성거렸다. 그를 보며 나는 방 안에서 괴로워하며 서성이는 사람이 호자가 아니라 젊은 시절의 나라고 생각하곤 했다. 한때는 나였던 사람이 떠나 버리고, 방 한구석에서 졸고 있는 나는 잃어버렸던 열정을 다시 찾기 위해 그가 되고 싶은 것 같았다.

고갈되지 않고 끝없이 반복되는 열정에 이제 나는 지쳐 버리고 말았다. 그가 황실 점성술사가 된 후 게브제에는 그의 땅도 많아졌고, 우리의 수입도 늘었다. 우리는 파디샤와 이야기를 나누며 시간을 보내는 것 말고는 다른 일을 할 필요가 없었다. 어쩌다 한 번 게브제에 가서 다 쓰러져 가는 방앗간과 야생 양치기 개가 가장 먼저 우리를 맞이하는 마을을 돌며 수입을 관리했다. 서류를 뒤적이며 감독관이 우리에게 허위 보고한 것을 찾아내려 했으며, 가끔은 웃었지만 대부분 지루해서 한숨을 쉬어 가며 파디샤를 위해 재미있는 책을 쓰는 것 말고는 아무것도 하지 않았다. 내가 강요하지 않았다면 좋은 향기가 나는 여자들과 즐거운 시간을 보낸 후 그들과 동침했던 향연도 마련하지 않았을 것이다.

그의 신경을 더욱 거슬리게 했던 것이 있었다. 군대와 파샤들이 독일 원정과 크레타 섬의 성(成) 함락을 위해 이스탄불을 비운 사이, 파디샤는 궁에서 쫓겨난 말 많은 고문들과 아첨꾼들을 다시 불러들였다. 파디샤는 어머니의 말도 듣지 않았다. 호자는 혐오스럽고 구역질 나는 사기꾼들과 거리를 두면서, 그들이 그의 우월성을 인정하도록 그들과 어울리지 않기로 마음먹었다. 하지만 파디샤의 강요로 한두 번은 그들의 논쟁을 들을 수밖에 없었다. 동물에게 영혼이 있는가, 어떤 놈은 있고 어떤 놈은 없는가, 어떤 놈이 지옥에 가고 어떤 놈이 천국에 가는가, 홍합은 암놈인가 수놈인가, 매일 아침 떠오르는 태양은 새로운 태양인가 아니면 간밤에 진 태양이 뒷길을 돌아 아침에 다른 쪽에서 다시 머리를 내미는 것인가…… 이런 주제들이 논의되는 모임에서 그는 희망을 버리고 나와 버렸다. 우리가 무슨 수를 쓰지 않으면 파디샤가 우리 손아귀에서 벗어날 거라고 했다.

그가 '우리'의 계획에 대해, '우리'의 미래에 대해 말했기 때문에 나도 기뻐하며 동조했다. 한번은 파디샤의 머릿속에 무엇이 있는지 알아내려고, 내가 몇 년 동안 그에 대해 써 오던 공책에서 그의 꿈과 우리의 기억을 끄집어냈다. 서랍 안에서 나온 이런저런 것들을 하나하나 정리해 가는 것처럼, 파디샤의 머릿속에 있을 법한 것들을 기록하려 했다. 결과는 전혀 낙관적이지 않았다. 호자는 우리를 구제할 가공할 무기에 대해, 또는 무엇보다도 먼저 우리의 머릿속에 숨겨져 있는 풀어야 할 비밀에 대해서만 얘기했다. 하지만 다가오는 끔찍한 몰락을 모르는 척하지는 않았다. 우리는 이 문제에 대해 몇 달 동안 논의를 했다.

우리는 몰락이라는 말을 제국의 손 안에 있던 나라를 하나하나 잃어버리는 것이라고 이해했던가? 우리는 책상 위에 지도를 펼치고, 먼저 어떤 나라가, 그다음에 어떤 산과 어떤 강이 제국의 밖으로 떨어져 나갈지를 슬프게 예측해 보곤 했다. 아니면, 몰락이라는 말은 부지불식간에 사람이나 믿음이 변한다는 의미였던가? 우리는 이스탄불 사람들이 어느 날 아침 따스한 침대에서 각기 다른 사람으로 변해 일어나는 것을 상상해 보기도 했다. 그들은 어떻게 옷을 입을지 모르고, 사원 첨탑이 왜 필요한지 기억하지 못한다. 어쩌면 몰락이란 우월한 사람들을 보고 그들을 닮으려 하는 것을 의미하는지도 모른다. 그때 그는 나에게 베네치아에서의 인생에 대해 설명해 보라고 했다. 우리는 이곳 사람들의 머리에 모자를 씌우거나 바지를 입혀서 나의 추억을 떠올리곤 했다.

이런저런 상상으로 시간이 어떻게 지나가는지도 모르는 날들이 지나고, 최후의 해결책으로 이 아이디어들을 파디샤에게 제안하기로 결정했다. 상상의 색들로 재현해 낸 몰락의 장면들에, 어쩌면 그가 당혹스러워할지도 모른다고 생각했다. 그렇게 우리는 어둡고 적막한 밤 내내, 몇 달 동안 슬픔과 절망 그리고 유쾌함으로 구상해 갔던 패배와 폐허의 상상에서 솟구쳐 나온, 힘없고 가난한 사람들, 진흙탕 길들, 짓다 만 건물들, 어둡고 이상한 거리들, 모든 것이 옛날처럼 되기를 바라며 이해할 수 없는 기도를 하는 사람들, 근심 많은 어머니들과 불쌍한 아버지들, 다른 나라에서 만들어지고 쓰인 것들을 우리에게 전하기에는 평생도 모자랄 불행한 사람들, 작동하지 않는 기계들, 그 옛날 아름다웠던 날을 회상하곤 애통해하며 눈물짓는 노인들, 뼈와 가죽밖에 남지 않은 거리의 개들, 땅이 없는 농민들, 도시에서 할 일 없이 떠도는 실직자들, 글을 읽고 쓸 줄 모르는 바지 차림의 무슬림들, 패배로 끝난 전쟁들에 관해 책 하나에 써 내려갔다. 나의 빛바랜 추억도 썼다. 어머니, 아버지, 형제들과 함께 베네치아에서 살던 학창 시절, 행복하고 교훈적인 한두 장면. 우리를 이길 사람들은 이렇게 살고 있는데, 우리도 그들보다 선수를 쳐서 그렇게 해야 한다! 왼손잡이 서예가가 깨끗하게 베껴 놓은 결론 부분에는, '가득 찬 서랍'으로 비유된 뇌의 검은 수수께끼에 관한 복잡한 비밀의 도입부라고 할 수 있는 정형시가 쓰여 있었고 호자는 아주 마음에 들어 했다. 자부심 가득하고 잔잔하다고 할 수 있는 이 시의 자욱한 안개가 호자와 함께 썼던 책 가운데서 가장 좋은 책을 슬프게 끝맺고 있었다.

호자가 파디샤에게 책을 건넨 지 한 달이 지나, 그 가공할 무기를 제작하라는 명령이 떨어졌다. 놀라운 일이었다. 그 책이 우리의 성공에 얼마만큼 영향을 미쳤는지는 가늠할 수 없었다.

9

파디샤는 "우리의 적들을 혼비백산케 할 가공할 무기를 만들어 봐, 한번 보자."라고 하면서 어쩌면 호자를 시험하려 했는지도 모른다. 어쩌면 그가 감추고 있는 다른 꿈이 있었는지도 모른다. 혹은 자신을 간섭하는 어머니와 대신들에게 자기 주위에 모인 잘난 체하는 사람들이 쓸모 있다는 것을 보여 주고 싶었는지도 모른다. 아니면 흑사병이 물러난 후, 호자가 또 다른 기적을 일으킬 수 있다고 생각했거나, 우리가 책에다 나열했던 몰락에 관한 상상에서 영향을 받았는지도 모른다. 이도 아니면 몰락보다는 몇 번의 패전 이후 그가 두려워했던바, 자기 자리에 동생을 앉히려는 사람들이 자신을 폐위시킬 거라고 생각하며 조급해졌을 수도 있다. 우리는 파디샤가 무기를 제작하는 데 쓰라며 우리에게 하사한 마을과 상점 그리고 올리브 밭에서 얻을 엄청난 돈을 계산하며 넋이 나간 채 이런 생각을 했다.

호자는 우리가 이렇게 놀라는 게 더 놀랍다고 했다. 몇 년 동안 파디샤에게 해 왔던 그 이야기들과 우리가 썼던 책들이 사실은 맞지 않다고 생각해 왔기 때문에, 오히려 그가 믿게 되자 우리가 그 사실을 의심하게 된 것이 아니냐고 했다. 게다가 파디샤는 뇌의 어둠 속에서 어떤 일이 일어나는지도 궁금해했다. 호자는 이것이 우리가 몇 년 동안 기다렸던 승리가 아니냐고 흥분하며 묻기도 했다.

그랬다. 게다가 우리는 이번에는 승리의 기쁨을 나누며 일에 착수했다. 나는 이 일의 결과에 대해 호자만큼 걱정하지는 않았기 때문에 행복했다. 무기를 개발하느라 여념이 없었던 육 년은 우리에게 가장 위험한 세월이었다. 화약을 다루었기 때문이 아니라, 우리를 질투하는 적들의 목표가 되었기 때문이었고, 모두들 우리의 승리나 패배를 초조하게 기다렸기 때문이었으며, 심지어 우리도 결과를 기다리며 두려웠기 때문이었다.

처음에는 책상 앞에 앉아 연구를 한답시고 쓸데없이 시간을 보내며 겨울 한 철을 지냈다. 우리는 들떠 있었고 의욕으로 가득했다. 하지만 우리 머릿속에는 무기에 대한 생각과, 어떻게 적을 무찌를지를 고심하며 떠올렸던 애매하고 막연한 세부 사항 말고는 아무것도 없었다. 그 후 우리는 화약을 실험해 보기 위해 공터로 나가기로 했다. 전에 함께 불꽃놀이를 준비했던 그 시절처럼 우리는 높은 나무 밑 시원한 그늘로 갔다. 조수들은 우리가 처방해서 준비한 혼합물을 안전한 곳에서 발포했다. 여러 소음과 함께 그곳에서 나오는 색색의 연기를 구경하기 위해 이스탄불 곳곳에서 호기심 많은 사람들이 몰려들었다. 대포와 긴 포신, 표적대 그리고 우리의 천막이 있던 초원 근처는 점점 호기심 많은 사람들 때문에 축제 장소로 변하고 말았다. 여름이 끝날 무렵 어느 날, 갑자기 소식도 없이 파디샤가 몸소 행차했다.

우리는 그를 위해 시범 발포를 했다. 천지가 울렸다. 잘 압축된 화약 혼합물을 넣기 위해 준비한 탄약통, 대포알, 새 대포 그리고 아직 주조하지 않은 포신의 주형 계획과 자동으로 움직이는 발포 장치에 관한 초안을 하나하나 보여 주었다. 그는 그것들보다는 내게 더 관심을 보였다. 처음에 호자는 나를 파디샤에게서 멀리 두려 했다. 하지만 발포 시범이 시작되자, 내가 호자처럼 명령을 내리고, 조수들이 호자뿐만 아니라 내게도 와서 묻는 걸 보고 파디샤는 나에 대해 궁금해하기 시작했다.

십오 년이 지나 두 번째로 그의 면전으로 나가자, 그는 안면이 있지만 지금은 누구인지 알 수 없다는 눈빛으로 나를 보았다. 마치 눈을 감고 맛보았던 과일이 어떤 것인지 알아내려는 사람 같았다. 나는 그의 옷자락에 입을 맞추었다. 내가 이십 년 동안 이곳에서 살아왔지만 여태 무슬림이 되지 않은 것을 알고도 화를 내지 않았다. 그는 다른 것을 생각하고 있었다. "이십 년이란 말이지? 이상하군." 하고 말한 후 "이것들을 네가 그에게 가르치고 있느냐?"라고 물었다. 하지만 그는 나의 대답을 듣기 위해 그렇게 물은 게 아니었다. 파디샤는 화약과 질산칼륨 냄새가 나는 우리의 남루한 천막에서 나와 아름다운 하얀 말이 있는 곳으로 걸어갔다. 그러곤 갑자기 멈춰 서더니 나란히 서 있는 우리에게 돌아섰다. 신이 인간의 오만함을 무너뜨리고, 자신의 엉뚱함을 알리기 위해 창조한 비할 데 없이 멋진 것들, 예를 들면 완벽한 난쟁이나 꼭 닮은 쌍둥이를 본 것처럼 미소를 지었다.

그날 밤 나는 파디샤를 생각했다. 그러나 호자가 생각하는 것과는 달랐다. 호자는 여전히 그를 경멸한다는 듯 말했다. 나는 그를 경멸할 수도 무시할 수도 없다는 것을 알았다. 그의 느긋하고, 사랑스럽고, 머리에 떠오르는 것은 모두 말해 버리는 버릇없는 아이 같은 모습이 좋았다. 나도 그처럼 되고 싶었다. 또는 그와 친구가 되고 싶었다. 호자의 화풀이가 끝난 후, 나는 침상에서 잠을 청하며 생각했다. 파디샤를 속이고 싶지 않았다. 그에게 모두 말하고 싶었다. 그러나 그 모두라는 게 대체 무엇인가?

그에 대한 관심은 일방적인 것이 아니었다. 어느 날 호자는 파디샤가 아침에 나와 함께 입궐하라는 지시를 내렸다고 탐탁지 않게 말했다. 나는 그와 함께 궁으로 갔다. 바다와 이끼 냄새가 나는 아름다운 가을날이었다. 그날 아침, 빨간 낙엽으로 뒤덮인 숲에서 박태기나무와 플라타너스 나무 아래로 연꽃이 피어 있는 연못 주위에서 시간을 보냈다. 파디샤는 연못을 가득 채운 개구리들 얘기를 하고 싶어 했다. 호자는 그를 외면했다. 상상력도 특색도 없는 평범한 말 한두 마디를 했을 뿐이었다. 나는 그의 이런 건방진 태도에 경악했지만 파디샤는 개의치 않았다. 그는 나에게 관심이 있었던 것이다.

그래서 나는 개구리가 뛰는 원리와 혈액순환, 몸에서 떼어 내도 한참 동안 뛰는 심장, 그들이 먹는 파리와 벌레에 대해 오래 이야기하게 되었다. 연못에 있는 하나의 알이 개구리가 되기 위해 거치는 과정을 더 잘 보여 주기 위해 종이와 연필을 달라고 했다. 에메랄드가 박혀 있는 은으로 된 필통에 들어 있는 펜으로 그림을 그리자, 파디샤는 깊은 관심을 보였다. 내가 기억 속에 있는 개구리가 나오는 동화를 들려주자 즐겁게 들었다. 개구리에게 키스한 공주 이야기를 하자 그는 역겨운 듯 얼굴을 찡그렸다. 하지만 그는 호자가 말하던 멍청한 젊은이처럼 보이지는 않았다. 하루를 학문과 예술로 시작하려 하는 정신이 올바른 어른처럼 보였다. 호자만 뾰루퉁해 있던 즐거운 시간이 끝날 무렵, 파디샤는 개구리 그림들을 손에 들어 보이면서 나에게 이렇게 말했다. "이야기들을 네가 꾸며 냈다는 의심이 들어. 그림들도 네가 그렸구나!" 그런 후 나에게 수염 달린 개구리들에 대해 물었다.

파디샤와 나의 관계는 이렇게 시작되었다. 이제 매번 호자와 함께 나도 궁으로 갔다. 처음에는 호자는 말을 하지 않았다. 대부분 파디샤와 내가 대화를 나눴다. 그의 꿈, 그의 열정, 그의 두려움에 대해서 그리고 과거와 미래에 대해서 파디샤와 대화하면서, 나는 내 앞에 있는 이 농담 잘하고 건전한 사람과 호자가 몇 년 동안 나에게 말해 온 파디샤가 얼마나 닮았는지를 자문해 보았다. 그가 재치 있는 질문을 하거나 나를 떠보는 사소한 질문을 하면서, 혹은 자신에게 바쳤던 책을 떠올리면서, 호자가 어느 정도 호자이고 어느 정도가 나인지, 나는 어느 정도 나이고 어느 정도가 호자인지를 궁금해하는 것을 느꼈다. 호자는 대포와 긴 포신을 주조하는 데 전념하고 있어서, 이런 호기심은 쓸데없는 짓으로 치부해 버리고 관심을 갖지 않았다.

대포에 대해 연구하기 시작한 지 여섯 달이 지나고, 우리가 이 일에 개입한다는 것에 제국 포병 제독이 화가 났다는 소식을 들었다. 제독이 자신을 해고하든지 새로운 개발을 한답시고 포병술의 위신을 땅에 떨어뜨린 우리 같은 미친놈들을 이스탄불에서 쫓아내라고 했다는 말에 호자는 당황했다. 하지만 화해할 의향이 있는 포병 제독을 구슬릴 노력은 하지 않았다. 한 달 후, 파디샤가 우리에게 대포 말고 다른 무기를 만들라는 명령을 내렸다. 하지만 호자는 별로 상심하지 않았다. 우리가 주조한 새로운 대포와 포신은 몇 년 전부터 사용되어 온 옛날 것보다 나을 게 없다는 걸 둘 다 이미 알고 있었기 때문이다.

이렇게 해서, 호자의 말에 의하면, 우리는 모든 것을 새로 구상하고 꿈꿀 수 있는 새로운 시기로 들어갔다. 하지만 이미 호자의 분노와 상상에 익숙해진 내게는 파디샤를 알게 된 사실만이 새롭게 느껴질 뿐이었다. 파디샤도 우리를 알게 되어 기쁜 것 같았다. 어느 것이 누구 구슬인지를 두고 싸우는 형제를 "이것은 네 것이고, 저것은 네 거야."라고 하며 떼어 놓는 사려 깊은 아버지처럼, 파디샤도 우리의 말과 행동을 유심히 보면서 우리를 구별하고 있었다. 어떤 때는 어린애 같고, 어떤 때는 기발하다고 탄복했던 그의 관찰은 나의 호기심을 돋우었다. 우리도 눈치채지 못하게, 나의 개성을 나에게서 분리해 호자의 것으로, 호자의 개성을 나의 것으로 결합시켰다. 파디샤는 이렇게 상상의 창조물을 제자리에 배치하여 우리 자신보다 우리를 더 잘 알게 된 것 같았다.

그의 꿈을 해몽할 때나, 그때는 그저 상상으로만 연구했던 새로운 무기에 대해서 말하고 있을 때 파디샤는 갑자기 멈추어 우리 중 한 명을 보면서 "아니야, 이것은 네 생각이 아니라 그의 생각이야."라고 했다. 때로는 우리의 행동을 구별하기도 했다. "지금 너는 그처럼 보고 있구나. 네 스타일로 보거라!" 내가 놀라면서 미소 짓자 그는 덧붙였다. "그래, 그렇게! 너희들은 함께 거울을 본 적이 있느냐?" 거울을 보면서 우리 중 어느 쪽이 자신인지를 주장할 수 있겠냐고 물었다. 한번은, 몇 년 동안 그에게 써서 바친 모든 책, 동물에 관한 책, 일정표를 가져오게 했다. 한 장한 장 넘겨 읽으면서, 우리 중 누가 어느 부분을 썼으며, 어느 부분은 누가 누구를 대신하여 상상했는지를 말하게 했다. 하지만 호자를 진짜 분노케 하고 나를 혼이 빠지게 놀라게 한 것은 우리가 그와 함께 있을 때 불려 나온 모방자였다.

그 사람의 얼굴이나 몸은 우리와 닮지 않았다. 키가 작고 뚱뚱했다. 옷도 완전히 달랐다. 그러나 그가 말을 하기 시작하자 나는 무서워졌다. 그가 아니라 호자가 말하는 것 같았다. 호자가 그러하듯이, 마치 비밀을 말하는 것처럼 몸을 숙여 파디샤의 귀에 댔고, 세부적인 것을 언급할 때는 그처럼 사려 깊게 천천히 말했다. 호자가 그러하듯이 자신의 말에 도취되어 면전에 있는 사람을 설득하기 위해 손과 팔을 격하게 흔들면서 숨을 헐떡였다. 그가 호자의 억양으로 말한다고 해서 별과 무기와 관련된 계획을 말했던 것은 아니다. 그저 궁전 부엌에서 배운 음식과 음식을 요리하기 위해 필요한 여러 가지 양념의 이름을 댈 뿐이었다. 파디샤가 미소 짓고 있는 동안, 호자의 얼굴은 붉으락푸르락 말이 아니었다. 모방자는 이스탄불과 알레포 사이에 있는 대상 숙소들을 하나하나 세 가면서 계속 호자 흉내를 냈다. 다음에 파디샤는 나를 흉내 내 보라고 했다. 멍하게 입을 벌리며 나를 바라보는 그 사람은 나였다. 나는 기가 막혔다. 파디샤가 절반은 호자이며 절반은 나인 사람을 흉내 내라고 했을 때 나는 그만 홀려 버리고 말았다. 그의 행동을 보고 있자니, 나도 파디샤처럼 "이것은 나고, 저것은 호자야."라고 말하고 싶었다. 하지만 모방자는 자신의 손가락으로 우리를 가리키면서 내가 하려 했던 바로 그 행동을 했다. 파디샤는 칭찬하며 그 사람에게 나가라고 한 후 우리에게 이 문제에 대해 잘 생각해 보라고 말했다.

무슨 의미일까? 나는 저녁때 호자에게, 파디샤는 그가 내게 몇 년 동안 말해 온 것보다 더 영리한 사람이라고 했다. 파디샤는 더 이상 호자의 강요가 아니라 자신의 의지에 따라 스스로 오고 있다고 말했다. 호자의 얼굴은 다시 분노로 상기되었다. 이번에는 그가 화를 내는 게 당연하다고 생각했다. 사실 모방자의 기교는 인내의 한계를 넘어선 것이었다. 호자는 부득이한 경우가 아니면 더 이상 궁에 발조차 들여놓지 않을 거라고 단호하게 말했다. 몇 년 동안 기다렸던 기회가 마침내 수중에 들어왔지만, 그 바보들 틈에 들어가 자학이나 하고 있을 의사는 추호도 없다고 했다. 파디샤가 궁금해하는 것을 내가 알고 있고, 내가 그의 광대 짓을 할 정도로 영리하니 자기 대신 나보고 궁에 가라고 했다.

호자가 병에 걸렸다고 하자 파디샤는 믿지 않았다. "무기 제작이나 연구하라지."라고 했다. 이렇게 호자가 무기 제작을 계획하여 실행했던 사 년 동안 나는 그를 대신해서 궁에 드나들었다. 내가 옛날에 그랬던 것처럼 그도 집에서 온갖 상상에 빠져 지냈다.

인생이 그저 기다림이 아니라 즐길 만한 것이 될 수도 있다는 걸 나는 이 시기에 배웠다. 파디샤가 호자에게 그랬던 것처럼 나를 소중히 여기자 이를 본 사람들은 거의 매일 벌이는 축제와 잔치에 나를 초대했다. 언젠가는 대신의 딸이 결혼을 했고, 또 어떤 날은 파디샤의 아이가 또 태어났고, 후에 아들들의 할례식이 있었고, 헝가리에게서 성을 되찾은 기념으로 파티를 열었고, 또 다음에는 왕자가 학교에 입학했다고 의식을 거행했다. 이러한 향락 속에 지내는 동안 라마단*과 축제가 시작되었다. 며칠 동안 계속된 이 축제에서 기름진 고기와 밥을 먹고, 설탕과 땅콩으로 만든 사자, 타조, 인어 모양 과자를 게걸스럽게 먹어 대느라 금세 살이 쪘다. 기절할 때까지 시합을 하는 야을르 귀레시** 선수들, 사원의 첨탑 사이에 팽팽하게 묶은 줄에 올라가 등에 장대를 짊어지고 춤을 추거나, 이로 말발굽을 물어뜯거나, 칼과 꼬챙이로 몸 여기저기를 찌르는 곡예사들, 옷 속에서 뱀과 비둘기와 원숭이를 꺼내는 사람들, 사람들 손에 있는 잔과 주머니 속에 있는 돈을 눈 깜짝할 사이에 사라지게 하는 마술사들, 재미있는 욕설을 하는 카라괴즈와 하지와트***를 보며 시간을 보냈다. 밤에 불꽃놀이가 없을 때는 그날 새로 만난 사람들과 함께 궁이나 저택으로 갔다. 그들과 몇 시간 동안 라크****나 포도주를 마시며 음악을 들었다. 졸린 사슴을 흉내 내는 아름다운 무희들, 물위를 걸어다니는 미소년들, 구슬픈 목소리로 애절하고 즐거운 노래를 부르는 가수들과 잔을 부딪치며 즐겼다.

외교관들이 나에 대해 아주 궁금해했고 나는 그들의 숙소에 자주 갔다. 사랑스러운 소년 소녀가 이리저리 뛰어다니며 춤을 추는 발레를 구경하거나 베네치아에서 초청한 악단이 연주하는 최신 음악을 들으며 서서히 상승하고 있는 유명세를 음미했다. 대사관에 모였던 유럽 사람들은 내가 겪은 끔찍한 모험에 대해 물었다. 내가 얼마나 고통을 당했고, 얼마나 저항을 했으며, 어

---

* 무슬림의 금식월.
** 터키의 전통 운동 경기로, 몸에 올리브유를 바르고 경기를 펼친다.
*** 터키 고유의 그림자 인형극.
**** 터키 고유의 독주.

떻게 지금까지 참아 왔는지를 궁금해했다. 나는 네 개의 벽으로
둘러싸인 채 할 일이 없어서 엉터리 같은 책을 쓰면서 인생을 보
냈다고는 하지 않았다. 그들이 알고 싶어 하는 흥미로운 이 땅에
대해서, 전에 파디샤에게 했던 것처럼, 믿을 수 없는 이야기를
즉석에서 꾸며 내어 습관적으로 들려주곤 했다. 결혼하기 전에
아버지를 만나러 온 처녀들이나 나와 놀아나던 대사의 부인들
뿐 아니라, 잘 차려입은 대사들과 수행원들도 내가 꾸며 낸 유혈
의 종교와 잔인한 이야기들, 하렘과 사랑의 음모들에 대해 들으
며 감탄했다. 그들의 성화에 못 이겨, 국가 기밀이랍시고 한두 가
지 이야기를 그 자리에서 꾸며 내 그들의 귀에 속삭여 주었고,
아무도 모를 파디샤의 이상한 버릇도 즉흥적으로 꾸며 댔다. 좀
더 많은 정보를 원한다 싶으면 비밀스러운 분위기를 연출했다.
모든 것을 다 털어놓지는 못하는 척했다. 그러고는 침묵 속으로
빠져들어 호자가 우리로 하여금 닮게 하려고 한 이 멍청이들을
더 궁금하게 만들었다. 하지만 지식이 요구되는 거대하고 비밀
스러운 계획과 엄청난 돈이 들어가는 불확실한 무기 제조와도
내가 관련이 있다는 이야기를 자기들끼리 속닥거리는 것도 나는
알고 있었다.

　아름다운 몸매를 떠올리며, 저택이나 궁에서 마신 술 때문에
몽롱한 정신으로 밤에 귀가하면, 이십 년 된 우리의 책상 앞에
앉아 연구를 하는 호자가 보였다. 그는 지금까지 보지 못했던
무서운 기세로 연구에 전념했고, 책상 위는 의미를 알 수 없는
이상한 형태의 그림과 신경질적인 필체의 글씨가 빽빽한 종이가
수북했다. 그는 내가 하루 종일 무엇을 했고 무엇을 보았는지 설
명하라고 했다. 잠시 후 그는 그런 놀이들이 파렴치하고 멍청하

다고 몸서리를 치며 내 말을 가로막았다. 그리고 '우리'와 '그들'에 대해 언급하면서 자신의 계획을 설명하기 시작했다.

그는 또다시 모든 것은 우리 머릿속과 관련 있다고 했다. 그의 계획은 모두 여기에 의거하고 있었다. 뇌라고 하는, 잡동사니로 가득한 서랍의 질서와 복잡함에 대해 열변을 토했다. 하지만 나는 어떻게 여기에서 출발하여 우리의 희망을 모두 걸었던 무기를 만들지 알지 못했다. 이것은 다른 그 누구도, 혹은 때때로 생각했던 것처럼 심지어 그 자신조차도 이해할 수 없을 것 같았다. 그는 언젠가 누군가가 우리 머리를 열어 자신이 생각해 낸 모든 것을 증명할 거라고 했다. 그는 흑사병이 나돌던 시기에 함께 거울을 보면서 느꼈던 커다란 진실을 언급했다. 지금은 모든 것이 머릿속에서 확실해졌으며, 무기는 이러한 진실에서 출발한다고 했다! 그의 열띤 말을 나는 제대로 이해도 못하면서 감동했고, 그는 떨리는 손가락으로, 종이에 그려 놓은 괴상하고 애매한 어떤 형태를 보여 주었다.

그것은 보여 줄 때마다 점점 더 발전되어 가는 듯했고, 내게 무언가를 떠올리게 했다. '악마적인'이라고 할 수 있을 그림 속의 검은 얼룩을 본 순간, 그것을 내가 무엇에 비유했는지를 말해 버리려고 했다. 하지만 주저하면서 말을 못하거나 혼란스러운 채 입을 다물었다. 세부적인 그림은 종이 여기저기에 그려져 있었다. 그 후 사 년 동안 조금씩 진전되어 구체적인 모양을 갖추어 가는 걸 지켜보았다. 그리고 마침내 몇 년 동안 쏟아부은 엄청난 자금과 인간의 노동력을 삼키며 결국 완성되는 것도 볼 수 있었다. 나는 어떤 때는 그것을 일상생활에서 보았던 것에, 어떤 때는 꿈속에서 보았던 것에 비유했다. 한두 번은 과거에 우리가 서로에게 추억을 들려주면서 보았던 것이나 우리가 언급했던 것에 비유한 적도 있었다. 하지만 내 머리에서 떠오른 것의 정체가 무엇인지는 확실히 알 수 없었다. 결국 나는 내 상상력의 모호함에 굴복하여 호자가 무기의 비밀을 털어놓기를 허망하게 기다렸다. 사 년 후 그 작은 얼룩은 이스탄불 사람들의 입에 오르내리게 되는 커다란 사원 크기의 이상한 괴물로, 끔찍한 모습으로 변해 있었다. 호자의 표현대로라면 그것은 '진짜 무기'로 변해 있었다. 모두들 그것을 무언가에 비유할 때, 나는 여전히 그 무기가 가져다 줄 미래의 승리에 관해 호자가 과거에 말했던 내용만을 생각했다.

궁궐에 갈 때마다 기발하고도 두려운 그 말들을, 기억하고 싶지 않은 꿈을 아침에 억지로 기억하려고 애쓰는 것처럼, 파디샤에게 되풀이해서 들려주었다. 호자가 몇 차례나 반복하여 일러 주었던 바퀴, 조종키, 반구형 지붕, 화약, 크랭크에 대해 설명했다. 내가 말한 단어들은 나의 단어들이 아니었다. 나의 말에는 호자와 같은 열정도 없었다. 그런데도 파디샤에 영향을 미친다는 게 신기했다. 이 진지한 사람이 이 모호한 단어들의 더미에서, 내가 그저 조잡하게 대강 전하는 호자의 격앙된 승리와 구원의 시에서 희망을 찾아내는 것이 나를 감동시켰다. 파디샤는 집에 있는 호자가 나라고 말하곤 했다. 이 지적인 장난에 나는 혼란스럽다가 점점 익숙해졌다. 파디샤가 나를 보고 호자라고 했을 때 아무것도 이해하지 않는 편이 더 낫다는 생각이 들었다. 왜냐하면 이런 것들은 모두 내가 호자에게 가르친 것이라고 그가 덧붙였기 때문이다. 지금의 무기력한 나는 내가 아니라고 했다. 옛날에 무기력했던 호자를 내가 변화시켰다고 했다. 파디샤가 그날의 유희, 동물들, 축제를 준비하고 있는 상인 행렬에 대해서 말하면 얼마나 좋을까 생각했다. 그 후 파디샤는 무기 제작 계획의 배후에 내가 있다는 것을 모두가 안다고 했다.

나를 두렵게 하는 것도 바로 이것이었다. 호자는 몇 년 동안 사람들 앞에 모습을 드러내지 않았다. 사람들은 그를 거의 잊어버렸다. 그들이 저택, 궁전, 시내에서 보았던 파디샤 옆에 있는 사람은 나였다. 그들은 이제 나를 질투했다. 파디샤가 불확실한 무기 제조 계획에 그렇게 많은 마을과 올리브 밭, 상점의 수입을 주었기 때문도 아니고, 파디샤와 내가 이만큼 가까워서도 아니었다. 또한 무기 제작으로 다른 사람의 일에 간섭하기 때문도 아니었다. 무기에 대한 그들의 뒷공론은 날이 갈수록 더해 갔다. 그들은 내가 이교도였기 때문에 복수를 하려고 호시탐탐 기회를 노렸던 것이다. 그들의 비방에 더 이상 귀를 막고 있을 수 없는 지경에 이르면, 호자에게 혹은 파디샤에게 내가 우려하는 것들을 털어놓았다.

그러나 정작 그들은 별로 관심을 갖지 않았다. 호자는 무기 제작에 완전히 빠져 있었다. 젊은이의 열정을 그리워하는 노인처럼 나는 그가 분노하기를 갈망했다. 그는 몇 달 동안 종이 위에 있던 불확실하고 어두운 얼룩에 세부적인 것을 덧붙이고 발전시켜, 무시무시한 괴물 모형을 만들었다. 주형 제작에도 엄청난 돈을 뿌려 가며 어떤 포탄도 뚫을 수 없는 두꺼운 강철을 주조했다. 하지만 그즈음 호자는 내가 전해 준 나쁜 소문에는 귀조차 기울이지 않았다. 단지 이러한 소문이 떠도는 대사들의 관저에 관심을 보였을 뿐이다. 대사들은 어떤 사람들인지, 어떤 것에 관심을 갖고 있는지, 이 무기에 대해 어떤 생각을 하고 있는지. 그리고 가장 중요한 것은 파디샤가 왜 그들 나라로 제국을 대표할 대사를 지속적으로 보낼 생각을 전혀 하지 않는지. 나는 그가 바로 이 임무를 원한다는 것, 그들 사이에서 살고 싶어 하고, 이 바보들에게서 벗어나고 싶어 하는 것을 느낄 수 있었다. 하지만 무기 제작을 실현하는 데 어려움을 느끼고, 주조한 강철에 금이 가고, 돈이 모자랄 거라 걱정했던 절망적인 나날에도 이런 갈망에 대해 솔직히 말하지 않았다. 단지 한두 번 '그들'이 길러낸 학자들과 친분을 맺고 싶다고 은연중에 입 밖에 낸 적이 있을 뿐이었다. 어쩌면 그들이 머릿속 진실들을 이해할 거라고 생각했던 것이다. 베네치아인이나 플랑드르인 혹은 그 순간 머리에 떠오르는 먼 나라의 학자들과 서신을 교환하고 싶어 했다. 그들 중 가장 명석한 사람은 누구일까, 어디에 살고 있을까, 그들과 어떻게 서신을 교환할까, 이런 것들을 내가 대사들에게서 알아낼 수 있을까? 그는 계속 내게 물어 왔다. 내가 유희에 빠져 완성되어 가는 무기에는 별로 관심을 갖지 않았던 시기에, 우리의 적을 신나게 할 비관적인 흔적을 내포한 이런 부탁을 나는 잊어버리고 있었다.

적들의 험담에 대해 파디샤도 들은 체하지 않았다. 당시 호자는 무기를 시험하기 위해 끔찍한 강철 더미 속에 들어가 코를 찌르는 녹슨 쇠 냄새 속에서 조종키를 돌릴 용감한 사람을 모집하고 있었다. 내가 소문에 대해 불만을 토로했지만 파디샤는 내 말을 듣지도 않았다. 여느 때처럼 호자가 했던 말을 다시 들려 달라고 했다. 파디샤는 호자를 믿었고 모든 것에 만족했다. 그를 신임한 것에 대해 후회하지 않았다. 그리고 이 모든 것에 대해 내게 고마움을 표했다. 물론 같은 이유 그러니까, 내가 호자에게 모든 것을 가르쳤기 때문이었다. 그도 호자처럼 머릿속에 대해서 언급했다. 그는 다른 문제를 떠올렸다. 한때 호자가 내게 물었던 것처럼 파디샤도 그곳, 그 나라, 나의 고향에서 사람들이 어떻게 사는지를 물었다.

　나는 그에게 수없이 많은 환상들을 들려주었다. 반복에 반복을 거듭했기 때문에 나도 지금은 대부분을 믿고 있는 이 환상들이, 내가 어렸을 때 정말 경험한 것인지 책을 쓰기 위해 책상에 앉을 때마다 연필 끝으로 다가온 꿈같은 이야기인지는 알 수 없다. 어떤 때는 그 순간 머리에 떠오른 즐거운 거짓말을 꾸며 대기도 했다. 계속 이야기를 꾸며 내서 이어나간 동화도 몇 편 있었다. 파디샤는 자세한 이야기를 궁금해했기 때문에 모두의 옷에는 단추가 아주 많이 달려 있다는 부분을 늘 반복했다. 나의 추억에서 나왔는지 꿈에서 나왔는지 정확히 알 수 없는 자세한 이야기도 해 주었다. 그러나 이십오 년이 지나도 여전히 잊지 못하는 사실도 한두 가지 있다. 어머니와 아버지, 형제들과 보리수 밑에서 아침 식사를 하며 식탁에서 나누었던 대화들! 파디샤는 여기에 별로 관심을 갖지 않았다. 한번은 사실 모든 인생은 서로 닮았다고 한 적이 있다. 나는 왠지 그 말이 두려웠다. 파디샤의 얼굴에는 전에는 전혀 보지 못했던 악마적인 표정이 깃들어 있었다. 어떤 의미인지 묻고 싶었다. 나는 두려움에 사로잡혀 그의 얼굴을 보며 "저는 저입니다."라고 말하고 싶었다. 이 엉뚱한 말을 할 용기가 내게 있었다면, 나를 다른 사람으로 만들려고 온갖 계략을 꾸미는 험담꾼이나 호자 그리고 파디샤의 게임을 헛일로 만들고, 내 존재 안에서 계속 평온하게 살아갔을 것이다. 그러나 사람들이 안위를 위협할 온갖 불확실한 말은 언급하기조차 꺼리는 것처럼 나도 두려워 입을 다물었다.

같은 해 봄 호자는 무기 제작을 끝냈다. 하지만 무기를 작동할 사람들을 모으지 못했기 때문에 시험은 못하고 있었다. 얼마 후 파디샤가 군대를 끌고 폴란드로 원정을 나서서 우리를 놀라게 했다. 그는 왜 적을 무찌를 무기를 가지고 가지 않았을까, 왜 나를 데려가지 않았을까, 우리를 신임하지 않는단 말인가? 이스탄불에 남은 다른 사람들처럼, 우리도 파디샤가 사실 전쟁이 아니라 사냥을 위해 원정에 나섰다고 믿고 있었다. 호자는 일 년을 더 벌었다고 기뻐했다. 나는 별다른 할 일이나 즐길 일이 없어 그와 함께 무기 제작에 참여했다.

우리는 무기를 작동할 사람을 찾느라 퍽 애를 먹었다. 끔찍한 형상에다 무엇인지도 확실치 않은 기계 속으로 들어가려는 사람이 없었다. 호자는 많은 돈을 지불하겠다고 했다. 도시에 파발꾼을 풀어놓았다. 조선소 근처와 톱하네 지역에도 사람을 풀었다. 파리를 날리는 커피 집에서 빈둥거리는 건달이나 모험가 중에서 우리와 함께 일할 사람을 찾았다. 그리고 우리가 찾은 사람들 대부분이 두려움을 이기고 강철 더미 안으로 들어가기는 했다. 하지만 그 괴상한 벌레 안에 꽉 끼인 채, 더위 속에서 땀을 뻘뻘 흘리며 조정키를 돌리는 일은 오래 견디지 못하고 도망치고 말았다. 여름이 끝날 무렵에는 무기를 움직이게 할 수는 있었지만, 몇 년 동안 이 일을 위해 모아 두었던 돈이 바닥났다. 무기는 호기심을 품고 지켜보는 사람들의 놀랍고 두려운 시선과 승리의 함성 속에서 둔하게 움직였다. 가상 요새를 공격하고 비틀거리며 대포를 쏘고 나서는 멈춰 서고 말았다. 마을과 올리브 밭에서 돈은 계속 나왔지만, 호자는 비용을 줄여야 한다며 어렵

사리 고용했던 사람들을 돌려보냈다.

기다림 속에서 겨울이 지나갔다. 파디샤는 원정에서 돌아온 후 자신이 좋아하는 에디르네에 머물렀다. 아무도 우릴 찾지 않았다. 우리는 홀로 남게 되었다. 매일 아침 궁으로 가서 즐겁게 이야기를 들려줄 사람도, 밤마다 저택에서 함께 어울릴 사람도 없었기 때문에 할 일이 없었다. 나는 베네치아에서 온 화가에게 내 초상화를 그리게 하고, 우드* 교습을 받으면서 날을 보냈다. 호자는 보초가 지키고 있는 무기를 보러 쿨레디비**로 가곤 했다. 무기의 이곳저곳에 무언가 추가해서 성능을 높이려고 했지만, 금방 싫증을 냈다. 마지막으로 함께 보냈던 겨울밤에 그는 무기와 그걸 가지고 할 일에 대해서도 언급하지 않았다. 그는 무력감에 빠져 있었다. 그가 열정을 잃어서 그런 것이 아니라, 내가 그를 자극하지 않았기 때문이었다.

우리는 거의 매일 밤 기다리며 시간을 보냈다. 바람이나 눈이 그치기를 기다렸다. 늦은 시간 보자*** 장수가 마지막으로 지나가기를, 난로에 장작을 넣기 위해 불꽃이 사그라지기를 기다렸다. 할리치 만 맞은편 해안에서 마지막으로 흔들리는 등불이 꺼지기를, 도무지 오지 않는 잠이 오기를, 사원에서 아침 기도 시간을 알리는 소리를 기다렸다. 서로 거의 말도 하지 않고 상상 속으로 빠져들곤 하던 겨울밤 중 어느 날이었다. 호자는 갑자기 내가 아주 변했으며, 이제 완전히 다른 사람이 되어 버렸다

---

* 몸통이 둥근 터키 고유의 현악기.
** 이스탄불의 한 지역.
*** 보리, 기장, 옥수수, 밀 같은 곡식의 반죽을 발효시켜 만든 신맛 나는 터키 고유의 음료수.

고 했다. 나는 갑자기 배가 따끔거렸고 등에서는 식은땀이 흘렀다. 반박하고 싶었다. 그의 말은 틀렸고, 나는 옛날과 같으며, 우리는 닮았으니, 옛날처럼 내게 다시 관심을 가져 달라고, 대화할 것이 아직 더 많다고 말하고 싶었다. 그러나 한편으로 그의 말이 맞을지도 모른다고 생각했다. 나의 시선은 그날 아침 화가가 가져와 벽에 기대어 놓았던 나의 초상화에 머물렀다. 나는 변해 있었다. 잔치 마당에서 끝없이 음식을 먹어 대서 살이 쪘고 목살도 늘어졌다. 몸은 평퍼짐했고 행동도 둔했다. 게다가 얼굴도 완전히 딴판이었다. 그 세계에서 마시고 입맞춤을 하느라 내 입술 주위는 저속함으로 물들어 있었다. 아무 때나 잠을 자고 술에 취해 곯아떨어졌기 때문에 나의 눈은 흐리멍덩해져 있었다. 인생과 세상 그리고 자신에게 만족해하는 바보들처럼, 나의 눈빛에는 평범한 안위가 자리 잡고 있었다. 하지만 나는 알고 있었다. 내가 나의 이 모습에 만족해하고 있다는 것을. 나는 입을 다물었다.

이후 파디샤가 무기와 함께 우리를 에디르네로 불렀다는 것을 알 때까지, 나는 자주 같은 꿈을 꾸었다. 우리는 이스탄불의 축제를 연상시키는 베네치아의 가면무도회에 있었다. 어머니와 내 약혼녀가 '저속한 여자' 가면을 얼굴에서 벗어 내리자, 나는 그들을 알아보고 기뻐했다. 나도 이제는 나를 알아보라고 가면을 벗었다. 그러나 그들은 내가 나인 줄을 알아차리지 못했다. 그들은 가면의 손잡이를 잡고는 그것으로 뒤에 있는 누군가를 가리켰다. 뒤를 돌아보았을 때, 그들이 나라고 가리켰던 그 사람은 호자였다. 그가 나를 알아봐 주기를 기대하며 그에게 다가가자, 호자인 사람은 내게 아무 말도 하지 않고 쓰고 있던 가면을 벗었다. 그 가면 뒤에서는 내 젊은 시절의 모습이 나타났다. 나는 죄의식으로 고통스러워하며 꿈에서 깨어났다.

10

초여름, 무기를 가지고 에디르네로 오라는 파디샤의 전갈을 받자마자 호자는 행동을 개시했다. 나는 그때서야 그가 이미 모든 준비를 마쳤고, 해고한 일꾼들과 겨울 내내 계속 연락을 하고 있었음을 알게 되었다. 사흘 후, 우리는 길을 떠날 채비를 마쳤다. 호자는 마지막 날 저녁 마치 새 집으로 이사 가는 사람처럼, 표지가 찢어진 오래된 책들, 쓰다 만 소책자들, 빛바랜 초고들, 물건들을 이것저것 뒤적거렸다. 기도 시간을 알리는 녹슨 시계의 알람을 작동시켰고, 천문학 관련 기구들 위에 쌓인 먼지를 닦았다. 그는 이십 오 년 동안 우리가 썼던 책들, 준비했던 기구들의 스케치들과 낙서장들을 뒤적이며 아침까지 시간을 보냈다. 동이 틀 무렵에는 첫 불꽃놀이를 실험하면서 관찰한 것들을 적었던 찢어지고 바랜 작은 공책을 뒤적이고 있었다. 그는 주저하며 물었다. 이것들을 가지고 가야 하나, 쓸모가 있을까. 내가 멍하니 바라보고만 있자, 그는 화를 내며 손에 들고 있던 것들을 구석으로 던져 버렸다.

　그래도 에디르네로 향하는 열흘간의 여행 중 우리는 예전만큼은 아니었지만 그런대로 친하게 지냈다. 무엇보다도 호자는 희망에 차 있었다. 우리의 무기는 엄청나게 삐걱거렸고 괴상한 소음을 내며 천천히 전진했다. 사람들은 이 무기를 괴물체, 벌레, 악마, 화살이 박힌 거북이, 걸어 다니는 성, 검은 강철, 야수, 바퀴 달린 솥, 거인, 앞 뒤 안 보고 걷는 놈, 괴물, 고집불통, 검은 녀석, 푸른 눈의 괴물이라고 불렀다. 호자가 바랐던 대로 무기는 보는 이를 공포에 떨게 했고, 그의 예상보다는 빠르게 굴러갔다. 여행 내내, 근처 마을에서 사람들이 호기심에 이끌려 모여들었지만 두려워 근처에는 오지 못하고 언덕에 죽 늘어서서 긴장하며 구경했고, 호자는 흡족해했다. 매일 밤, 하루 종일 피땀을 흘리며 일하던 일꾼들이 천막 속에서 깊은 잠에 빠지고 찌르레기만이 정적을 깨고 있을 때, 호자는 이 '거구'가 우리의 적에게 어떻게 할 것인지를 말해 주곤 했다. 사실 그는 과거처럼 흥분하지 않았다. 파디샤 주위에 있는 사람들과 군대가 이 무기에 어떤 반응을 보일지, 군대가 공격을 개시할 때 이 무기를 어디에 배치할지에 대해 나처럼 걱정하며 고민했다. 하지만 그는 여전히 확신에 차서 '우리의 마지막 기회'에 대해, 역사의 흐름을 우리가 원하는 방향으로 바꿀 수 있다는 것에 대해, 그리고 더 중요한 것은 그가 늘 관심을 갖고 있던 '그들과 우리'에 대한 주제를 마음 편히 이야기했다.

　무기는 파디샤 주위에 있는 파렴치한 아첨꾼들 말고는 아무도 진정으로 반겨 주지 않은 분위기에서 퍼레이드를 벌이며 에디르네에 입성했다. 파디샤는 옛 친구를 만나듯 호자를 반가이 맞이했다. 파디샤는 전쟁 가능성에 대해 언급하면서도 별 준비는 하지 않았고 조급해하는 기색도 없었다. 그들은 하루하루를 함께 보내기 시작했다. 나도 그들과 함께했다. 말을 타고 주위 어두운 숲에 가서 새소리를 듣고, 툰자 강과 마리차 강에서 뱃놀이를 하며 개구리를 관찰하고, 독수리와 싸우다 상처를 입고 셀리미예 사원 뜰로 내려온 황새를 돌보고, 성능을 다시 한 번 시험해 보기 위해 무기를 관찰하러 갈 때면, 그들 옆에는 언제나 나도 있었다. 하지만 내게는 그들의 대화에 끼거나, 그들이 관심을 갖고 듣거나 그들에게 진심으로 할 수 있는 말이 없다는 것을 슬프게도 깨닫게 되었다. 어쩌면 그들의 친밀감을 질투했는지도 모른다. 하지만 사실 나는 지겨워지고 있었다. 호자는 여전히 같은 말을 했다. 승리, '그들'의 우월성, 이제는 우리가 털고 일어나 행동을 개시해야 할 필요가 있다는 것, 미래, 머릿속에 대해 언급하며 호자가 이야기를 지어내도 파디샤가 거기에 속아 넘어가는 것에 놀라지 않을 수 없었다.

전쟁에 대한 소문이 만연했던 어느 여름날, 호자는 힘센 사람이 필요하다며 나를 데려갔다. 우리는 에디르네 시내를 빠른 걸음으로 걸었다. 집시 마을, 유대인 마을, 내가 전에 지루함을 달래기 위해 걸어 다녔던 회색의 골목들, 대부분 서로 비슷비슷한 가난한 무슬림의 집들을 지나갔다. 왼쪽에 있던 담쟁이 넝쿨이 늘어진 집들이 오른쪽으로 지나는 것을 보고 우리가 같은 골목을 배회하고 있다는 것을 깨달았다. 우리가 어디에 있는 거냐고 물었다. 필담이라고 했다. 호자는 갑자기 어느 집 대문을 두드렸다. 초록빛 눈을 가진 여덟 살 정도 되는 아이가 문을 열었다. 호자는 아이에게 "사자들이, 사자들이 파디샤의 궁전에서 도망쳤

단다. 우리는 사자를 찾고 있어."라고 했다. 그가 아이를 밀치면
서 집 안으로 들어가기에 나도 뒤따라갔다. 집 안에서는 먼지와
나무와 비누 냄새가 났다. 우리는 어둡고 삐걱거리는 계단을 지
나 서둘러 위층 현관으로 올라갔다. 호자는 눈앞에 보이는 방문
들을 열어 보기 시작했다. 첫 번째 방에는 힘없어 보이는 노인이
이 빠진 입을 벌린 채 졸고 있었다. 그 노인에게 무언가 묻기 위
해 노인의 턱수염으로 손을 뻗고 있던 명랑한 아이들 둘은 문을
열어젖힌 낯선 사람을 보고 놀랐다. 호자는 문을 닫았다. 다른
방의 문을 열었다. 안에는 이불 한 무더기와 이불용 천이 있었
다. 대문을 열었던 아이가 호자보다 먼저 세 번째 방문의 손잡이
를 잡았다. "사자는 여기 없어요, 엄마와 숙모가 있어요." 그래도
호자는 문을 열었다. 여자 둘이 등을 돌린 채 희미한 불빛 밑에
서 기도를 올리고 있었다. 네 번째 방에는 이불을 꿰매는 남자가
있었다. 수염이 없어서 나를 더 많이 닮은 사람이었다. 호자를
보자 일어났다. 그는 "왜 왔어, 미친놈, 우리에게 뭘 원해?"라고
했다. 호자는 "내 여동생 셈라 어딨어?"라고 물었다. 그는 "십 년
전에 이스탄불로 갔어, 흑사병으로 죽었어, 너는 왜 뒈지지 않았
냐?"라고 대꾸했다. 호자는 아무 말도 하지 않고 계단을 내려와
집에서 나왔다. 내가 그를 뒤쫓아 갈 때, 내 뒤에서 아이가 소리
를 지르고 한 여인이 그 아이에게 대답하는 것을 들었다. "집에
사자들이 왔대요, 엄마!" "아니야 네 삼촌과 그의 동생이야!"

　이 주가 지난 후, 나는 아침 일찍 그곳으로 다시 갔다. 어쩌면
그날 일어났던 일이 잊히지 않았기 때문일 수도 있고, 어쩌면 내
새로운 인생과 아직도 당신이 인내를 가지고 읽고 있는 이 책을
준비하기 위해서였을 수도 있다. 여명 때문에 착각을 했던지 처

음에는 그 골목과 집을 찾기가 힘들었다. 한참 헤맨 끝에 골목을 찾아냈고, 돌아오는 길에 어딘지 알고 있었던 베야즈트 사원 의료원으로 가는 지름길을 찾으려 했다. 어쩌면 그때 호자와 그의 어머니와 여동생이 지름길을 골랐을 거라고 잘못 생각했기 때문인지 몰라도, 다리에 이르는 버드나무로 그늘진 짧은 길을 도저히 찾을 수가 없었다. 내가 찾아낸 버드나무가 있는 길 옆에는, 사람들이 나와 앉아 구경하며 헬와를 먹을 만한 강이 없었다. 의료원에는 독자 여러분과 내가 상상했던 그 무엇도 없었다. 진흙투성이도 아니었다. 어쩌면 깨끗하다고도 볼 수 있었다. 그러나 물소리도 들리지 않았고 형형색색의 병도 없었다. 쇠사슬에 묶인 환자를 보자 나는 참지 못하고 의사에게 물었다. 그는 사랑에 빠져 미쳐 버렸으며, 미친 사람들이 대부분 그렇듯이 그도 자신을 다른 사람으로 착각하고 있다고 했다. 의사가 더 설명하려 했으나 나는 듣지 않고 나왔다.

여름의 끝 무렵, 이제는 떠나지 않을 모양이라고 여겼던 원정 결정이 갑작스레 내려졌다. 지난해의 패배를 인정하지 않았던, 그리고 그보다는 막중한 세금의 압력을 받은 폴란드인들은 "세금을 거두어 가려면 이곳에 와서 칼로 받아 가라."라는 전언을 보냈다. 원정 준비가 시작된 이후, 호자는 화가 나 미칠 지경인 모양이었다. 군대 정렬을 준비할 때 아무도 무기가 있을 위치를 생각하지 않았던 것이다. 전쟁 중에 이 검은 강철 더미를 곁에서 보고 싶어 하는 사람은 아무도 없었다. 이 커다란 솥의 성능을 보고 싶어 하는 사람은 아무도 없었다. 게다가 이 무기가 불길하다고들 생각했다! 원정을 나가기 하루 전날 호자가 전쟁의 운세를 점치고 있을 때, 우리의 적들은 호자가 만든 무기는 승리만큼이나 저주도 가져올 수 있다고 공공연하게 비아냥거렸다. 그들이 이 저주의 배후에 호자가 아니라 내가 있다고 생각한다고 호자가 말해 주었을 때 나는 두려움에 휩싸였다. 파디샤는 호자와 무기에 대한 믿음을 천명했고, 논쟁이 일지 않도록 전쟁 중에 자신이 통솔하는 부대에 무기를 배속하라고 명령했다. 9월 초, 어느 무더운 여름 날 우리는 에디르네를 출발했다.

모두들 원정을 떠나기에는 늦은 시기라고 생각했다. 그러나 이 문제는 그리 많이 거론되지 않았다. 병사들이 적만큼이나, 어떤 때는 적보다 더, 불운을 두려워한다는 것, 불운에 대한 두려움으로 전투를 한다는 것을 나는 원정 중에 처음 알게 되었다. 잘 가꾸어진 부유한 마을과 우리의 무기가 바닥을 울렸던 다리를 지나 북쪽으로 갔던 첫날 밤, 파디샤가 자신의 천막 숙소로 우리를 불러서 나를 놀라게 했다. 파디샤도 병사들처럼 어린애가 되어 있었다. 새로운 놀이를 시작하는 아이처럼 호기심과 흥분으로 들떠 있었다. 병사들처럼 그도 하루 동안 일어난 일들을 어떻게 해석하느냐고 호자에게 물었다. 지는 해 앞에 있던 빨간 구름, 낮게 나는 송골매, 시골집의 깨진 굴뚝, 남쪽으로 가는 황새는 어떤 의미가 있는가? 물론 호자는 모든 것을 좋은 징조로 해석했다.

하지만 우리 일은 거기서 끝나지 않았다. 파디샤가 원정 때면 밤마다 무섭지만 흥미로운 이야기를 듣는 걸 아주 좋아한다는 사실을 우리 둘 다 처음 알게 되었다. 호자는 몇 년 전에 우리가 파디샤에게 선사했던, 내가 가장 좋아했던 책에 있는 흥겨운 시에서 영감을 받아 침울한 그림을 그렸다. 시체, 피비린내 나는 패배, 실패, 반역, 빈곤으로 들끓는 불길한 그림이었다. 하지만 파디샤의 두려운 시선이 향하는 한구석에는 승리의 불꽃이 타오르는 걸 그려 넣는 것도 잊지 않았다. 그 불꽃을 활활 타오르게 하기 위해서는 머리를 써야만 했다. '그들 그리고 우리'를, 우리 머릿속을, 호자가 몇 년 동안 말해 왔지만 이제 나는 잊어버리고 싶은 모든 것을 깨닫고 털어 내야만 했다. 호자는 어쩌면 반복에 반복을 거듭한 이야기에 이제 파디샤도 무덤덤해졌다고 생각했는지, 내게는 지루하기만 했던 고루한 이야기에다 매일 밤 침울함과 흉칙함과 공포감을 덧붙여 설명했다. 그래도 나는 우리 머릿속에 관한 이야기를 들을 때마다 파디샤가 즐거움으로 몸을 떠는 것을 느낄 수 있었다.

사냥 여행은 우리가 출발한 그 주에 시작되었다. 오로지 사냥 여행 때문에 군대와 함께 온 무리가 앞장서 가고 있었다. 그 지역을 탐색하고 적당한 곳을 선택하여 마을 사람들을 동원한 후 파디샤와 우리 그리고 사냥꾼들은 종대에서 흩어져, 영양으로 유명한 숲으로, 멧돼지들이 뛰노는 산비탈로, 여우와 토끼가 떼지어 있는 숲으로 갔다. 몇 시간 동안 계속되는 소박하지만 즐거운 사냥 여행이 끝나면 전쟁에서 승리하고 돌아오는 것처럼 의기양양하게 종대로 귀환했다. 군대가 파디샤에게 경례를 할 때 우리도 바로 그의 뒤를 따르곤 했다. 호자는 이 의식을 혐오하며 분노했으나 나는 마음에 들었다. 밤이면, 그날 산책을 했거나 군대가 지나갔던 마을의 상태나 적의 최근 소식에 대해서보다는, 파디샤와 함께 사냥에 대해서 이야기하는 것이 더 좋았다. 호자는 한심하고 바보 같은 잡담에 화가 나서 매일 밤 강도를 더 높여 이야기를 하고 예언을 했다. 그저 파디샤에게 공포심을 심어 주려고 했던 이야기와 머릿속과 관련된 동화를 그가 믿자 주위 사람들만큼이나 나도 속이 상했다.

그런데 더욱 사악한 것을 보게 될 줄이야! 사냥을 하고 있을 때였다. 사냥꾼들은 마을 열 곳의 주민을 모두 불러 모아 숲 속에 들여보내고, 양철 그릇을 두들겨 소란을 떨면서 멧돼지와 사슴을 몰아오도록 했다. 우리는 구석에서 말과 무기를 준비한 채 기다렸다. 하지만 정오가 되도록 동물 한 마리 구경하지 못했다. 한낮의 더위와 답답함을 떨쳐 버리기 위해 파디샤는 호자에게 밤마다 들려주던 그 소름끼치는 이야기를 해 달라고 했다. 우리는 멀리서 희미하게 들려오는 양철 소리를 들으며 천천히 길을 가다가 기독교인 마을을 발견하고 멈춰 섰다. 호자와 파디샤가 텅 빈 집 하나를 가리켰고, 비쩍 마른 노인이 문틈으로 머리를 내밀고 부축을 받으며 그들에게 다가가는 것을 나는 그때 보았다. 조금 전 호자와 파디샤는 또 '그들'과 '그들'의 머릿속에 있는 것에 대해 말하고 있었다. 나는 둘의 얼굴에 나타난 호기심과, 호자가 통역관을 통해 노인에게 무언가를 묻는 것을 보고는 머리에 어떤 예감이 떠올라 두려워하며 그들에게 다가갔다.

호자는 아무 생각도 하지 말고 즉시 대답하라고 하면서 노인에게 물었다. 네 인생에서 저질렀던 가장 큰 죄, 가장 사악한 짓은 무엇이었느냐? 통역관은 노인이 중얼거리는 슬라브어를 더듬더듬 우리에게 전해 주었다. 노인은 자신이 죄 없는 가련한 사람이라고 했다. 하지만 호자는 이상한 분노를 보이며 자신에 대해 말하라고 다그쳤다. 노인은 파디샤도 호자만큼 궁금해하는 것을 보고는 자신의 죄를 시인했다. 그렇다. 그는 죄가 있었다. 그도 다른 마을 사람들과 함께 집에서 나와 동물을 모는 사냥에 참석했어야 했다. 그러나 그는 몸이 불편했다. 하루 종일 숲 속에서 뛸 정도로 건강하지 못했다. 그는 손으로 가슴을 가리키며 용서를 구했다. 호자는 화를 내며 소리를 질렀다. 그게 아니라 진짜 죄가 무엇인지 물었던 것이다. 그렇지만 노인은 통역관이 반복해 묻고 있는 질문을 이해하지 못했다. 그는 한 손을 가슴에 댄 채 고통스러운 표정으로 멍하니 서 있을 뿐이었다. 부하들은 노인을 데리고 갔다. 그들이 데려온 다른 사람도 똑같이 말하자 호자의 얼굴은 분노로 새빨개졌다. 호자는 두 번째 사람에게 사악함과 죄에 관해 쉬운 예를 들어 주겠다며, 내 어린 시절의 죄, 형제들보다 사랑받기 위해 했던 거짓말, 내가 대학에 다닐 때 저질렀던 성적인 죄악에 대해 누구인지 모르는 죄인의 나쁜 짓을 설명하듯 말했다. 이 책을 쓰면서 그리워하며 회상했던 흑사병의 날들의 기억이 그때는 혐오감과 수치스러움에 뒤섞여 되살아났다. 마지막으로 데려온 절름발이가 시내에서 목욕하는 여자들을 몰래 훔쳐보았다고 속삭이듯 고백하자, 호자는 조금 화가 가라앉았다. 호자는, 그렇다, '그들'은 나쁜 짓에 관한 한 이러하다, 그것과 떳떳하게 대면할 수 있다, 하지만 머릿속에서 일어난 일을 이제 알아 가야만 하는 우리는…… 등등의 말을 했다. 나는 파디샤가 별로 영향을 받지 않았다고 믿고 싶었다.

그러나 파디샤는 궁금해했다. 그는 이틀 후 사냥에 나가 사슴을 뒤쫓다가, 어쩌면 호자의 고집을 더 이상 꺾을 수 없었던지, 아니면 그도 생각보다 심문하는 일이 즐거웠던지, 호자가 이 일을 다시 시작하는 걸 못 본 척했다. 이번에는 도나우 강을 지나 또 다른 기독교도 마을에 다다랐다. 마을 사람들은 라틴어가 어원인 언어를 사용하고 있었다. 호자가 묻는 질문은 거의 다르지 않았다. 흑사병이 돌던 밤에 내가 그에게 자신이 저지른 사악한 짓들을 쓰라고 했던 격렬함이 떠올랐다. 마을 사람들은 이런 걸 묻는 누구인지도 모르는 재판관과 그를 암묵적으로 지지하는 파디샤를 두려워했다. 나는 처음에는 마을 사람들의 대답을 듣는 것조차 싫었다. 이상한 혐오감에 휩싸였기 때문이다. 호자보다는 그에게 넘어가 그 추한 놀이의 매력을 거부하지 못하는 파디샤가 원망스러웠다. 그러나 얼마 지나지 않아 나도 이 추한 호기심에 휩쓸리고 말았다. 듣는다고 뭐 내가 손해 볼 것은 없다는 생각이 들었다. 그들 곁으로 다가갔다. 그들의 언어는 내 귀에 우아하고 감미롭게 들려왔다. 그들이 고백하는 죄악은 비슷비슷했다. 사소한 거짓말, 작은 속임수, 한두 가지 비열한 사기 행위, 한두 가지 배신행위, 몇 번의 좀도둑질이었다.

저녁때 호자는 마을 사람들이 모든 걸 말하지 않고 진실을 숨겼다고 했다. 전에 내가 더 많은 것을 고백했기 때문이었다. 호자는 그들과 우리와 구별하는 더 심각하고 실제적인 죄가 분명히 있다고 생각했다. 그는 파디샤를 설득했다. 그리하여 이 진실을 밝히고, '그들'과 '우리'가 어떤 사람인지를 알아내기 위해 필요하다면 무력도 행사할 수 있게 되었다.

이 추한 놀이는 날이 갈수록 더 심해지고 더 무모해졌다. 처음에는 모든 것이 단순했다. 놀이 중간중간에 해롭지 않은 추한 농담을 끼워 넣고 재미있어하는 아이들 같았다. 심문을 하는 시간은 길고 즐거운 사냥 여행 중 막간을 이용해 즐기는 작은 놀이 같았다. 그러나 이 놀이는 시간이 갈수록 우리의 갈망과 인내심과 정신을 소모시켜 도저히 포기할 수 없는 의식으로 변해 버렸다. 마을 사람들은 호자의 질문과 이유를 알 수 없는 분노에 경악했다. 자신들에게서 원하는 것이 무엇인지 정확히 알았다면 그에 맞는 대답을 했을 것이다. 마을 광장에 모아 놓은 이가 빠지고 지친 노인들을 보았다. 그들은 자신의 죄나 꾸며 낸 죄를 더듬더듬 말하기 전에 절망적인 눈빛으로 주위 사람들과 우리에게 도움을 청했다. 지은 죄에 대한 고백이나 못된 짓이 충분치 않다며 학대당하고, 이리저리 밀쳐지는 젊은이도 보았다. 내가 쓴 것을 읽은 후 그가 "파렴치한 놈!"이라며 주먹으로 내 등을 쳤던 것, 어떻게 그런 사람이 될 수 있는지를 이해할 수 없어 분노하며 고민에 빠졌던 것이 기억났다. 그러나 이제는 확실하지는 않지만 자신이 무엇을 찾고 있는지, 어떤 결과에 도달하고 싶은지를 좀 더 잘 아는 것 같았다. 그는 다른 방법도 시도했다. 자백하는 사람의 말을 가로막으며 거짓말을 하고 있다고 했다. 그러면 우리 측 사람들이 그 사람을 때렸다. 누군가 자백하는 말을 그의 친구가 거짓말이라며 가로막기도 했다. 두 명씩 앞으로 불러내는 방법도 시도해 보았다. 그러나 깊은 진실에도 도달하지 못했고, 우리 측 사람들이 더 가혹한 폭력을 행사했음에도 불구하고 사람들은 서로 눈치를 보며 부끄러워하기만 했다. 이를 본 호자는 화를 냈다.

　그칠 줄 모르고 비가 내리는 우기가 시작되었을 때는, 나도 이런 일에 익숙해졌다. 진흙탕이 된 마을 광장에서 말할 것도 별로 없을 뿐 아니라 말할 의지도 별로 없는 사람들을 몇 시간 동안이나 괜히 때리고 비에 흠뻑 젖게 만들며 세워 두었던 것을 기억한다. 사냥 여행도 갈수록 뜸해지고 짧아졌다. 가끔은 파디샤를 우울하게 하는 눈이 아름다운 영양이나 커다란 멧돼지를 잡기도 했다. 하지만 이제 우리 모두의 머릿속에는 사냥이 아니라,

마치 사냥처럼 아주 예전부터 준비를 시작한 느낌이 드는 심문 의식이 있었다. 매일 밤, 그날 저지른 일에 죄책감을 느끼는지 호자는 내게 속을 털어놓았다. 그 일 때문에, 폭력 때문에, 자신도 마음이 불편했던 것이다. 하지만 그는 우리에게 유용한 무언가를 증명하고 싶어 했고, 이를 파디샤에게도 보여 주고 싶어 했다. 그런데 마을 사람들은 왜 사실을 숨기는지 모르겠다고 했다. 그리고 무슬림이 사는 마을에서도 똑같이 해 봐야 한다고 했다. 그러나 역시 성공적이지 않았다. 과도하게 심문을 한 것도 아닌데, 그들도 기독교인들처럼, 비슷한 고백과 비슷한 이야기를 했다. 그날은 내내 비가 그치지 않던 최악의 날이었다. 호자는 그들이 진정한 무슬림이 아니라는 말을 중얼거렸다. 그러나 밤이 되어 그날 일을 평가할 때, 파디샤도 이 사실을 눈치챘다는 것을 나는 알게 되었다.

이는 그의 분노를 더욱 배가시키는 결과를 낳았다. 이제 파디샤도 그런 폭력 장면을 보고 싶어 하지 않았다. 하지만 호자는, 어쩌면 나처럼, 오로지 호기심에 이끌려 가했던 폭력이 마치 마지막 희망인 양 더 많이 사용하게 되었다. 북쪽으로 전진하면서 다시 슬라브어를 사용하는 사람들이 사는, 숲이 우거진 지역에 도착했다. 우리는 이 작고 아름다운 마을에서, 어린 시절에 했던 거짓말 말고는 다른 것을 기억하지 못하는 잘생긴 젊은이를 호자가 자기 손으로 때리는 것을 보아야 했다. 다시는 이 짓을 하지 않겠다고 그는 말했다. 그날 밤 그는 내가 생각해도 지나치다 싶을 만큼 이상한 죄책감에 빠졌다. 한번은 멀리서 마을 남자들이 당하는 일을 바라보며 노르스름한 빗속에서 울고 있는 여인들을 본 것도 같다. 그 일에는 이제 전문가가 된 우리 병사들도 질려 있었다. 그들은 때론 우리보다 먼저 눈독을 들여 사람들을 택해 데리고 왔고, 분노하고 피곤해 보이는 호자보다 먼저 통역관이 질문을 던졌다. 우리의 폭력과 풀 수 없었던 비밀이 마을에서 마을로 전설이 되어 돌아다니자, 숭고한 정의에 대한 두려움과 경악으로 오랫동안 심문의 날을 손꼽아 기다리기라도 한 것처럼 장황하게 자백하는 흥미로운 희생자가 없는 것은 아니었다. 하지만 이제 호자는 서로를 배신하는 부부나 이웃의 부자를 질투하는 가난한 시골 사람들의 이야기에는 관심이 없었다. 더 깊은 진실이 있을 거라는 말을 되풀이했다. 하지만 그 자신도 우리처럼, 거기에는 도달하지 못할 거라고 생각하는 것 같았다. 그리고 우리가 의심하는 것을 눈치채고 화를 냈다. 그러나 그가 이 일을 그만둘 의도는 없다는 것은 우리도 파디샤도 느끼고 있었다. 그래서 우리는 그가 이끄는 대로 따라가서 방관자처럼 구경만 하게 되었다. 한번은 우리가 처마 밑에서 소나기를 피하고 있었다. 호자가 비에 흠뻑 젖은 채, 친어머니를 괴롭히는 의붓아버지와 의붓 형제를 혐오하는 젊은이를 붙들고 몇 시간 동안 심문하는 것을 보면서 우리는 희망을 가졌다. 그러나 저녁에 호자는 그도 역시 기억할 가치조차 없는 평범한 젊은이일 뿐이라고 하며 더 이상 언급하지 않았다.

우리는 북쪽을 향해 계속 길을 갔다. 높은 산 사이를 돌아 깊고 어두운 숲 속의 구불구불한 진흙탕 길을 아주 천천히 행군했다. 나는 소나무와 너도밤나무로 덮인 숲 속의 서늘하고 어두운 분위기, 의심스러운 안개 낀 정적과 신비스러운 분위기가 좋았다. 어린 시절 아버지의 손에 들려 있던, 재주 없는 화가가 그린 사슴과 고딕 성으로 장식된 유럽 지도에서 보았던 카르파티아 산맥의 산자락에 다다랐다. 아무도 그렇게 부르지는 않는 것 같았다. 호자는 비를 맞아 감기에 걸렸다. 우리는 목적지에 늦게 도착하려는 것처럼, 매일 아침 구불거리는 길에서 벗어나 숲 속으로 들어갔다. 이제 사냥 여행은 잊은 것 같았다. 사슴을 잡기 위해서가 아니라, 우리를 위해 준비하고 있는 사람들을 기다리게 하기 위해서인 듯 물가나 절벽 가에서 시간을 보냈다. 그런 후, 때가 되면 마을 하나를 선택해 들어갔다. 해야 할 일을 한 후, 찾고 있던 보석은 발견하지 못한 채, 학대하고 구타했던 사람들과 절망을 잊어버리기 위해 즉시 다른 마을로 가려 하는 호자의 뒤를 억지로 따라갔다. 한번은 그가 실험을 하고 싶어 했다. 파디샤의 인내와 호기심에 나는 놀라고 말았다. 그는 호자를 위해 스무 명의 예니체리 병사를 대령시켰다. 호자는 예니체리 병사들과 놀라서 멍하니 집 앞에 서 있는 금발 머리 마을 사람들에게 같은 질문을 던졌다. 또 한번은, 마을 사람들을 행군 대열로 데려갔다. 파디샤의 군인들을 따라잡으려고 어상한 소리를 내며 진흙탕에서 겨우겨우 움직이는 우리의 무기를 보여 주며 무슨 생각이 드는지 물었다. 그들의 대답을 서기관에게 받아쓰게 했다. 어쩌면 그가 했던 말처럼, 우리가 진실을 이해하지 못했기 때문인지, 아니면 쓸데없는 폭력에 자신도 지쳤기 때문인지, 아니면 밤마다 휩싸였던 죄책감 때문인지, 아니면 군대와 파샤들이 무기와 숲 속에서 일어나는 일에 대해 불평하는 것이 듣기 싫었기 때문인지, 아니면 단지 몸이 불편했기 때문인지 모르겠지만 이제 그는 기력이 쇠한 듯 보였다. 기침소리가 옛날처럼 우렁차지 않았고, 듣게 될 대답을 거의 외우다시피 하는 질문을 전처럼 흥분하며 던지지도 못했다. 밤마다 승리와 미래, 그리고 우리가 분발해야 할 필요에 대해 말할 때는, 자신이 한 말도 갈수록 작아지는 자신의 목소리도 믿지 않는 눈치였다. 또다시 내리기 시작한 빛바랜 유황 연기 같은 빗속에서 겁먹은 시골 슬라브 사람들을 형식적으로 심문하는 그를 마지막으로 보았던 기억이 난다. 우리는 듣고 싶은 마음도 이제 없었기 때문에 멀리 떨어져 있었다. 그들은 비 때문에 흐릿하게 변한 뿌연 빛 속에서, 호자가 돌려 보게 한 금빛 테두리를 두른 커다란 거울의 젖은 표면을 공허하게 바라보고 있었다.

우리는 다시는 이 '사냥' 여행을 나가지 않았다. 강을 건너 폴란드 땅으로 들어갔다. 우리의 무기는 점점 더 쏟아지는 지독한 비가 만들어 낸 진흙탕 길에서 전진하지 못했고 빨리 움직여야 하는 행군 대열의 속도를 떨어뜨렸다. 이사이에 예전부터 파샤들이 마음에 들어하지 않았던 무기에 관해 불길하다든지 저주를 불러올 것이라든지 하는 소문이 퍼져 갔다. 호자가 집행했던 심문 의식에 참가한 예니체리 군인들의 험담도 상황을 악화시켰다. 항상 그랬듯이 그들은 호자가 아니라 이교도인 나를 비방했다. 호자가 파디샤의 천막에서, 이제는 파디샤조차 질리게 하는 시적인 수다를 시작으로 무기의 필요성에 대해, 적의 힘에 대해, 우리가 힘을 내 행동을 개시할 필요성이 있다는 것에 대해 언급할수록, 파샤들은 그의 말이 아니라 우리의 사기성과 무기의 불길함을 더 믿게 되었다. 그들은 호자를 정도에서 벗어나긴 했어도 완전히 희망을 버릴 수는 없는 환자라는 듯 바라보았다. 그러나 정말로 위험한 진짜 죄인은 호자와 파디샤를 속여 이 불길한 일을 모의한 인물로 알려진 나였다. 밤에 우리 천막으로 돌아갔을 때 호자는 감기 걸린 목소리로 그들에 대해, 과거에 바보들에 대해 말했던 것처럼, 혐오와 분노에 떨며 말했다. 하지만 그에게는 예전에 우리를 지탱한다고 믿었던 생기와 희망은 남아 있지 않았다.

그래도 나는 그가 그렇게 쉽게 포기하지는 않을 거라고 생각했다. 이틀 후 우리 무기가 진흙탕에 빠져 행군 대열 한가운데서 멈춰 버리자 나는 모든 희망을 버렸다. 호자는 아픈 몸으로 투쟁을 했다. 아무도 우리에게 도와줄 사람을 보내지 않았다. 말조차 주지 않았다. 파디샤에게 가서 마흔 마리 가까운 말을 데려왔다. 대포에 묶였던 사슬을 풀게 했다. 사람들을 소집했다. 하루 종일 낑낑거린 후에, 저녁 무렵이 되어 진흙탕에 빠진 채 그대로 남아 있기를 기도하는 시선을 받으며 말들에게 강한 채찍을 가해 거대한 곤충을 움직이게 만들었다. 저녁에는 부기가 단지 불운만이 아니라 군사력 약화를 야기했다고 하며 우리에게서 해방되고 싶어 하는 파샤들과 싸웠다. 그러나 나는 이제 그가 승리를 믿지 않는다는 걸 느낄 수 있었다.

밤이 되어 천막에 있을 때였다. 나는 원정을 나올 때 가지고 온 우드를 들고 있었다. 내가 무언가 치려 하는데 그가 악기를 빼앗아 구석으로 던져 버렸다. 그들이 내 목을 원하고 있는데, 이 사실을 아느냐고 물었다. 나는 알고 있었다. 그는 내가 아닌 자신의 목을 원했다면 행복했을 거라고 했다. 그것도 알고 있었지만 아무 말도 하지 않았다. 우드를 다시 집어 들려고 하자 그는 다시 나를 저지시키고 그곳에 대해, 내 고국에 대해 말해 달라고 했다. 파디샤에게 했던 것처럼 꾸며 낸 이야기를 하자 그는 화를 냈다. 진실을 원한다고 했다. 사실적인 세부 사항, 나의 어머니와 약혼녀, 형제들에 대해 물었다. 내가 '사실'적인 세부 사항을 말하고 있을 때 끼어들어서는, 내게서 배운 이탈리아어로 의미를 잘 알아들을 수 없는 단어와 짧고 불명확한 문장을 중얼거렸다.

다음 날, 선발대가 빼앗아 태우고 부순 적들의 요새를 보며 그는 마지막 희망인 양 이상하고 추악한 생각에 골몰해 있는 것 같았다. 아침에는 불타는 마을을 천천히 지나갔다. 어느 벽 아래에서 죽어 가는 부상자들을 보고 그는 말에서 내려 그들 곁으로 뛰어갔다. 처음에는 그가 그들을 도와주려고 한다고 생각했다. 곁에 통역관이 있었다면 그들에게 아픈 곳을 물어볼 거라고 생각했다. 나는 멀리서 그를 구경했다. 나는 그가 흥분하고 있다는 것을 알게 되었다. 흥분한 이유를 알 것만 같았다. 그들에게 다른 것도 물어보았을 것이다. 다음 날 파디샤와 함께 길 양편의 부서진 요새와 작은 성을 보러 갔을 때도 그는 여전히 흥분한 상태였다. 그는 완전히 무너진 건물과 대포를 맞아 벌집이 되어 버린 목조 건물 사이에서 머리가 아직 잘려 나가지 않은 부상자를 보고 그 옆으로 뛰어갔다. 사람들이 내가 그를 선동했다고 생각할 줄 뻔히 알면서도 그가 더 이상 추한 행동을 하지 못하게 하려고, 아니 어쩌면 단순한 호기심으로 그의 뒤를 따라갔다. 총알과 포탄으로 몸이 조각난 부상자들이 죽음의 가면을 쓰기 전에 무언가를 말해 주려는 것 같았다. 호자는 그들이 말하기를 기대하며 질문할 준비를 했다. 모든 것을 한순간에 바꾸어 버릴 그 깊은 진실을 그들에게서 알아내려 했다. 하지만 죽음과 뒤엉켜 있는 그들의 얼굴에서 보이는 절망을 자신의 절망과 동일시해 버리는 그를 지켜보아야 했다. 그들에게 가까이 가면 아무 말도 못하고 말았던 것이다.

그날 저녁 무렵, 돕피오 성(城)이 도저히 점령되지 않아 파디샤가 분노하고 있다는 것을 알자 그는 다시 같은 흥분에 휩싸여 파디샤에게 갔다. 천막으로 돌아왔을 때는 의심스러운 표정을 짓고 있었다. 하지만 무엇이 의심스러운지는 모르는 것 같았다. 오늘을 위해 몇 년 동안 준비했으니 무기를 전쟁터로 투입시키자고 파디샤에게 말했다고 한다. 내 생각과는 달리, 파디샤는 때가 되기는 했지만, 성을 점령하라는 임무를 받은 사르 휘세인 파샤를 기다리라는 명령을 내렸다. 그렇다면 파디샤는 왜 그렇게 말했을까? 지난 몇 년 동안 그가 내게 물었는지, 그가 자신에게 물었는지 알 수 없었던 질문 가운데 하나였다. 나는 어쩐지 이제는 그에게 친근감을 느끼지 못했고, 그의 불안한 심경이 지겨워졌다. 호자는 스스로 대답을 했다. 그들은 호자가 승전에 공헌하는 것을 두려워하기 때문이라고.

사르 휘세인 파샤가 아직도 성을 점령하지 못했다는 사실을 알게 된 다음 날 정오까지 그는 자신을 증명하기 위해 온 힘을 쏟았다. 불길한 첩자라는 소문이 널리 퍼져 있었기 때문에 나는 이제 파디샤의 천막에는 가지 않았다. 그날 밤, 호자는 그날 일어난 사건을 해석하러 갔고, 승리와 행복에 관한 이야기를 파디샤에게 들려줄 수 있었다. 파디샤는 그 이야기를 믿는 것처럼 보였다. 우리 천막으로 돌아온 그는 드디어 무언가 해결한 사람처럼 낙관적인 기분이었다. 나는 그의 낙관적인 기분이 아니라, 그것을 지탱하기 위해 노력하는 그의 모습을 주시하면서 그의 말에 귀를 기울였다.

그는 다시 과거의 이야기들, 우리와 그들, 미래의 승리에 대해 언급했다. 하지만 그의 목소리에는 전에는 한 번도 느끼지 못했던 슬픔이 배어 있었다. 우리가 함께 공유했기 때문에 서로 잘 알고 있는 어린 시절의 추억에 대해 말하는 것 같았다. 내가 우드를 손에 들었을 때도, 그것을 미숙하게 치기 시작했을 때도 저지하지 않았다. 그는 역사의 흐름을 우리가 원하는 방향으로 바꾸었을 때 우리가 살아갈 아름다운 미래에 대해 말했다. 그러나 그가 과거에 대해 말하고 있다는 것은 우리 둘 다 알고 있었다. 내 눈앞에는 고요한 정원 뒤뜰의 평화로운 나무들, 불을 환하게 밝힌 따스한 방들, 친척들이 둘러앉은 식탁이 있었다. 몇 년 만에 처음으로 그는 내게 평온함을 주었다. 자신이 이곳 사람들을 사랑하며, 이별은 힘든 일이 될 거라고 했을 때 나는 그가 옳다고 대답했다. 잠시 생각한 후 바보들을 떠올리고 분노할 때도 나는 그가 옳다고 말했다. 그가 긍정적으로 생각하기 시작한 것은 아니었다. 어쩌면 다가올 새로운 인생을 우리 둘 다 느꼈는지도 모르고, 어쩌면 나도 그의 처지가 된다면 비슷한 일을 할 거라고 생각했는지도 모른다.

다음 날 아침, 우리의 무기를 실험하기 위해 근처에 있는 적들의 작은 요새로 발진시켰을 때, 이상하게 들리겠지만 우리 둘 다 무기가 별로 신통치 않은 걸 예감했다. 파디샤는 우리를 지원하라고 백 명 가까운 병사를 보내 주었지만, 이들은 무기가 첫 번째 공격을 시작했을 때 흩어져 도망가 버렸다. 어떤 병사들은 무기에 눌려 으스러졌고, 어떤 병사들은 무기가 몇 번 발포 실패를 한 후 진흙탕에 멍청하게 처박혀 무방비 상태가 되자 총에 맞고 말았다. 병사들이 불길한 공포감에 휩싸여 도망가 버렸는데도 다시 불러 모아 공격을 준비할 생각을 하지 못했다. 우리 둘 다 같은 것을 생각했던 것 같다.

그 후 쉬쉬만 하산 파샤의 부하들이 희생자를 별로 내지 않고 한 시간 만에 요새를 빼앗자 호자는 다시 한 번 심오한 지식을, 이번에는 내가 잘 이해할 수 있다고 생각되는 어떤 희망을 품고 증명하고 싶어 했다. 그러나 요새에 있던 적들을 이미 모두 칼로 찔러 죽인 후였다. 불타고 파괴된 벽에 끼여 마지막 숨을 헐떡이는 사람조차 없었다. 파디샤에게 가져가기 위해 한쪽에 모아 놓은 사람들의 머리를 보고 그가 무슨 생각을 했는지 나는 바로 알 수 있었다. 나도 그의 호기심을 인정했지만, 이제 더 이상은 보고 싶지 않았다. 나는 돌아섰다. 잠시 후, 호기심을 참지 못하고 뒤돌아보았을 때 그는 머리들 옆에서 멀어지고 있었다. 그가 어느 선까지 갔는지는 전혀 알 수 없었다.

우리는 성오 무렵 행군 대열로 돌아갔고, 여전히 돕피오 성은 점령하지 못했다는 것을 알게 되었다. 파디샤는 분노하고 있었고, 사르 휘세인 파샤를 벌하겠다고 으름장까지 놓았다. 우리 군대가 전부 그 성으로 갈 거라고 했다! 파디샤는 호자에게 저녁때까지 성을 점령하지 못하면 다음 날 아침 감행할 공격에 우리의 무기도 함께 투입할 거라고 했다. 그사이 하루를 들이고도 작은 요새조차 빼앗지 못한 무능한 지휘관의 머리를 쳤다고 했다. 파디샤는 행군 대열을 따라간 우리 무기가 요새 앞에서 성능을 발휘하지 못한 것이나 불길하다는 소문은 무시했다. 호자는 승리할 경우 자기가 얻을 몫에 대해 더 이상 언급하지 않았지만, 나는 그가 무엇을 생각하는지 알고 있었다. 내가 예전 황실 점성술사의 최후나 어린 시절과 우리 농장에 있던 동물들을 떠올릴 때 그도 같은 것을 떠올린다는 것을 나는 알고 있었다. 그도 성을 점령했다는 승전보가 우리의 마지막 행운이 될 거라고 생각한다는 것을, 그러나 사실은 이 행운을 믿지 않고 원하지도 않는다는 것을, 도저히 점령되지 않는 성에 대한 분노 때문에 불태워 버린 마을의 불길 속에 있는 작은 교회, 불타는 종탑, 용감한 목사가 중얼거리는 기도는 새로운 인생을 떠올리게 한다는 것을, 북진하고 있을 때 왼쪽에 있었던 숲의 언덕 뒤로 지는 태양이 나만큼이나 그에게도 무언가가 고요하고 조심스럽게 완성되어 가는 느낌을 불러일으킨다는 것을 알고 있었다.

해가 진 후, 사르 휘세인 파샤가 실패했다는 것, 폴란드인 외에도 오스트리아인과 헝가리인 그리고 카자흐인들까지 돕피오 성을 수호하기 위해 원정을 왔다는 것을 알게 되었고, 우리는 성을 바라보았다. 성은 높은 언덕 위에 있었다. 깃발이 걸린 탑에 지는 해의 희미한 붉은빛이 반영되고 있었다. 그러나 성은 하얀 색이었다. 새하얗고 아름다웠다. 어쩐지 이렇게 아름답고 도달하지 못할 존재는 꿈에서만 볼 수 있을 거라는 생각이 들었다. 그 꿈에서 어두운 숲 속의 구불거리는 길로, 언덕에 있는 밝고 하얀 건물에 도달하기 위해서 황급히 뛰어가면 그곳에 참가하고 싶은 축제, 놓치고 싶지 않은 행복이 있을 것만 같았다. 하지만 곧 끝날 거라고 생각했던 길은 도저히 끝이 나지 않는다. 어두운 숲과 산자락 사이에 있는 평지에는 늘 넘쳐나곤 하는 시냇물이 만들어 놓은 더러운 늪이 있다는 것을, 그 늪을 넘은 보병과 포병의 엄호에도 불구하고 비탈길을 오를 수 없다는 것을 알았을 때, 나는 우리를 이곳으로 인도한 길을 생각했다. 모든 것이, 새들이 날아다니는 하얀 성처럼, 갈수록 어두워지는 바위투성이 비탈과 잠잠하고 어두운 숲처럼 완벽했다. 몇 년 동안 우연히 경험했던 많은 것이 지금은 필연이라는 것, 우리 군대가 성의 하얀 탑에 절대로 도달하지 못할 것이라는 것, 호자도 나와 같은 생각이라는 것을 깨달았다. 아침에 공격을 개시했을 때 우리의 무기는 안에 그리고 옆에 있는 병사들을 죽음으로 몰면서 늪에 빠져 버릴 것이고, 불길하다는 소문과 두려움과 군인들을 진정시키기 위해 그들 앞에 나의 잘린 모가지를 던지기를 원하고 있다는 것을 호자도 나만큼 느끼고 있다는 것을 아주 잘 알고 있었다. 몇 년 전, 호자가 자신에 대해 설명하도록 부추기기 위해, 동시에 같은 것을 생각하는 습관을 들였던 어린 시절 친구 이야기를 들려주었던 것을 기억해 냈다. 추호도 의심할 바 없이 그도 나와 같은 생각을 하고 있었다.

그는 늦은 밤에 파디샤의 천막으로 가서 돌아오지 않고 있었다. 천막에 있는 파샤들에게, 오늘 하루와 미래에 대한 해석을 원하는 파디샤에게 그가 무슨 말을 할지 뻔했기 때문에, 나는 그가 그 자리에서 살해되고 잠시 후 사형 집행인들이 내게 올 거라는 상상을 했다. 그러다가는 그가 천막에서 나와서 내게 말도 없이 어둠 속에서 곧장 하얀 벽이 반짝이는 성으로 갈 거라고, 보초들 몰래 늪과 숲을 지나 이미 그곳에 도달했을 거라고 생각했다. 별로 흥분도 하지 않고 나의 새로운 인생을 생각하며 아침을 기다리던 차에 그가 돌아왔다. 그가 천막에 있는 사람들에게 내 추측을 말했다는 것은 세월이 흐른 후 내가 그들과 조심스레 오랫동안 이야기한 후에야 알게 되었다. 그는 내게 아무것도 설명하지 않았다. 마치 여행을 떠나기 전에 흥분하는 것처럼 서두르고 있었다. 밖에 자욱한 안개가 끼어 있다고 했다. 나는 그 말뜻을 이해했다.

날이 밝을 때까지 나는 그에게 고국에 두고 온 것들에 대해,

우리 집을 어떻게 찾을지에 대해, 엠폴리와 피렌체에 우리 가족이 어떻게 알려져 있는지에 대해, 어머니와 아버지, 동생들과 그들의 버릇에 대해 설명해 주었다. 사람들을 구별할 사소하고 특별한 부분도 자세히 알려 주었다. 이 모든 것을, 동생의 등에 있는 커다란 점까지도, 그에게 전에 이미 설명한 적이 있다는 것이, 설명을 하면서 기억났다. 하지만 파디샤에게 이야기할 때나 지금 이 책을 쓸 때와 같이 사실이 아니라 내 상상력의 반영이었다고 생각했던 이야기를 당시에는 믿고 있었다. 내 여동생이 말을 조금 더듬는다는 것도 사실이었다. 옷에는 단추가 많다는 것도, 우리 집 뒤뜰을 향해 나 있는 창문에서 보았던 것들도 사실이었다. 아침이 다가올 무렵, 내가 이 이야기에 홀려 있다는 생각이 들었다. 늦은 감이 없지 않지만, 내가 두고 온 곳에서 다시 삶이 지속될 거라고 믿었기 때문인지도 몰랐다. 나는 호자도역시 같은 생각을 하고 자신의 이야기를 기분 좋게 믿었던 것을알고 있었다.

우리는 침착하게, 말없이 서로의 옷을 바꿔 입었다. 그에게 나의 반지와 몇 년 동안 그에게서 감추어 왔던 메달을 건네주었다. 메달 안에는 증조 외할머니의 사진과 저절로 하얗게 변해 버린 내 약혼녀의 머리카락이 들어 있었다. 그는 메달이 마음에 들었던지 목에 걸었다. 그러곤 천막에서 나갔다. 고요한 안개 속에서 서서히 사라져 가는 그를 바라보았다. 주위는 밝아지고 있었다. 잠이 몰려왔다. 그의 침상으로 들어가 편안하게 잠을 잤다.

11

이제 책을 마무리할 때가 온 것 같다. 어쩌면 똑똑한 독자들은 나의 이야기가 벌써 끝났다고 예단하며 책을 내려놓았을 것이다. 나도 한때는 그렇게 생각했다. 몇 년 전에 이 글을 썼다가 다시는 읽지 않을 양 구석에 처박아 두었다. 당시 나는 파디샤를 위해서가 아니라 나 자신을 위해서 즐겁게 꾸며 낸 이야기들, 늑대가 되어 그들과 섞여 사는 상인에 대한 이야기, 한 번도 가 보지 못한 나라의 적막한 사막과 얼음 덮인 숲을 배경으로 한 사랑 이야기에 열중하고 있었다. 지금 이 글, 이 이야기는 잊고 싶었다. 그 후 많은 소문을 듣고 많은 사건을 겪으며 쉽지 않은 이 일을 그만두려고 했다. 그러나 이 주 전에 나를 만나러 온 손님의 말에 설득되어 처박아 놓았던 곳에서 다시 이 글을 꺼냈다. 내 인생에서 내가 가장 좋아하는 책이 바로 이것임을 이제는 알고 있다. 이 책을 그에 걸맞게, 내가 원하는 대로, 내가 상상하는 대로 끝낼 것이다.

이 글을 끝내기 위해 옛날에 쓰던 책상에 앉아, 제네트히사르에서 출발하여 이스탄불로 가는 작은 돛단배를, 멀리 올리브 밭에 있는 방앗간을, 정원 아래쪽 무화과나무 사이에서 서로 밀치며 노는 아이들을, 이스탄불에서 게브제로 들어가는 먼지 나는 길을 바라보았다. 눈 오는 겨울에는 이 길을 지나는 사람이 별로 없다. 봄과 여름에는 아나톨리아로, 저 멀리 바그다드로, 다마스쿠스로 가는 대상을 바라보았다. 그 길로는 천천히 움직이는 허름한 달구지가 가장 많이 지나간다. 때로는 무엇을 입었는지 멀리서는 식별할 수 없는 사람이 말을 타고 오는 걸 보고 흥분했다. 그러나 가까이 다가오면 그 여행객이 나를 찾아온 것이 아님을 알게 되었다. 최근에는 아무도 오지 않았다. 그리고 이젠 나를 찾아올 사람은 없을 거라는 것도 알고 있다.

그러나 나는 불평하지 않는다. 외롭지도 않다. 황실 점성술사를 지냈을 때 돈을 많이 모았다. 결혼도 해서 아이들도 넷 있다. 어쩌면 직업 때문에 생긴 예감으로 나에게 다가오는 재앙을 예견하고 적당한 시기에 그 일을 그만두었다. 내가 이곳 게브제로 도망친 것은, 파디샤의 군대가 비엔나로 원정을 가기 전, 패배에 분노해서 주위에 있던 아첨꾼들이 나 다음으로 임명된 황실 점성술사의 목을 치기 전, 동물을 애지중지하던 파디샤가 폐위되기 훨씬 전의 일이었다. 이 저택을 짓고 내가 사랑하는 책들과 자식들, 하인 한둘과 정착했다. 나는 황실 점성술사를 지낼 때 결혼했다. 아내는 나보다 아주 어리고 집안일도 아주 잘한다. 집안의 모든 일과 나의 사소한 일은 그녀가 알아서 처리한다. 그녀는 일흔 살 문턱에 다가선 내가 책을 쓸 수 있도록, 상상을 할 수 있도록 하루 종일 이 방에 홀로 남겨 두는 배려도 해 준다. 이렇게 해서 나의 이야기와 나의 인생에 적합한 결말을 찾기 위해 마음껏 '그'를 생각하는 일에 전념하고 있다.

사실 처음에는 그를 생각하지 않으려고 노력했다. 한두 번 파디샤가 '그'에 대해 언급하려 했지만, 그는 내가 그 이야기를 좋아하지 않으리라는 것을 알고 있었다. 내 생각에 파디샤도 내 태도에 불만은 없는 것 같았다. 단지 궁금해하고 있었을 뿐이다. 그렇지만 무엇을 얼마나 궁금해했는지는 전혀 알 수가 없다. 그는 처음에 내가 '그'에게서 영향을 받았다는 것, '그'에게서 배웠다는 것 때문에 부끄러워할 필요가 없다고 했다. 몇 년 동안 파디샤에게 바쳤던 책들, 일정표들, 예언들을 '그'가 썼다는 것은 처음부터 알고 있었다고 했다. 결국은 늪에 빠져 처박혀 버린 우리의 무기를 고안하는 일로 내가 고심하고 있을 때도 '그'에게 그렇게 말했다고 했다. 내가 '그'에게 모든 것을 말했던 것처럼 '그'도 나에게 이런 이야기를 다 했다는 사실도 안다고 했다. 어쩌면 그 당시에 우리 둘 다 정도를 완전히 벗어나지는 않았지만, 파디샤가 좀 더 현실적이라고 느꼈다. 당시 나는 파디샤가 나보다 영리하고, 알 필요가 있는 것은 모두 알고 있으며, 자기 손아귀 안에 나를 완전히 넣기 위해 게임을 한다고 생각했다. 어쩌면 늪에 빠져 끝나 버린 참패와 불길하다는 소문으로 미쳐 날뛰는 병사들의 분노에서 나를 구해 주었기 때문에 느꼈던 고마움의 영향도 있었을 것이다. 이교도가 도망갔다는 것을 알고 나의 머리를 원하는 병사들도 있었기 때문이다. 초기에 파디샤가 허심탄회하게 물었더라면 아마 그에게 모두 설명했을 것이다. 그 당시에는 아직 내가 내가 아니라는 소문도 나돌지 않았다. 이 모든 것을 누군가와 이야기하고 싶었다. '그'가 그리웠다.

오랫동안 그와 함께 살았던 집에서 혼자 사는 것은 내 신경을 더욱 예민하게 만들었다. 내 주머니에는 돈이 가득했다. 그사이에 나는 노예 시장에 자주 갔다. 내가 원하는 것을 찾을 때까지 몇 달 동안 그곳을 드나들었다. 결국 나나 '그'와도 사실 별로 많이 닮지 않은 어떤 불쌍한 사람을 사서 데려왔다. 그날 밤, 그에게 그의 모든 것을 나에게 가르쳐 주고, 그의 나라에 대해, 그의 과거에 대해 말해 주고, 게다가 그의 못된 짓들을 고백하라고 했을 때 그리고 함께 거울 앞으로 갔을 때 그는 나를 두려워했다. 끔찍한 밤이었다. 그 사람이 불쌍하고 가련했다. 아침에 풀어 주려 했다. 그런데 갑자기 돈이 아깝다는 생각이 들어 노예 시장에 데려가서 다시 팔았다. 그런 다음 결혼을 하기로 결심하고 마을에 내 뜻을 알렸다. 마을 사람들은 결국 내가 자신들과 닮고 마을에 평안이 올 거라고 생각했기 때문인지 즐거워하며 나를 찾아왔다. 나도 그들과 닮는 것이 만족스러웠다. 나는 낙관적이었다. 소문은 없어졌고 몇 년 동안 파디샤에게 이야기를 꾸며서 들려주면서 평안히 살리라고 다짐했다. 아내가 될 여자도 세심하게 골랐다. 그녀는 매일 밤 내게 우드를 연주해 주었다.

소문들이 다시 돌기 시작했을 때 처음에는 파디샤의 장난이라고 생각했다. 왜냐하면 그가 나의 근심을 관찰하고 나를 당혹스럽게 하는 질문을 던지는 걸 즐기고 있다고 생각했기 때문이다. 처음에 공연히 "우리는 우리를 잘 알고 있을까, 사람은 자신이 누구인지를 잘 알아야 해." 같은 말을 해도 나는 그렇게 당황하지 않았었다. 이런 말이 신경을 건드려도, 그의 주위에 다시 모이기 시작한 아첨꾼 중에서 그리스 철학에 관심이 있다며 잘난 체하던 놈에게서 듣고 그렇게 말한다고 생각했다. 그는 이 문제에 대해 무언가 쓰라고 지시했고, 나는 자신에 대해 전혀 생각하지 않고 자신이 누구인지 모르기 때문에 행복한 영양과 참새에 대한 내 마지막 책을 그에게 바쳤다. 그가 책을 진지하게 받아들여 즐겁게 읽는다는 걸 알고 나는 조금 마음이 편해졌다. 하지만 소문은 내 귀에도 들어왔다. 내가 파디샤를 바보 취급하며, 내가 대신하고 있는 사람과 내가 닮지 않았다는 것이었다. '그'는 더 마르고 호리호리 했고, 나는 뚱뚱하다고 했다. '그'가 아는 모든 것을 나는 알 수 없다고 했을 때 내가 거짓말을 한다는 걸 알았으며, 어느 날 전쟁 중에 불운을 퍼뜨린 후 도망가서 '그'가 했던 것처럼 전술 기밀을 적군에 누설하여 우리를 패배시킬 거라는 것 등! 이 소문을 파디샤가 퍼뜨렸다고 생각했고, 나 자신을 보호하기 위해 오락이나 유희 모임에 발을 끊었다. 주위에 모습을 드러내지 않았다. 살도 빠졌다. 마지막 밤에 파디샤의 천막에서 거론되었던 것들을 주의 깊게 조사해 알아냈다. 아내는 연달아 아이를 낳았고, 수입은 좋았다. '그'를, 과거를 잊고 맘편히 내 일을 계속하고 싶었다.

거의 칠 년 정도 견뎠다. 좀 더 참을성이 있었다면, 그리고 파디샤 주변 사람들을 또다시 숙청할 거라는 것을 눈치채지 않았다면 나는 끝까지 그렇게 살았을 것이다. 파디샤가 내게 열어 주었던 문을 하나하나 지나면서, 잊고자 했던 내 과거의 정체로 포장되었기 때문이다. 처음에 나를 불안하게 했던 내 정체에 관한 질문에 대해 이제는 노련하게 대답했다. "사람이 누구라는 게 뭐가 중요합니까. 중요한 것은 우리가 했던 것과 앞으로 할 것들이지요."라고. 파디샤는 이 문을 통해 내 머릿속 서랍으로 들어온 것 같다. '그'가 도망간 나라 이탈리아에 대해 물었을 때 내가 별로 아는 것이 없다고 대답하자 화를 냈다. 나에게 모든 것을 말해 주었다고 '그'가 파디샤에게 말했다고 했다. '그'가 말했던 것들을 내가 기억만 하면 충분한데, 왜 두려워하는지 이해할 수 없다고 했다. 이렇게 나는 '그'의 어린 시절과 이 책에 일부만 썼던 아름다운 추억을 파디샤에게 하나하나 다시 설명했다. 처음에는 내 신경이 그렇게 날카로워지지 않았다. 파디샤는 내가 하는 이야기를 마치 다른 사람에게서 들었던 것을 전하는 사람의 말인 양 들었다. 그러나 해가 갈수록 그는 지나친 행동을 했다. 내가 하는 이야기를 이제 '그'의 말처럼 들었던 것이다. 단지 '그'만이 알 수 있는 세부적인 것을 묻고, 내가 두려움 없이 머릿속에 즉시 떠오르는 답을 말하기를 원했다. 여동생의 말더듬은 어떤 사건 이후에 시작되었나, 파도바 대학에는 왜 입학하지 못했나, 베네치아에서 구경했던 첫 불꽃놀이에서 형은 무슨 색 옷을 입었나? 이런 자세한 것들을 나는 파디샤와 함께 한 뱃놀이에서, 개구리가 가득한 연꽃 핀 연못 옆에서, 못된 원숭이들을 가두어 놓은 창살이 은으로 된 우리 앞에서, 함께 거닐곤 해서 추억이 많은 정원에서, 마치 내가 경험한 것처럼 말했다. 그 이야기와 우리 기억의 정원에 핀 꽃놀이를 파디샤는 좋아했고 나와도 더 가까워져서, 우리를 배반한 옛 친구를 회상하듯 '그'에 대해 말하곤 했다. 파디샤는 '그'가 도망간 것은 잘된 일이며, 그렇지 않았다면 자신을 그렇게 즐겁게 해 줬지만 한편으로는 '그'의 건방진 행동을 참을 수 없어서 '그'를 죽일까 하는 생각을 자주 했다고 그 무렵 내게 말했다. 이후 그는 우리 중 누구에 관해서 말하는지를 잘 알 수 없어 두려웠던 이런 말을 종종 했다. 하지만 이런 말을 하는 파디샤의 말투는 화가 난 것이 아니라 사랑이 담긴 듯했다. '그'가 건방졌기 때문에 참을 수 없이 화가 나서 '그'를 죽일 수도 있을 것 같아 두려웠던 날도 있었으며, 마지막 밤에는 거의 사형 집행인을 부를 뻔했다고도 했다. 나는 건방지지는 않다고 대답했다. 나 자신이 세상에서 가장 영리하거나 가장 유능하다고도 생각지 않는다고 했다. 흑사병의 공포를 나의 이익을 위해 해석하려고 하지 않았다고도 했다. 나는 말뚝에 박힌 어린 왕 이야기를 들려주어 밤마다 그 누구의 잠을 설치게 하지도 않았다고 했다. 또한 나에게는 파디샤의 꿈 이야기를 들은 후 집에 돌아가 비웃으며 그 이야기를 전할 사람도 없다고 했다. 파디샤를 속이기 위해 엉뚱하고 즐거운 이야기를 함께 쓸 사람도 없다고 했다. 파디샤의 말을 들으면서, 나는 마치 꿈속에서처럼 나 자신과 우리 둘을 밖에서 관망하고 있는 듯한 느낌이 들었고, 우리가 통제력을 잃었다는 것을 깨닫고 두려웠다. 그러나 파디샤는 나를 미치게 하려는 듯 더욱더 많은 말을 했다. 나는 '그'와 같지 않다고 했다. '그'처럼 그들과 우리를 분류하는 궤변에 몰입하지 않는다고 했다. 아주 오래전, 우리를 알기 전인 다섯 살 때, 파디샤는 해안 반대편에서 우리가 함께 준비한 불꽃놀이를 구경했는데, '그'에게 어두운 밤하늘의 악마가 승리할 수 있게 만든 나의 악마는 지금 '그'와 함께 있고, 평안을 찾을 수 있다고 생각한 나라로 '그'와 함께 가 버렸다고 했다. 역시 정원을 산책하면서 파디샤는 나에게 조심스럽게 묻곤 했다. 이 세상의 인간들이 서로 닮았다는 것을 이해하기 위해서 꼭 파디샤가 되어야 할까. 나는 두려움에 떨며 입을 다물었다. 그는 나의 마지막 저항조차 꺾어 버릴 듯 되묻곤 했다. 사람들이 어느 곳에서나 서로 같다는 것에 대한 가장 확실한 증거는 그들이 서로의 행세를 할 수 있다는 사실 아니냐고. 이제 모든 게 드러나 버리고 말았다.

언젠가는 파디샤도 나와 함께 '그'를 잊을 날이 올 거라 기대했고, 돈을 더 많이 모을 생각을 하고 있었기 때문에 나는 인내심을 가지려 했다. 왜냐하면 나는 불명확한 두려움에도 익숙했기 때문이다. 그러나 파디샤는 토끼를 뒤쫓아 말을 몰다가 길을 잃어버리고 숲 속을 이곳저곳 거니는 듯, 내 정신의 문을 잔인하게 열고 닫았다. 게다가 이제는 이런 것을 사람들 앞에서 서슴없이 했다. 그는 주위에 다시 아첨꾼들을 거느리고 있었다. 그가 다시 숙청을 하고 모두의 재산을 압수할 거라는 생각이 들었고, 다가오는 재앙을 감지하고 두려워졌다. 어느 날 파디샤는 베네치아에 있는 다리, '그'가 어린 시절에 아침 식사를 했던 식탁에 덮여 있는 레이스, 무슬림이 되지 않는다며 내 목을 치려는 순간에 떠올렸던 것, 집의 뒤뜰을 향해 나 있는 창문에서 보았던 것을 말하라고 했다. 그날 그가 이 모든 것을 마치 내가 경험한 내 이야기인 것처럼 쓰라고 명령하자, 나는 빠른 시일 안에 이스탄불에서 도망쳐야겠다고 결정했다.

게브제로 가서는 '그'를 잊기 위해 다른 집에 정착했다. 처음에는 궁에서 사람들이 와서 나를 데려가지 않을까 두려웠다. 그러나 나를 찾는 사람은 없었다. 나의 수입에도 간섭하지 않았다. 나를 잊었거나 파디샤의 비밀스러운 감시하에 있었던 것이다. 신경 쓰지 않았다. 내 일에 착수했다. 이 집을 짓고, 내 취향에 따라 뒤뜰을 가꿨다. 책을 읽으며, 오로지 즐기기 위해 즐거운 이야기를 쓰고, 내가 황실 점성술사였다는 것을 알고 의논하러 오는 손님들에게, 돈 때문이 아니라 즐거움을 위해서, 이야기를 들으면서 시간을 보냈다. 어렸을 때부터 살았던 내 나라를 어쩌면 그때 가장 많이 알게 된 것 같다. 불구자들, 아들과 형제를 잃어버려 넋이 나간 사람들, 희망을 잃은 환자들, 결혼 못한 딸을 가진 아버지들, 키가 크지 않는 사람들, 질투심 많은 남편들, 장님들, 선원들, 상사병에 걸려 거의 미쳐 버린 사람들이 나를 찾아왔다. 나는 그들의 미래를 점쳐 주기 전에 그들이 살아온 인생 이야기를 먼저 해 달라고 했다. 그리고 밤마다, 이 책에서 내가 그랬듯이, 나중에 내 이야기에 넣기 위해 그 이야기들을 공책에 쓰곤 했다.

내 방으로 깊은 슬픔을 함께 가지고 온 노인을 그 시기에 알게 되었다. 나보다 열 살이나 열다섯 살 정도 많은 것 같았다. 이름은 에블리아였다. 그의 얼굴에 어려 있는 슬픔을 보자마자 근심의 원인이 외로움이라고 생각했다. 하지만 그는 그렇지 않다고 말했다. 그는 모든 인생을 여행과 곧 끝낼 열 권짜리 여행기에 바쳤으며, 죽기 전에 신에게 가장 가까운 곳인 메카와 메디나에 가서 그곳에 관한 책을 쓸 거라고 했다. 그런데 그의 책에는 그의 마음을 불편하게 하는 미흡한 구석이 있다고 했다. 독자들에게 아름다운 분수와 다리로 유명한 이탈리아도 설명하고 싶다는 것이었다. 이스탄불에서 내 명성을 듣고 찾아왔는데, 이탈리아에 대해 설명해 줄 수 있는지 물었다. 내가 이탈리아를 본 적이 없다고 하자, 그것은 다른 사람들처럼 자신도 안다고 했다. 하지만 한때 나에게는 그곳에서 온 노예가 있었고, 그가 모든 걸 말해 주었다고 들었다고 했다. 내가 그곳에 대해 말해 준다면 그도 그 대가로 재미있는 이야기를 들려주겠노라고 했다. 노인은 인생의 가장 멋진 면은 멋진 이야기를 꾸며 내고 멋진 이야기를 듣는 것이 아니겠느냐고 했다. 그는 주저하면서 가방에서 지도 하나를 꺼냈다. 내가 지금까지 본 중에서도 가장 형편없는 이탈리아 지도였다. 나는 그에게 설명해 주기로 결심했다.

그는 아기 같은 통통한 손으로 지도에 있는 한 도시를 짚었다. 도시 이름을 뜨문뜨문 어렵사리 읽은 후에, 내가 들려주는 상상의 이야기를 주의 깊게 종이에 옮겼다. 그는 각각의 도시에 얽힌 이상한 이야기를 듣고 싶어 했다. 이렇게, 우리는 북에서 남으로 내려오며 열세 도시에서 열사흘 밤을 보냈다. 내 인생에서 처음으로 이 나라 전체를 보았다. 그러고는 시칠리아에서 배를 타고 이스탄불로 돌아왔다. 오전 내내 이 일정을 이어갔다. 그는 내가 들려준 이야기에 매우 만족했고, 나에게도 즐거운 이야기를 들려주겠다고 했다. 아크레* 하늘에서 사라진 곡예사들, 코니아에 사는 코끼리를 낳은 여인과 그녀의 아들, 나일 강가에 사는 푸른색 날개가 달린 황소들, 분홍색 고양이들, 비엔나에 있는 시계탑과 그곳에서 해 넣었다고 웃으면서 보여 줬던 앞니들, 아조프** 해에 있는 말하는 동굴, 아메리카의 불개미들에 대해 들려주었다. 이 이야기들은 왠지 이상한 슬픔을 불러일으켰다. 울고 싶었다. 태양에 물든 노을이 내 방으로 쏟아져 들어왔다. 에블리야는 내게도 이런 놀라운 이야기가 있는지를 물었고, 나는 그가 정말로 놀라는 것이 보고 싶어, 동행과 함께 우리 집에서 하룻밤 묵을 것을 청했다. 그가 좋아할 만한 이야기가 있었던 것이다. 서로의 삶을 바꾼 두 사람의 이야기.

밤이 되자 모두 각자 방으로 돌아갔다. 우리 둘 다 기다렸던

---

* 이스라엘 북쪽의 한 지역.

** 흑해 북동쪽의 바다.

정적이 집에 내려앉은 후 다시 방으로 들어갔다. 나는 당신이 지금 막 다 읽은 이 이야기를 그때 처음 구상했다! 내가 쓴 것들은 내가 꾸며 내는 것이 아니라 마치 누군가가 내게 단어들을 천천히 소곤거리는 듯, 서서히 문장으로 나열되고 있었다. "베네치아에서 나폴리로 가는 길이었다. 터키 함대가 우리 길을 가로막았다……."

자정이 훨씬 지난 후 내 이야기가 끝났고 긴 정적이 흘렀다. 내 손님도 나도 '그'를 생각하고 있다고 느꼈다. 하지만 에블리야의 머릿속에는 내 머릿속에 있는 '그'와는 전혀 다른 '그'가 있었다. 그는 분명 자신의 인생을 생각하고 있었을 것이다! 내 인생과 '그'와 내 이야기를 내가 좋아한다고 나도 생각했다. 내가 경험하고 상상한 모든 것에 자부심을 느꼈다. 우리가 앉아 있는 방은 한때 우리가 되고 싶어 했고, 되었던 것들의 슬픈 추억으로 가득했다. '그'를 절대 잊지 못할 것이고, 이것이 나와 내 인생을 끝까지 불행하게 할 것임을 그때 확실히 알게 되었다. 나는 절대 혼자가 되어 살지 못하리라는 것을 이제는 알고 있다. 내 이야기 말고도, 한밤중 방 안으로 우리에게 호기심과 불안을 가져다주는 신비로운 유령의 그림자가 비쳤다. 아침 무렵 내 손님은 내 이야기가 아주 마음에 들었다고 해서 기뻤지만, 그는 내가 들려준 이야기 가운데 몇 부분에 이의가 있다고 덧붙였다. 어쩌면 신경이 곤두서는 우리의 추억에서 벗어나 빨리 나의 새로운 인생으로 돌아가고 싶었기 때문에 나는 관심을 갖고 그의 말을 들었다.

내 이야기에 나오는 것처럼 이상하고 놀라운 것을 찾아야 한다고 그는 말했다. 그렇다. 지겨울 정도로 지루한 이 세상에 대항하여 우리가 할 수 있는 유일한 일이라고 했다. 항상 같은 것이 반복되던 어린 시절과 학창 시절 이래로 그는 이것을 알고 있었고, 사방이 벽으로 둘러싸인 곳에서 갇혀 사는 것은 한 번도 상상조차 하지 않았다고 했다. 이러한 이유로 그는 모든 인생을 여행에서, 끝없이 이어지는 길에서 이야기를 찾으며 보냈다고 했다. 그러나 이상하고 놀라운 것을 마음속이 아니라 세상에서 찾아야 한다고 했다! 마음속에 있는 것을 찾다 보면, 자신에 대해 그렇게 오랫동안 생각하다 보면 불행해진다고 했다. 내 이야기 속에 나오는 사람들에게도 이런 일이 일어났다는 것이다. 그래서 주인공들은 자기 자신이 되는 것을 참을 수 없어 하고, 그래서 항상 다른 사람이 되기를 원한다고 했다. 그는 "이 이야기에서 일어난 일들이 사실이라고 생각해 봅시다. 서로의 삶을 바꾼 그 사람들이 새로운 인생에서 행복해질 수 있을 거라고 믿습니까?"라고 물었다. 나는 대답하지 못했다. 그리고 내 이야기 속에 있는 어떤 부분을 떠올렸다. 우리는 팔이 떨어져나간 스페인 노예의 희망에 기대를 걸지 말아야 한다고 했다! 이런 이야기만 쓴다면, 이상한 것을 자신 안에서만 찾는다면, 다른 사람이 된다고 했다. 독자들에게는 제발 이런 일이 일어나지 않기를! 사람들이 항상 자기 자신에 대해, 자신의 이상한 점에 대해서 언급하는 세상이나 그런 책과 이야기는 끔찍해서 생각조차 하고 싶지 않다고 했다.

그러나 나는 원했다! 그래서 하루 만에 호감을 갖게 된 이 자그마한 노인이 메카에 가기 위해 해 뜰 무렵 동료들을 모아 새털처럼 가볍게 길을 떠나자마자 나는 앉아서 글을 썼다. 어쩌면 그 끔찍한 미래의 사람들을 위해, 나와 나 자신에게서 떼어 낼 수 없었던 '그'를 가능한 한 많이 묘사했다. 그러나 십육 년 전에 한

구석에 던져 버렸던 이 책을 요즘에 다시 읽으면서 최선을 다하지 못했다는 생각이 들었다. 자신에 대해 — 게다가 격한 감정에 휩쓸려 — 말하는 것을 좋아하지 않는 독자들에게 용서를 구하며 이 부분을 추가하는 것도 이 때문이다.

나는 '그'를 사랑했다. 꿈속에서 보았던 무력하고 슬퍼 보이는 나의 모습을 사랑하는 것처럼, 그 모습에 수치스럽고 화가 나고 죄책감이 들고 슬퍼서 숨이 막히는 것처럼, 슬퍼하며 죽어 가는 동물을 보며 부끄러움에 휩싸이는 것처럼, 아들의 버릇없는 행동에 화를 내는 것처럼, 바보 같은 혐오감과 바보 같은 기쁨을 통해 나 자신을 아는 것처럼 '그'를 사랑했다! 벌레처럼 손과 팔을 무심히 움직이는 데에 익숙해진 것처럼, 머릿속 벽에서 매일 메아리치며 사라지는 생각을 깨닫는 것처럼, 가여운 내 몸에서 나는 독특한 땀 냄새처럼, 생기 없는 머리칼과 못생긴 입과 연필을 쥐고 있는 분홍빛 손에 익숙한 것처럼 그렇게 '그'를 사랑했다. 책을 끝내고 '그'를 잊기 위해 한구석에 던져 버린 후, 나돌던 소문과 우리의 유명세를 이용하려는 사람들의 장난에 나는 넘어가지 않았다. '그'가 카이로에서 어떤 파샤의 비호 아래 새로운 무기 제조를 계획하고 있다고 한다! 우리가 비엔나 전쟁에서 참패했을 때 '그'는 그 도시에 있었고 우리를 무찌르기 위해 적에게 조언을 했다고 한다! 에디르네에서 거지 행색을 한 '그'를 본 사람도 있었다. 자신이 선동한 상인들의 싸움에서 이불 장수를 칼로 찌른 후 사라졌다고 했다! 아나톨리아 한 마을 사원에서 이맘 일을 하고 있다고 했다. 시계실을 만들었다고도 했다. '그'에 대해 이런 말을 하는 사람들은 이것이 사실이라고 맹세까지 했다. 또 그는 시계탑을 세우기 위해 여기저기서 돈을 긁어모으고 있다고도 했다. 흑사병을 따라 스페인에 가서 책을 썼고 부자가 되었다, 불쌍한 우리 파디샤를 폐위시킨 정치 모략은 바로 '그'가 꾸몄다는 소문까지 들렸다! 슬라브인이 사는 마을에서 결국 진짜 고백을 듣고, 간질병에 걸린 전설적인 신부처럼 존경을 받으며 절망적인 책을 쓰고 있다고도 했다. 아나톨리아를 여행하면서 멍청한 파디샤를 타도하겠다고 하며 자신의 예언과 시로 사람들을 홀려서 패거리를 끌고 다니며, 나의 동참을 바라고 있다고 했다! '그'를 잊고, 미래의 끔찍한 사람들과 끔찍한 세상과 시간을 보내고, 나의 환상을 음미하기 위해 이야기를 썼던 십육 년 동안, 나는 수많은 소문을 들었다. 하지만 나는 그 어떤 소문도 믿지 않았다. 다른 사람에게도 이런 일이 일어나는지 모르겠다. 때로 할리치 만 언덕에 있는 그 집의 그 방에서 함께 갇혀 지낼 때, 때로 저택이나 궁에서 도저히 올 것 같지 않는 부름을 기다리고 있을 때, 때로 희열에 쌓여 서로를 혐오할 때, 때로 함께 웃으며 우리의 파디샤를 위해 한 권의 책을 쓰려고 할 때, 일상생활 속에서 우리 둘은 사소한 부분에 온 신경을 쓴 적이 있었다. 아침에 함께 보았던 젖은 개, 두 그루 나무 사이에 널려 있는 빨래의 색깔과 형태에서 보았던 비밀스러운 기하학, 인생의 균형이 갑자기 드러나게 하는 말더듬! 나는 지금 무엇보다 이런 것들이 그립다. 내가 죽은 후 몇 년 어쩌면 몇백 년이 지난 후 호기심 많은 독자가 우리보다는 자기 인생을 상상하면서 읽을 거라고 생각되고, 사실은 아무도 읽지 않아도 별로 신경 쓰지 않을 것이며, 이 때문에 '그'의 이름을 그리 깊게는 아니지만 비밀로 묻어 두는 나의 그림자인 책으로 다시 돌아왔다. 흑사병이 돌던 시절의 어느 밤, 에디르네에서의 어린 시절, 파디샤의 정원에서 지냈던 아름다운 시간들, '그'를 수염이 없는 모습으로 파샤의 저택에서 처음 보고 등골이 오싹했던 느낌을 다시 떠올리기 위해. 우리의 잃어버린 삶과 꿈을 다시 찾기 위해서는 그것들을 다시 상상해야 하는 것을 모두 알고 있다. 나는 내 이야기를 믿는다!

이 책을 끝내기로 결심한 그날을 이야기하면서 마치고 싶다. 이 주 전에 또다시 우리의 책상에 앉아 다른 이야기를 상상하고 있을 때, 이스탄불 쪽에서 말을 타고 오는 사람이 보였다. 최근에는 '그'의 소식을 전하기 위해 찾아오는 사람도 없었다. 어쩌면 내가 입을 다물었기 때문인지는 모르지만, 이후로 찾아올 사람이 있을 거라고도 생각하지 않았다. 그러나 괴상한 망토를 입고 손에는 우산을 든 여행자를 본 순간 그가 나를 만나러 왔다는 걸 알았다. 그가 내 방으로 들어오기 전에 그의 목소리를 들었다. '그'만큼은 아니지만 '그'가 오스만어로 말할 때 했던 오류를 그도 범하고 있었다. 그러나 그는 내 방으로 들어오자마자 이탈리아어로 말을 바꾸었다. 내가 얼굴을 찡그린 채 대답을 하지 않자, 그는 잘 못하는 오스만어로 내가 조금이나마 이탈리아어를 안다고 생각했다고 말했다. 그런 후 설명하기 시작했다. 내 이름을, 내가 누구인지를 '그'를 통해 알았다고 했다. '그'는 자기 나라로 돌아간 후 터키인들 사이에서 경험했던 경이로운 모험, 동물을 사랑하는 터키의 파디샤와 그의 꿈, 터키인과 흑사병, 궁전과 우리의 전쟁 법칙에 대해 많은 책을 썼다고 했다. 귀족들 특히 고상한 귀부인들 사이에 새로이 퍼지고 있는 환상적인 동양에 대한 호기심 때문에 '그'가 쓴 책들은 많은 관심을 불러일으켰다. '그'의 책은 많이 읽혔고, 아카데미에서도 강의를 했으며, 부자가 되었다. 더욱이 '그'가 쓴 책들을 읽고 흥분한 옛 약혼녀는 나이도 상관 않고 남편과 이혼하고 '그'와 결혼했다. 그들은 옛날에 가족들이 함께 살던 집을 다시 사들여 그곳에 정착했고, 집과 정원을 다시 옛 상태로 복구했다. 손님은 이런 모든 것을 알고 있었다. 왜냐하면 그는 '그'의 모든 책을 읽고 마법에 걸려 '그'의 집을 방문했던 것이다. '그'는 아주 친절했다고 한다. '그'는 손님에게 하루를 할애해 그의 물음에 대답했고, 자신이 책에 썼던 모험에 대해 다시 한 번 그에게 설명했다고 한다. 그때 '그'는 나에 대해서도 장황하게 언급했다고 한다. '그'는 '내가 잘 아는 어느 터키인'이라는 나에 대한 책을 쓰고 있다고 했다. 에디르네에서 보낸 어린 시절에서부터 시작해서 이별할 때까지의 모든 인생이, 터키인의 특징에 대해 '그'가 명석하게 분석한 개인적인 견해를 뒷받침으로 하여 곧 이탈리아 독자들에게 선보일 예정이라고 했다. 손님은 "당신은 '그'에게 자신에 대해 참 많이도 말씀하셨더군요!"라고 했다. 그런 후 나를 놀라게 하려는 듯, 나에 대한 책에서 읽은 부분을 기억해 들려주었다. 나는 어린 시절 동네 아이를 지독하게 때린 후 내가 한 짓이 부끄러워 후회하며 울었고, 아주 영리해서 '그'가 가르쳐 준 천문학 지식을 여섯 달 만에 파악했으며, 여동생을 아주 사랑했다. 아주 신실해서 항상 기도를 했으며, 체리 잼을 좋아했고, 의붓아버지의 직업인 이불 장수에 관심을 가지고 있었…… . 내게 이토록 관심이 많은 멍청이에게 냉정하게 대할 수 없었고, 이런 사람들은 호기심이 많다는 걸 알았기에, 우리 집 구석구석을 보여 주었다. 정원에서 친구들과 놀고 있는 작은아들의 놀이에 그는 관심을 보였다. 자치기뿐 아니라 술래잡기에 대해서도 아이들에게 물었고, 별로 마음에 들지 않는다던 말뚝박기 규칙에 관해 공책에 적었다. 그사이 그는 '그'가 터키인을 좋아한다고 했다. 달리 할 일이 없어서 오후에는 우리 집 정원과 게브제 그리고 '그'와 함께 머물렀던 집을 보여 주었는데, 그는 또 같은 말을 했다. 그가 저장고를 궁금해 해서 그리로 데려갔고, 잼과 피클이 담긴 병들, 올리브유와 식초가 담긴 주전자들 사이를 조심스레 걸으면서 그는 베네치아 출신 화가에게 그리게 했던 나의 유화 초상화를 본 적이 있는데, 사실은 '그'가 진심으로 터키를 좋아하는 건 아니고, 터키인에 대해 좋지 않은 것도 썼다고 무슨 비밀처럼 내게 속삭였다. '그'는 우리가 이제 내리막길로 치닫고 있다고 썼으며, 우리의 머릿속에 대해서, 아주 오래된 것이 가득한 더러운 서랍처럼 언급했다고 전했다. 우리는 발전을 못할 것이고, 이러한 상황에서 벗어나기 위해서는 하루 빨리 그들에게 굴복하는 길 밖에 없으며, 굴복한 후에도 그들을 모방하는 것 말고는 아무것도 할 수 없을 거라고 말했다고 했다. 나는 그가 더 장황하게 말하기 전에 "그렇지만 '그'는 우리를 구하고 싶어 했습니다."라고 말해 버렸다. 이에 그는 즉시 맞는 말이라고 대꾸하면서 말을 이었다. 그래서 '그'는 무기를 제조했지만 우리는 '그'를 이해하지 못했다고 했다. 그 무기는 안개 낀 어느 날 아침, 마치 폭풍으로 좌초된 끔찍한 해적선처럼, 늪에 빠져 꼼짝달싹 못했다고 했다. 그렇다. '그'는 우리를 구하기를 간절히 원했다. 그렇지만 이것이 '그'에게 악마 같은 사악함이 없다는 의미가 될 수는 없다고 했다. 모든 천재가 그렇다고 했다. 그는 내 초상화를 들고 가까이에서 자세히 보면서 천재에 대해 무언가 중얼거렸다. '그'가 우리에게 포로로 잡히지 않고 일생을 자기 나라에서 지냈다면 17세기의 레오나르도 다빈치도 될 수도 있었다고 했다. 그런 후 자주 언급하던 사악함에 대해 다시 말하기 시작했다. '그'에 대해 언급되는, 내 머릿속에 별로 남지 않은 돈 문제에 대한 좋지 않은 소문을 말해 주었다. 그는 "이상한 것은 당신이 '그'의 영향을 전혀 받지 않았다는 것입니다!"라고 했다. 나를 만나 기뻤으며 내게 감명받았다고 했다. 그렇게 오랜 세월을 같이 살았던 두 사람이 어떻게 이렇게 서로 닮지 않았는지 이해할 수가 없다고 했다. 염려와는 달리 내 초상화를 달라고 하지 않았고, 제자리에 내려놓은 후 물었다. 이불을 볼 수 있겠냐고. 나는 그저 "무슨 이불이요?"라고 물었다. 그는 놀라며, 내가 시간을 보내기 위해 이불을 꿰매며 지내지 않느냐고 반문했다. 나는 십육 년 동안 들춰 보지도 않았던 책을 그에게 보여 주어야겠다고 그때 결정했다.

그는 아주 흥분했다. 자신은 오스만어를 읽을 수 있으며, 당연히 '그'에 대한 책이 아주 궁금하다고 했다. 우리는 위층으로, 뒤뜰이 보이는 서재로 갔다. 우리의 책상에 앉았다. 십육 년이 지난 후, 마치 어제 손에서 놓았던 것 마냥 쑤셔 놓았던 곳에서 다시 찾아냈다. 나는 첫 장을 열고 그의 앞에 놓았다. 그는 잘은 아니지만 그런대로 오스만어를 읽을 수 있었다. 그는 방랑자들이 보이곤 하는 그리고 나를 화나게 하는 자신의 견고하고 신뢰할 만한 세계에서 벗어나지 않은 채 그저 경이로움에 휩싸이고 싶은 바람으로 내 책에 몰입했다. 나는 그를 홀로 남겨 두고 정원으로 나갔다. 열린 창으로 그가 보이는 긴 의자에 앉았다. 처음에 그는 재미있어했다. 창밖으로 내게 소리쳤다. "당신은 이탈리아에 한 번도 가 본 적이 없는 게 분명하군요!" 그런 후 그는 나를 잊어버렸다. 가끔 나는 곁눈으로 그를 바라보면서 그곳 정원에 세 시간 동안 앉아 그가 책을 다 읽을 때까지 기다렸다. 책을 다 읽을 즈음 그의 얼굴은 붉으락푸르락 했다. 한두 번 우리의 무기를 삼킨 늪 뒤에 있는 하얀 성의 이름을 소리쳐 말했다. 나와 쓸데없이 이탈리아어로 말하려고 했다. 그런 후 그는 읽은 것들을 소화하고, 놀라움을 진정시키고, 쉬기 위해 창밖을 멍하니 바라보았다. 나는 그를 즐겁게 바라보았다. 그는 처음에, 이런 상황에 놓인 사람들이 흔히 그러는 것처럼, 허공의 끝없는 부분을, 존재하지 않는 초점을 바라보았다. 그리고 한참이 지나 내가 기대했던 것처럼 바라보았다. 이번에는 창틀 속으로 시야에 들어오는 것을 보고 있었다. 아니다. 영리한 독자들은 이해했을 것이다, 그는 내가 생각했던 것처럼 멍청이가 아니었다. 그는 내가 기대했던 것처럼 분노하며 책장을 넘기기 시작했다. 그는 찾고 있었다. 나도 즐거워하며 그가 찾기를 기다렸다. 결국 그는 자신이 찾던 것을 찾아 읽었다. 그리고 다시, 우리 집의 뒤뜰이 보이는 창문으로 보이는 것들을 바라보았다. 그가 무엇을 보았는지를 나는 물론 아주 잘 알고 있다.

탁자 위 자개 쟁반에는 복숭아와 체리가 놓여 있었다. 탁자 뒤에는 골풀로 짠 긴 의자가 있었고, 의자 위에는 초록색 창틀과 같은 색의 새틸 쿠션들이 놓여 있었다. 곧 일흔 살이 될 나는 그곳에 앉아 있었다. 그 뒤로 우물가에 앉은 참새와 올리브 나무와 체리 나무가 보였다. 이것들 사이에 서 있는 호두나무의 꽤 높은 가지에는 긴 끈으로 묶은 그네가 희미한 바람에 살랑살랑 흔들리고 있었다.

(1984년~1985년)

『하얀 성』에 관하여*

오르한 파묵

　책을 사랑하고, 그것들을 쓰다듬으며 집필할 정도로 영리한 작가들은 지금부터 내가 말하고자 하는 바를 익히 알 것이라 생각된다. 작가를 지극히 행복하게 하고, 적절한 부분에서 '끝'이 나더라도 주인공들이 출판된 책 밖에서, 작가의 상상 속에서 모험을 계속하는 책이 있다. 19세기 작가들은 이러한 상상을 2권, 3권에서 쓰는 시도를 하기도 했다. 반면, 이미 이룩된 세계를 다시 이룩하는 것과 같은 함정에 빠지고 싶어 하지 않는 작가들은, 계속해서 이어질 수 있는 새롭고 위험한 인생에 종지부를 찍기 위해, 소설 끝에 주인공들의 있을 법한 미래를 마무리 짓는 부분을 추가한다. 한번 보자. "세월이 흐른 후 도레시아는 두 딸과 함께 알킹스톤에 있는 농장으로 돌아갔다.", "결국 라자로프의 사업은 순조롭게 되어 갔고, 이제는 수입도 꽤 괜찮아졌

---

* 이 글은 소설 『하얀 성』의 1986년 판 제5쇄부터 수록된 글로 일종의 '작가 후기'에 해당된다.

다." 다른 종류의 책도 있다. 작가의 상상 속에 있는 새로운 삶이, 주인공의 새로운 모험이 아니라, 책 자체의 이야기로 계속되는 책이다. 책은 작가의 정신 속에 차오르는 새로운 생각, 이미지, 질문, 놓쳐 버린 기회, 독자들이나 친한 친구들의 반응, 기억, 계획 등 때문에 작가의 머릿속에서 끊임없이 변해 간다. 결국 작가의 머릿속에 있는 책의 이미지가 서점에서 판매되면서 이미 자신이 의도했던 책과는 전혀 다른 것이 되기 시작하면, 작가는 손에서 빠져나가고 있는 이 새로운 괴물을 어떻게 창조했는지 다시 떠올리고 싶어진다.

『하얀 성』에 대한 희미한 첫 구상은 소설 『제브데트 씨와 아들들』(1982)을 끝마쳤을 때 내 머릿속에 있었다. 어느 날 궁전에서 부름을 받고 한밤중에 푸른빛이 도는 거리를 걷고 있는 한 예언자. 그 당시 제목도 이것이었다. 이 예언자는 순수한 의도로 '학문'을 연구하기 시작했다. 별로 환영받지 못한 자신의 지식을 궁전에서 받아들였으면 하는 바람으로, 전혀 좋아하지 않았지만, 천문학에 대한 호기심 때문에 쉽게 배울 수 있었던 점성술을 이에 적용시킨다. 그 후 그의 예언이 가져다준 힘과 권력에 취해 음모를 꾸미기 시작한다. 내가 생각했던 것은 이 정도였으며 그다음은 어떻게 해야 할지 몰랐다. 당시는 내 머릿속에 자리 잡은 이 '역사적' 소재가 썩 내키지 않았고, 나 자신뿐 아니라 다른 사람들도 자주 묻곤 했던 "왜 역사소설을 쓰나요?"라는 질문에 신경이 쓰였다. 그래서 나의 생각을 행동으로 옮길 정도로 관심을 갖지 않았다.

나는 스물세 살 때 역사를 소재로 한 단편소설을 세 편 쓴 적이 있다. 사람들은 『제브데트 씨와 아들들』을 '역사소설'이라고

들 했다. 이는 나의 문학적 취향이 아니라 나의 정신적 경향과 관련이 있었을 것이다. 어렸을 때 그러니까 여덟 살 때, 모든 것이 반복되고, 라디오에서는 항상 같은 음악이 들렸던 우리 집에서, 어느 날 어두운 가구들이 암울한 분위기를 자아내는, 같은 아파트의 할머니가 살고 있던 층으로 올라 간 적이 있다. 그곳에서 나는 미국에서 영원히 돌아오지 않았던 의사 삼촌의 먼지 앉은 의학 서적과 빛바랜 신문 사이에서 레샤트 에크렘 코추*가 집필한 그림이 들어간 커다란 책을 보게 되었다. 이렇게 해서, 매일 몇 시간이고 먼지를 쓸고 닦아도 또다시 어두운 먼지가 그림자처럼 또 쌓이는 아파트에서, 매춘의 도구로 이용된다는 이유로 아잡카프 지역에 있는 가련한 원숭이를 가게에서 데려와 나무에 매달았던 이야기를 읽곤 했다. 커다란 세탁기 소리가 들리고 모두들 끓인 물과 비누로 청소를 하던 날에도, 나는 구석에 틀어박혀 흑사병에 걸리는 형벌을 받은 멜렉 기르메즈 골목의 창녀들의 모습을 그린 연필화를 들여다보곤 했다. 복도에 있는 괘종시계가 시간을 알리는 소리를 인내심을 갖고 기다릴 때도 나는 두려움에 쌓여, 팔다리가 부러진 채 대포 주둥이에 넣어져 대포알처럼 쏘아져 사형을 당하는 죄인 이야기에 파묻혀 있곤 했다. 내가 쓴 초기 역사소설 한 편을 읽은 어떤 비평가는 내가 중요한 일상의 문제에서 도피하기 위해 역사에 몰입한다고 했다.

『고요한 집』(1983)을 집필한 후 내 눈앞에서 역사적 상상이 들끓기 시작하자, 이러한 의견이 맞는다는 생각이 들었다. 나는

---

* 1905~1975. 터키의 유명한 역사학자.

장편소설을 집필하는 사이에 이보다 적은 분량의 소설을 써야 겠다는 생각을 했다. 쓰면서 휴식을 취할 수 있으며, 나를 즐겁 게 해 줄 중편소설. 이렇게 해서 내 상상 속의 주인공인 예언자 를 위해 과학과 천문학 서적에 즐거이 파묻혔다. 아드난 아드와 르*가 집필한 재밌고 특별한 책『오스만 터키의 과학』은 내가 찾 던 분위기에 색채를 부여해 주었다.(에블리야 첼레비도 좋아했던, 이상한 동물 이야기를 서술하고 있는『괴상한 동물들』같은 유의 책들, 어떤 책의 영감을 받다 약간 바꾸어서 재집필한 존재하지 않 는 나라에 관한 지리 책자 등.) 아서 케스틀러**의『몽유병자들』에 서의 케플러***의 해석(나는 왜 나인가?), 레오나르도 다빈치의 어 린애 같은 순수함과 무기 제조에 대한 뜨거운 열정(상대들을 따 라잡고, 그들에게 본때를 보여 주기 위해 애를 태웠던 사람들의 포 기할 수 없는 환상), 캬팁 첼레비****의 지독한 책벌레 같은 면모를 (고통과 기쁨을 나눌 누군가가 주위에 없을 때 더욱더 슬픈 아름 다움에 잠기는 이러한 환자들에게 나는 사랑을 다해 인사를 건넵 니다.) 나의 주인공들에게 부득이하게 적용시켰다. 쉬헤일 윈베 르 교수가 집필한『이스탄불 천문대』라는 책에서 오스만 제국 시대의 유명한 천문학자인 타키유딘의 존재를 알게 되었다. 타 키유딘이 파디샤에게 바쳤지만 오늘날은 사라지고 없는 유성과 관련된 ‘과학의 기념물’을 주인공이 발견하여 해석하려고 계획 할 때 나는 천문학과 점성학의 경계가 모호함을 알게 되었다. 어

* 1882~1995. 터키의 의사.
** 1905~1983. 헝가리 태생의 영국 작가.
*** 1571~1630. 독일의 천문학자.
**** 1609~1657. 오스만 제국 시대의 학자.

떤 책에서는 점성학에 대해 이렇게 쓰고 있다. "어떤 질서가 무너질 거라 추측을 하는 것은 그 질서를 뒤엎기 위해 그리 나쁜 방법이 아니다." 정치인들처럼 황실 점성술사인 휘세인 에펜디도 전력을 다해 이 예언 원리를 적용하려 했다는 것을 이후에 나는 『나이마의 역사』에서 읽었다.

내 소설의 색채를 모으는 것 말고는 확실한 목적이 없었던 이러한 독서에 지쳐 있을 즈음, 나는 세계 문학 특히 터키 문학과 우리 삶에서 많이 볼 수 있는 테마를 생각했다. 선을 행하고, 다른 사람들에게 유용한 일을 하려는 열정에 불타오르는 주인공! 독자들이 등장인물들의 절반에게는 이를 갈고 나머지 절반에게는 감탄하며 눈물 흘리며 읽은 소설, 선행을 하는 착한 주인공을 악의 무리가 비열하게 가로막는다. 이보다 더 선한 소설에서는, 착한 주인공들이 서서히 악의 무리에게 먹히고 변화되어 간다. 어쩌면 나도 이와 비슷한 것을 쓰려고 했는지도 모른다. 하지만 나는 '선'이나 주인공이 행동을 개시하게 하는 지식과 발명에 대한 흥분의 원천을 도저히 찾을 수 없었다. 어쩌면 우리는 읽은 책이 아니라, 들은 말과 다른 사람에게 느끼는 선망 때문에 스스로를 변화시키는 나라에 살기 때문에, 나의 예언자가 '서양'에서 온 누군가에게서 과학을 배우는 것으로 결정을 내렸다. 그 먼 나라에서 배에 가득 실려 온 노예들은 이를 위해 안성맞춤이었다. 헤겔을 연상시키는 그 주인-노예 관계는 바로 이렇게 설정되었다. 나는 호자와 노예가 서로에게 모든 것을 말해 주고 서로를 교육시킬 거라고 상상했다. 어두운 도시에 있는 한 집의 한 방에서 둘만이 오랜 시간 대화를 나누게 해야겠다고 구상했다. 이렇게 해서 두 사람 사이의 정신적 관계와 긴장감이 소설의 기본 요소가 되어 버렸다. 내가 수집한 색채로 꾸미고 단장했던 구상과 이야기의 주인공들에게, 내 소설에 나오는 세계 속에서 거닐게 할 육체를 모색하도록 결정 내렸을 때, 나는 내가 호자와 이탈리아 노예를 외관상으로 잘 구별하지 못한다는 것을 알게 되었다. 어쩌면 내 상상력의 순간적인 망설임 때문에 '동일성'이라는 아이디어가 떠올랐던 것 같다. 이 시점 이후에 문학사라는 보물 창고의 유명한 쌍둥이들, 비슷한 사람들, 서로의 삶을 바꾼 사람들이라는 테마로 건너뛰기 위해서는 그렇게 많은 상상을 할 필요가 없다는 것을 문학을 사랑하고 문학을 아는 독자라면 이해할 것이다.

그래서 나의 이야기는, 내 안에 있는 논리의 강요 혹은 내 상상력의 나태함 때문에 나 자신마저도 흥분시키는 아주 다른 형태가 되어 버렸다. 스스로에게 만족하지 못했고, 음악가가 되고 싶어 닮고자 했던 모차르트의 이름을 자신의 이름에 추가한 E. T. A. 호프만의 '이중성 테마'에 관한 책들을 물론 나는 알고 있었다. 에드거 앨런 포의 신경을 곤두서게 하는 이야기들도, 슬라브 마을에 사는 간질병 걸린 신부의 전설로 시작되는 도스토예프스키의 소설 『분신』도. 『하얀 성』이 출간된 후 이런 목록을 얼마나 더 나열할 수 있을까라는 생각이 들어 한 미국 대학의 도서관에서 자료를 긁어모아 보았다. 문학에서 쌍둥이-닮은 사람이라는 테마에 대해 어떤 작가가 무엇을 했는지를 그저 조금 읽었는데도 숨이 막히는 것 같았다. 이런 상황에서 숨통을 트기 위해서는 직접 경험한 기억들을 끄집어내는 것이 가장 좋은 방법인 것 같았다. 중학교에 다닐 때 생물 선생님은 우리 반의 못생긴 쌍둥이 형제를 아주 잘 구별할 수 있다며 뿌듯해했다. 하지만 그 쌍둥이들은 구술시험에서 잘도 자리를 바꿔 앉았다. 나는 채플린의 영화『독재자』의 모방작들을 좋아했는데, 나중에 본 원작은 별로 마음에 들지 않았다. 어렸을 때는 만화책 주인공인 '천의 얼굴의 가진 사나이'를 열광적으로 좋아했다. 그가 나를 대신한다면 무엇을 했을까? 어쩌면 그는 아마추어 심리학자로 변신해 이렇게 말했을 것이다. 실은 모든 작가는 다른 사람이 되고자 한다고.『지킬 박사와 하이드 씨』에는 호프만의 이중성 테마보다는 로버트 루이스 스티븐슨* 자신의 정신상태가 반영되어 있다. 낮에는 평범한 시민, 밤에는 작가! 어쩌면 나로 변한 사람은 내가 쌍둥이자리 태생이라는 것을 독자들에게 환기시키려 할 것이다. 그러면 나는 그에게 당신이 그런 걸 믿지 않는다는 사실을 어디선가 읽었다고 딱 잘라 말할 것이다. 당연히 이 복잡함이, 책을 찾고 책의 서문을 쓴 파룩에 이어, 내가 책 말미에다 어떤 말을 덧붙이려는 데서 비롯된 복잡함과 비슷하다고 할 독자도 있을 것이다. 우리의 목적이 해명이기도 하니 한번 밝혀 보도록 하자.

　『하얀 성』의 필사본을 이탈리아인 노예가 쓴 것인지, 오스만인 호자가 쓴 것인지는 나도 모른다.『하얀 성』을 쓸 때 봉착했던 기법적 어려움(독자들에게 해 줄 설명, 일련의 역사적 지식을 전달하는 것 등)에서 벗어나기 위해, 나는『고요한 집』의 등장인물 가운데 한 명인 역사가 파룩에게 느꼈던 친밀감을 이용하기로 했다. 파룩을 통해 해결했던 문체와 기법 문제는 이러하다. 한 주인공이 충고한 대로 책을 끝까지 읽지 않은 독자들은(작가

* 1850~1894. 스코틀랜드의 작가. 대표작은『보물섬』,『지킬 박사와 하이드 씨』.

보다는 주인공을 믿는 것이 우리 소설 전통의 중요한 고리이기도 하다.) 터키인이 이탈리아인의 입을 빌려 글을 쓴다는 것에 대해 우려했다. 내 책의 처음과 끝에 언급한 세르반테스도 한때 이런 우려를 했는지, 아랍 역사가 세이트 하미트 빈 엔겔리의 필사본에서 영감을 받아 쓴 『돈키호테』를 자신의 것으로 만들기 위해 쓸데없이 장난을 한다. 『고요한 집』을 읽은 독자들은 기억할 것이다. 파룩도 게브제의 기록 보관소에서 찾은 필사본을, 마치 세르반테스가 그랬듯이, 현대 터키어로 번역하면서 다른 책에서 읽은 무언가를 그 텍스트에 추가했을 것이다. 내가 파룩처럼 기록 보관소에서 연구를 하고, 도서관의 먼지 앉은 책장과 필사본 속에서 조사를 하고 있다고 생각하는 독자들에게, 파룩이 한 일을 내가 떠맡고 싶지 않다고 말하고 싶다. 나는 단지 파룩이 찾은 몇몇 세부 사항을 유용하게 사용한 셈일 뿐이다. 이 세부 사항을 내가 처음으로 역사소설을 쓸 때 즐겁게 읽었던 스탕달의 『이탈리아 이야기』에서 배웠던 오래된 그 방법, 그러니까 '발견된 필사본 방법'을 통해 파룩을 시켜 서문 부분에 쓰게 했다. 이는 어쩌면 내가 나중에 쓸 다른 역사소설을 위해 파룩을 — 마치 내가 그의 할아버지인 셀라하딘 씨에게 하게 했던 것처럼 — 내 밑에서 일하는 데 익숙하게 만들기 위한 것이었다. 동시에 독자들을 난데없이 가장 무도회에 들여보내는 위험에서 — 이것이 역사소설을 쓰는 데 있어 가장 어려운 부분이다 — 벗어나게 할 수 있었기 때문이기도 하다.

소설의 시간적 배경을 17세기 중반으로 정한 이유는 이 시기가 역사적으로 적합하고 색채감 있는 시기였을 뿐만 아니라, 주인공들이 나이마, 에블리야 첼레비, 캬팁 첼레비가 쓴 것들을 이용하라는 의도에서였다. 하지만 그 이전과 이후의 세기에 있었던 아주 작은 삶의 단편도 여러 여행기를 통해서 내 책에 스며들었다. 좋은 의도를 가진 긍정적인 사람인 이탈리아인을 호자의 노예로 만들기 위해 백 년 전 마치 세르반테스처럼 터키인들에게 포로로 잡힌 이름 없는 스페인 사람이 필립 2세에게 바친 책에서 영감(배를 타고 가던 중 포로로 잡힌 점, 의사로 가장해 지낸 날들)을 받았다. 세르반테스와 같은 시기에 오스만 제국의 전함에서 배 젓는 노예 일을 했던 W. 래티슬로 남작의 감옥 생활이 이탈리아 노예의 감옥 생활에 실례가 되었다. 이들보다 사십 년 전에 이스탄불에 온 프랑스인 뷔벡의 편지는 흑사병이 돌던 시절(평범한 종기도 흑사병일 거라는 두려움을 불러일으켰다!)과 이스탄불 근처의 섬에 도피한 기독교인에 대해 쓸 때 도움이 되었다. 폭죽 축제, 이스탄불 풍경과 야간 놀이(앙투안 갈랑, 몽테뉴 부인, 토트 남작), 파디샤가 애지중지한 사자와 사자 우리(아흐메트 레픽*), 오스만 군대의 폴란드 원정(아흐메트 아아의 『비엔나 포위기』), 어린 파디샤가 꾸었던 꿈들(할아버지 집 서재에서 읽었던 레샤트 에크렘 코추가 같은 소재로 쓴 책 『우리 역사의 이상한 사건들』), 이스탄불의 떠돌이 개들, 흑사병에 대처하기 위한 방어책(헬무트 폰 몰트케의 『터키에서 보낸 편지』), 소설의 제목이 된 '하얀 성'(판화가 들어 있는 타도이츠 트레바니안의 『트란실바니아 여행』이라는 책에는 성(城)의 역사 말고도 야만인과 프랑스 소설가가 신분을 바꾸는 소설에 대해 언급하고 있다.)과 관련된 세부적인 것들도 내 소설의 배경이 된 시기가 아니라, 다른

---

* 1880~1937. 터키의 역사학자.

시기에 대해 쓴 목격자들에게서 수집했다.

　지치고 게으른 사람들이 사는 나라에 생기를 불러 넣어 주는 책벌레들도 발견하지 못할, 나의 쌍둥이가 이 소설을 쓰지 않았다는 증거를 한두 가지 들어 보겠다. 에디르네에 있는 베야즈트 사원 부속 정신병원 환자를 위해 연주되는 마법적인 음악을 목격한 사람은 물론 에블리야 첼레비이다. 하지만 나는 흐린 봄날 아침 아내와 함께 등골이 오싹한 채 슬픔에 가득 차, 이 멋진 건물을 덮친 진흙을 보았다. 파디샤를 흥분시킨 황새도. 주인공들이 해몽을 했던 술탄 아브즈 메흐메트*의 꿈 가운데 일부는 내가 상상해 낸 것이다.(손에 자루를 들고 있는 어두운 남자들 등.) 이탈리아 노예가 어린 시절 그랬던 것처럼, 내 부모님은 나의 새 옷을 옷이 찢어진 형에게 입혔다. 하지만 소설에서처럼 빨간색이 아니라 푸른색과 흰색이었다. 추운 겨울 아침, 나와 형을 데리고 놀러 나갔던 어머니는 우리에게 먹을 것을 사 주며(헬와가 아니라 아몬드 쿠키) 호자의 어머니처럼 "누가 보기 전에 빨리 먹어 버리자꾸나."라고 말하곤 했다. 소설에 등장하는 붉은 머리의 난쟁이는 어린 시절의 고전이었던 『붉은 머리 아이』와도, 내가 썼거나 앞으로 쓸 책에 나올 난쟁이와도 관련이 없다. 나는 1972년 이스탄불의 베쉭타시 동네 시장에서 그를 보았다. 호자가 설계한, 일정 기간 동안 조절할 필요가 없는, 기도 시간을 알려 주는 시계를 발명하는 생각은 내 사춘기 시절의 꿈이었다고 여겨지지만, 그건 나의 오산이었다. 아직도 실현되지 않은 것이 놀라운 이 계획에 매우 관심을 보이는 사람이 나타났고, 일본

---

* 오스만 제국의 술탄. 재위 1649~1687.

에서 이런 손목시계를 발명했다고 하는 사람도 있었다. 하지만 난 아직 보지 못했다.

이제 언급할 때가 온 것 같다. 인간과 문화를 구분짓기 위해 행해졌고, 앞으로도 행해질 분류 가운데 하나인 동서양 구별이 실제와 얼마나 적합하냐는 것은 물론 『하얀 성』의 주제가 아니다. 형편없는 문체, 평범한 관찰, 흥분해서 썼던 서문으로는 파룩이 어떤 독자도 속여 넘기지 못할 거라고 생각하는데, 주인공들뿐 아니라 독자들도 동서양 구별에 관심을 갖는 것이 나로서는 무척 놀라웠다. 물론 이것도 덧붙여야 할 것이다. 이와 같은 구별에 대한 흥분으로 수백 년 동안 이어져 온 그 많은 망상이 없었더라면 이 소설을 존재하게 하는 색채도 대부분 찾을 수 없었을 것이다. 동서양 구별을 위해 흑사병을 리트머스 종이처럼 사용하는 것도 옛날 사고이다. 토트 남작은 회고록에서 이렇게 말했다. "흑사병은 터키인을 죽인다. 하지만 유럽인에게는 고통만을 준다!" 이러한 관찰은 엉터리 같은 소리나 거만함이 아니라, 내가 비밀의 극히 일부만을 알려 주려 했던 어느 허구의 모험에서 사용할 수 있는 하나의 색채일 뿐이다. 이 색채란 작가가 좋아하는 과거와 좋아하는 책을 떠올리게 하는 데에는 유용할 수 있지만, 색채들을 어떻게 발견하여 한데 어우러지게 했느냐는 것에 대한 설명은 해도 해도 끝이 없다.

(1986년 7월)

나는 왜 나일까? 우리는 우리를 잘 알고 있을까?

유럽과 아시아라는 거대한 두 대륙의 접점에 위치한 터키는 독특한 지정학적 위치로 인해 동서양 문명이 유입, 전달되는 통로로서 양 문명의 영향을 쉴 새 없이 받아 왔다. 이러한 특징은 터키가 본격적으로 서구화되는 시점인 19세기 중반부터 특히 두드러지는데, 양대 문명의 마찰로 인한 충돌과 갈등 양상은 다른 나라와는 비할 수 없을 크고 깊은 진폭으로 터키 사회 전반에 걸쳐 다양하게 드러난다. 혼란과 갈등과 혼융은 자연히 문학에도 영향을 미치게 되어 수많은 작가들이 이를 작품의 소재로 삼았고, 지금도 여전히 터키 사회와 문학계에 중요한 담론으로 자리 잡고 있다.

터키 문학사상 최초로 노벨 문학상을 수상한 오르한 파묵(Orhan Pamuk, 1952~)은 자신의 작품에서 동서양 대비를 통해 터키의 정체성을 집요하게 탐구하는 독보적인 작가로, 특히 동서양 갈등 문제를 다룬 작품들로 세계적인 작가의 입지를 군혔다. 스웨덴 한림원이 2006년 노벨 문학상 수상자를 발표하면서 "파묵은 고향인 이스탄불의 음울한 영혼을 탐색해 가는 과정에서 문화 간 충돌과 복잡함에 대한 새로운 상징을 발견했다."라고 그 선정 이유를 밝힌 바 있듯이, 오르한 파묵의 작품에서 문화 — 더 광범위한 의미로 문명 — 충돌은 가장 중요한 상징 요소들 중 하나이다.

그의 모든 작품들, 첫 소설인 『제브데트 씨와 아들들(Cevdet Bey ve Oğulları)』(1982)부터, 『고요한 집(Sessiz Ev)』(1983), 『하얀 성(Beyaz Kale)』(1985), 『검은 책(Kara Kitap)』(1990), 『새로운 인생(Yeni Hayat)』(1994), 『내 이름은 빨강(Benim Adım Kırmız)』(1998), 『눈(Kar)』(2002), 『이스탄불(İstanbul: Hatıralar ve Şehir)』(2006) 그리고 최신작 『순수 박물관(Masumiyet Müzesi)』(2008)에 이르는 작품들에서 볼 수 있는 공통된 모티프는 동서양 문명의 갈등, 충돌 및 대비를 통해 터키 정체성을 탐구하는 것이었다. 파묵의 모든 소설은 각기 형식은 다양하지만, 공통적으로 동서양 문제를 다루고 있으며, 그의 소설들은 동양과 서양의 서로 다른 문화를 비교하며, 그 상이성과 유사성을 묘파하고 있다.

이들 작품 중 특히 『하얀 성』은 현재까지 발표된 그의 여덟 편의 소설들 중, 동고동락하는 동양인과 서양인을 주인공으로 설정했다는 점에서 동서양 문제를 가장 두드러지게 다룬 작품이라 할 수 있다. 파묵은 이 소설에서 두 주인공을 통해 서로 다른 두 세계 혹은 두 문화를 대비시키면서 터키가 안고 있는 정체성의 문제를 집요하게 탐구하고 있다. 그는 동서양 문제에서 연유하는 터키의 정체성을 토로하면서 자신이 어렸을 때부터 고심했던 문제인 동서양 갈등과 이로 인해 야기된 정체성 문제를 풀어 보기 위해 『하얀 성』을 쓰게 되었다고 그 집필 이유를 밝힌 바도 있다.

『하얀 성』은 터키에 유입된 서양 의학, 천문학, 무기 제조 등 서양 문물의 역사를 기술하고 있다. 동시에 인간이 자신의 주변을 통해 정체성을 탐구하는 텍스트이기도 할 것이다. 그리고 어쩌면 이 텍스트에서 '역사'는 다른 소설들 — 예컨대 『내 이름은 빨강』 — 과는 달리 상당 부분이 구체적인 사실(史實)과 관련성이 희박하다고 할 수 있다. 파묵은 그가 읽었던 역사책들과 그와 관련된 원문들을 자신의 상상을 통해 픽션화했기 때문이다. 역사 또는 구체적 사실(事實)은 엄밀히 말하자면 허구를 정당화하기 위해 차용된 것이며, 이 역사 혹은 사실들의 고유한 의미는 그다지 중요하지 않다. 그는 이 소설을 통해 17세기의 역사를 다시 기술하는데 이러한 기법은 독자로 하여금 역사를 문화적, 문학적 상상력으로 파악하도록 만든다.

『하얀 성』은 베네치아에서 살던 학자가 항해를 하다가 오스만 제국의 해군에 포로로 잡혀 호자(Hoca)라는 터키 주인의 노예가 되면서부터 시작된다. 호자 역시 노예와 마찬가지로 학문과 과학에 관심이 많다. 이처럼 모든 면에서 쌍둥이처럼 닮은 두 사람, 터키인 호자와 베네치아인 노예는 서로를 보다 잘 이해하고 이해시키기 위해 집 안에 칩거하기로 한다. 두 사람은 마주보고 앉아 논쟁을 하며, 서로의 문화를 이해하려고 노력한다.

이후 두 사람은 이스탄불에서 발생한 페스트가 더 이상 확산되지 않도록 여러 조치를 취하고, 그리하여 파샤들뿐 아니라 파디샤의 신임까지 얻게 된다. 더 나아가 이들은 자신들의 모든 시간을 흥미로운 발명에 쏟고, 종국에는 드디어 가공할 무기를 만들게 된다. 하지만 이 무기는 불행히도 전쟁 시에 효과가 전혀 없었고, 오스만 군대는 패배한다. 파샤들은 패배의 원인이 베네치아인 노예가 불운하기 때문이라고 여겨 그를 죽이라고 주장한다. 이에 호자와 노예는 서로의 신분을 바꾸어, 터키인 호자는 이탈리아에 가고, 이탈리아인 노예는 호자의 신분으로 터키에 정착한다.

이미 언급한 대로 『하얀 성』은 호자와 노예가 외관상 서로 닮았다는 사실에서부터 이야기가 시작된다. 이 두 인물은 각각 터키와 이탈리아에서 태어나 성장한 만큼 문화적인 배경은 이질적이었으나, 끊임없는 담론을 통해 점차 서로를 이해하게 된다. 그리고 소설은 그들이 외관뿐 아니라 사고까지 닮게 되어 종국에는 서로 역할을 바꾼 채 각기 다른 문화권에 정착하는 상황을 결말로 그리고 있다.

호자가 위기에 처한 노예를 데려오는 것은 노예가 지닌 지식에 대한 동경과, 그의 지식을 배우고자 하는 열망 때문이었다. 호자는 서양의 학문을 모두 배우고 싶어 한다. 지적 호기심이 매우 강한 호자는 노예에게 터키인의 무지함을 자주 토로하고, 그럴 때는 항상 동양인을 '그들'이라고 칭하며 자신을 다른 동양인들과 구별하고자 한다.

호자라는 인물은 오스만 제국이 정체기에서 쇠퇴기로 넘어가는 17세기에 살고 있으며, 대단히 호기심이 많다는 사실을 염두에 두고 이해해야 한다. 그는 당시 다른 터키인과는 달리 유별나게 동양인을 무시하는 동시에 서양에 지대한 관심을 지니고 있는 인물이다. 항상 서양과 서양인을 궁금해하며 노예에게 '그곳'(서양)에 관하여 자주 묻는다. 그곳 사람들이 무엇을 생각하며, 무엇을 입으며, 무엇을 배우는지에 대해.

파묵은 『하얀 성』에서 사실적인 기법보다는 동화적인 서술 기법을 사용하고 있는데, 우리는 이를 『하얀 성』만의 어떤 미학으로 이해해야 할 것이다. 호자의 동화 같은 환상은 결국 자신이 주도하여 개발한 무기가 제 역할을 하지 못하고 전쟁에서 패배함과 동시에 위기를 맞지만, 그는 이를 서양으로 갈 수 있는 계기로 역이용한다. 이후 그는 노예와 역할을 바꾸어 이탈리아로 가고, 거기서 터키에 관한 책을 써서 유명해진다. 호자는, 물론 노예 역시 마찬가지지만, 자신이 선택한 나라에서 결혼을 하고 자신이 원하는 일을 하면서 행복하게 살아간다. 이 '행복'의 의미는 파묵에게 매우 미묘한 문제로, 그의 말을 직접 들어 볼 필요가 있다. '소설의 주인공들은 어느 시점 이후에 각기 나라를 선택한다. 그들의 선택에서 행복이라는 것이 논쟁될 수 있을까.'라는 질문에 파묵은 이렇게 답하고 있다.

"이 소설에서 문화와 행복 사이의 관계에 관해 주인공들이 매우 고민을 하고 있습니다. 이들은 상대방의 문화, 살고 있는 환경 또는 일상생활의 색채에 대해 지니고 있는 자신들의 생각이 옳은지 그른지에 대해서는 시비를 가리지 않습니다. 즉 상대방보다 더 행복한지 또는 더 불행한지는 알 수 없습니다. 단지이들은 서로에 관하여 이야기를 만들고 그 이야기에 몰입하고 있을 뿐입니다. 이렇게 해서 서로를 이해할 수 있다는 생각을 하게 되는 거지요."

자신의 책에 이탈리아에 대한 이야기도 넣고 싶어 찾아온 여행가 에블리야가 노예에게 "서로 삶을 바꾼 그 사람들이 새로운 인생에서 행복해질 수 있을 거라고 믿습니까?"라고 묻지만 그는 대답하지 못한다. 파묵은 이에 대한 대답을 독자에게 맡기고 있다. 우리는 우리의 삶을 바꾸기를 갈망하는데, 과연 자신의 삶이 바뀌었을 때, 즉 '나'를 벗어나 또 다른 내가 되었을 때, 그 현실에 만족하며 행복할 수 있을 것인가.

노예는 호자가 동양을 비난하는 데에서 긍정적인 부분을 발견하고, 호자가 궁전에 다녀온 후 불평을 늘어놓을 때 조용히 경청하면서 그곳 사정을 자세히 알게 된다. 그리하여 이후 호자와 역할을 바꾸었을 때, 파디샤의 은총으로 궁전을 자주 출입하게 되며, 호자가 말하던 '바보들' 사이에서 살면서 행복하게 살아간다. 하지만 이러한 행복감으로도 채워지지 않는 단 하나의 아쉬움은 가끔 이탈리아에서 그를 찾아오는 손님을 통해 소식을 듣는 호자에 대한 그리움이었다. 사실 외양이 비슷했던 두 사람은 주인과 노예로서 함께 살기 시작하면서 시간이 흐름에 따라 생각과 행동도 서로 닮아 가기 시작했다. 따라서 이러한 그리움은 서로의 분신에 대한 그리움, 보다 궁극적으로 말하면 동서양의 이질성보다는 차라리 유사성을 강조하는 파묵의 사고를 암묵적으로 보여 주는 것이라 할 수도 있다.

『하얀 성』에서 가장 파묵이 심혈을 기울여 이야기하고자 한 부분은, 이 소설의 주요 모티프인 호자와 노예 사이의 유사성이다. 서로가 모든 면에서 쌍둥이처럼 닮은 이 두 사람은, 외양의 비슷함과 학문에 대한 호기심으로 함께 살기 시작한다. 점차 시간이 흐르면서, 처음에는 두 사람이 그저 외양만 비슷했지만, 학문과 문화에 대한 서로의 호기심으로 인해, 나중에는 생각마저 닮아 간다. 소설의 중반부터 호자는 '다른 사람이 되고' 싶은 생각을 노예에게 토로하고, 결국 어느 순간 호자는 자신이 노예와 동일화되어 있음을 깨닫는다.

이 둘의 유사성의 문제는 소설 중반부부터 가속화되어 이미 결말을 암시한다. 한 공간에 틀어박혀 생활하던 그들은 자신들이 누구인지 알기 위해 끊임없이 거울을 들여다보았으며, 급기야 호자는 서로의 역할을 바꾸자는 말까지 하게 된다. 이를 통해 우리는 언젠가 그들이 역할을 바꾸리라고 짐작할 수 있으며, 실제로 그들은 결말부에서 서로 역할을 바꾸어 이질적인 공간에 정착한다.

이렇게 호자(동양)와 노예(서양)를 하나의 '또 다른 나'(분신) 모티프로 설정해 서술한 문제는 다양한 담론의 주제가 되었는데, 특히 두 문화의 '불합치론'에 대한 항의였느냐는 질문에 파묵은 이렇게 답하고 있다.

"소설의 심장부에 쌍둥이 이야기가 있습니다. 동양과 서양의 문화에서, 독일 낭만주의 작가 호프만과 동양 문화, 예를 들면 『천일야화』에서도 '분신(doppelgänger)' 테마를 자주 볼 수 있습니다. 나는 조금 전에 언급한 정체성의 고뇌를 어떤 게임의 형식으로 이 테마에 접목시켰습니다. 주인공들이 서로 닮거나 닮지 않는 것 즉 서로의 정체를 상호간의 거울로 사용한 것은 시사적인 부분에 의거하려 했던 것이 아니라, 영원한 정체성 문제를 게임화하고자 했던 것입니다. 동양과 서양이 얼마나 가깝고 얼마나 먼가는 내 소설의 소재가 아닙니다. 러디어드 키플링(Rudyard Kipling)은 자신의 시에서 "동양은 동양이고, 서양은 서양이다.(East is East, West is West.)"라고 말한 바 있습니다. 나의 소설은 어쩌면 이 진부하고 구태의연한 태도에서 벗어나고 싶었기 때문에 쓰인 것일 수도 있습니다. 이 소설에는 동양은 동양이 되지 말며, 서양은 서양이 되지 말라는 바람이 내포되어 있습니다."

이렇듯 파묵이 소설의 두 주인공으로 쌍둥이처럼 닮은 동양인과 서양인을 설정한 것은 두 문화의 상대성을 주장하는 사람들의 의견과 시대에 맞지 않는 사고에 맞서기 위함이라 할 수 있다. 음과 양의 우열이 없듯 상위 문화나 하위 문화는 있을 수 없다고 그는 말하고 싶었던 것이 아닐까.

언급했듯이, 터키 현대 소설가들 중 오르한 파묵이 부단히 동서양 문제를 모티프로 하여 글을 쓴 이유도 터키의 현실을 반영하는 것이라 할 수 있다. 하지만 수많은 비평가들이 유독 파묵의 문학을 주목하는 이유는 그가 여타의 작가들처럼 동서양에 관한 전통적인 공식(서구화는 곧 부도덕화)이나 물질적 가치와 정신적 가치의 대립 등의 고정관념에 안주하지 않고 현시대를 반영하는 새로운 모색을 하고 있기 때문이다. 그는 터키의 역사나 일상의 삶을 토대로 동서양 문제를 밀도 있게 다루는 동시에 독자들이 자신의 텍스트를 통해 지적 호기심을 만족시킬 수 있도록 형식과 구성 면에서 다양한 형태의 실험을 시도했다.

『하얀 성』에서 파묵은 동양적인 모든 것에 대하여 불신하고 비난하는 호자라는 인물을 통해 당시 세태의 주를 이루던 맹목적인 서양 신봉자들의 모습을 그리고자 했을 것이다. 이에 반해 서양인 노예의 눈에는 동양이 호자의 눈에 비친 모습으로 남지 않았다는 점을 주목해야 한다. 결국 호자가 바보들이라고 비난하는 사람들과 어울려 행복하게 사는 노예의 삶을 통해 동양적인 가치를 인정하며 실존하는 전형을 묘사함으로써, 동시대의 사람들에게 양대 문화를 조화시켜 슬기롭게 살아가는 방법을 제시한 점 역시 간과해서는 안 될 것이다.

이렇듯, 이 소설에서 양대 문화의 본질을 파악함에 있어서 균형감을 잃지 말아야 한다는 메시지를 전달하려는 흔적을 찾아볼 수 있다. 다시 말해 파묵은, 호자는 동양 사람들의 우매성에 대해 신랄하게 꼬집고 있지만, 노예는 이를 호자의 편견으로 생각하고 긍정적인 관점에서 승화하고 있다는 사실을 역설한 것이다. 또한 파묵은 서양을 상징하는 '무기'를 통해 거대하고 압도적인 무기가 결과적으로는 전쟁에서 전혀 효력을 발휘하지 못하는 것으로 결말 지음으로써 서양의 거대하고 압도적인 힘에도 분명 한계가 있음을 보여 주고자 하였다. 따라서 『하얀 성』은 동양과 서양 중의 어느 한쪽의 상대적인 우월성을 부정하고, 둘의 합일을 모색하였다는 점에서 진정한 의미를 찾을 수 있을 것이다.

소설 속 인물 파디샤의 말을 빌리면 결국 '모든 삶은 서로 닮은 것'이다. 다른 세계의 사람이 혹은 삶이 유독 특별하다고 할수는 없다. 다시 말해 상대 나라에 정착하여 행복한 삶을 영위하지 못하는 이는 없다는 말이다. 이 소설에서 파묵은 이 세계의 역사는 동양이 서양이 되고 서양이 동양이 되는, 즉 서로 영향을 주고받아야만 하고 또 주고받을 수밖에 없다는 사실을 등장인물들을 통해 암묵적으로 항변하는지도 모른다. 파묵은 자신이 동양인인지 또는 서양인인지는 중요하지 않다고 말한 바 있다. 특히 이 소설의 가장 중요한 모티프인 '분신' 모티프는 동양과 서양이 서로 상반된 문화가 아니라 궁극적으로는 닮은꼴이라는 점을 궁극적으로 암시하고 있는지도 모른다. 중요한 것은 동양인이나 서양인이기 전에 서로를 이해하려고 하는 같은 인간이라는 사실이다.

요컨대 소설 『하얀 성』은 서로 다른 세계의 두 주인공을 통해 동서양의 정체를 모색하는 동시에 이해하고자 하는 작품이며, 우리가 누구이며, 무엇을 원하며, 어떻게 행복해질 수 있느냐에 관한 자기 성찰적인 소설이다. 동서양 문제에 관해 파묵의 말을 다시 한 번 부연하자면 '동양은 동양이 되지 말며, 서양은 서양이 되지 말라.'라는 바람이 이 소설의 궁극적인 모티프라 할 수 있을 것이다. 때문에 파묵은 노예의 입을 통해 "어쩌면 몰락이란 우월한 사람을 보고 그들을 닮으려 하는 것을 의미하는지도 모른다."라고 우회적으로 표현했을 것이다.

한편 『하얀 성』의 1986년 판(5쇄)에 그는 「『하얀 성』에 관하여」라는 글을 후기로 첨부한다. 이 글을 통해 어떤 책들에서 영감을 받았으며, 어떤 형식이나 기법 문제에 부딪히게 되었으며, 이러한 문제를 어떻게 해결했고, 자기 삶의 어떤 부분을 허구의 장(場)으로 끌어들였는지를 세세하게 독자들에게 설명하고 있다. 이는 포스트모더니즘에서 말하는 자기 반영적인 '메타픽션(metafiction)' 기법이다. 파묵은 자신이 어떻게 이야기를 꾸몄는지를 독자에게 말해 줌으로서 어쩌면 독자들과 그것을 나누기 원하며 의사소통을 시도하는지도 모른다.

궁극적으로 파묵은 정체성에 대해 독자들에게 아주 단순하고도 거대한 질문을 던진다. '나'는 누구인가? '나'는 나를 벗어나 새로운 '나'가 될 수 있는가?

하나의 작품이 새롭게 옷을 갈아입고 선보이게 되어 마음이 설렌다. 우리의 삶 역시 이렇게 나날이 새롭게, 그리고 스스로의 삶으로 깊숙이 변화할 수 있다면 좋겠다. 독자들이 부디 이 소설을 통해 자신을 돌아보는 계기를 갖길 희망한다.

2011년 4월

이난아

작가 연보

1952년   6월 7일 사업가인 아버지 귄뒤즈 파묵(Gündüz
            Pamuk)과 어머니 셰퀴레 파묵(Şeküre Pamuk) 사이
            에서 태어남.『제브데트 씨와 아들들(Cevdet Bey ve
            Oğulları)』과『검은 책(Kara Kitap)』에서 묘사된 이스
            탄불의 부유하고 서구화된 니샨타쉬 구역에 거주하
            는 대가족 속에서 자람. 현재도 같은 집에서 거주.

1959년~1974년   7세 때부터 그림 그리기를 좋아해, 자전적 에
            세이『이스탄불(İstanbul)』에서도 밝혔듯이, 22세까지
            화가의 꿈을 키우며 그림에 열중. 이스탄불 명문 학교
            인 미국계 로버트 칼리지 중고등학교 졸업.

1970년   아버지와 삼촌의 뒤를 이어 이스탄불 공과대학 건축
            학과 입학.

1973년   이스탄불 공과대학 건축학과 3학년 때 자퇴.

1974년   글쓰기를 자신의 유일한 직업으로 택한 후 전업 작가

선언.

1976년   이스탄불 대학 저널리즘 학과 졸업. 하지만 저널리스트로 일한 적은 없음.

1979년   한 가족의 3대에 걸친 이야기를 통해 터키 사회와 역사를 다룬 가족사 소설이자 등단작인 『제브데트 씨와 아들들』이 《밀리예트》 신문 소설 공모에 당선.(공동 수상) 공모 당시 제목은 '어둠과 빛(Karanlık ve Işık).'

1982년   『제브데트 씨와 아들들』 출판. 당시 터키 문단은 농촌 소설이 대세였기 때문에 어떤 출판사도 이 소설을 출판해 주지 않아 당선 후 3년 후에 출판.
         3월 1일 아일린 튀레귄(Aylin Türegün)과 결혼

1983년   세 형제가 할머니의 집에 머무는 일주일 동안 드러나는 비밀스러운 가족사를 다룬 두 번째 소설 『고요한 집(Sessiz Ev)』 발표.
         『제브데트 씨와 아들들』로 '오르한 케말 소설상' 수상.

1984년   『고요한 집』으로 '마다라르 소설상' 수상.

1985년   파묵의 관심사인 동서양 문제와 정체성 문제를 본격적으로 다룬 『하얀 성(Beyaz Kale)』 발표. 《뉴욕 타임스》가 '동양에서 새로운 별이 떠올랐다.'라고 극찬하는 등 처음으로 국제적인 명성을 얻음.

1985년~1988년   미국 컬럼비아 대학교 방문 학자로 초청되어 미국 체류. 이 기간에 『검은 책』 집필에 착수하여 대부분을 완성.

1990년   『검은 책』 발표. 이 소설로 파묵의 명성은 세계적으로 확산됨. 『검은 책』 프랑스 번역판으로 '프랑스 문

화상' 수상. 『하얀 성』으로 영국 '인디펜던트 외국 소설상' 수상.

1991년　『고요한 집』으로 프랑스에서 '1991년 유럽 발견상' 수상.

『검은 책』의 한 페이지를 바탕으로 시나리오를 쓴 영화 「비밀의 얼굴(Gizli Yüz)」이 '안탈리아 황금 오렌지 영화제'에서 최고 각본상 수상.

딸 뤼야(Rüya) 태어남.

1992년　『비밀의 얼굴』출간.

1994년　한 권의 책에서 새로운 인생을 발견한 공대생이 그 인생을 찾아 떠나는 여행을 다룬 소설 『새로운 인생(Yeni Hayat)』 발표.

1998년　오스만 제국의 동서양 회화 충돌, 세밀화가들의 고뇌와 갈등을 그린 소설 『내 이름은 빨강(Benim Adım Kırmızı)』 발표. 출간되자마자 한 달 만에 11만 부 판매됨.

1999년　다양한 잡지와 신문에 쓴 문학, 예술관련 글들을 모은 에세이집 『다른 색들(Öteki Renkler)』 발표.

2001년　아일린과 이혼.

2002년　'처음이자 마지막으로 쓴 정치소설'이라고 밝힌 『눈(Kar)』 발표.

『내 이름은 빨강』으로 프랑스 '최우스 외국문학상' 수상, 이탈리아 '그렌차네 카보우르 상' 수상

2003년　자전 에세이 『이스탄불』 발표.

『내 이름은 빨강』으로 '인터내셔널 임팩 더블린 문학

상' 수상.

2004년	『눈』이 《뉴욕 타임즈》 '올해의 책'으로 선정됨.
2005년	1월에 스위스 《다스 마가진》과 했던 인터뷰에서 "오스만 제국 당시 백만 명의 아르메니아인과 3만 명의 쿠르드족이 학살되었다."라는 발언을 하여, 국가 정체성을 모독한 '터키인 명예훼손죄' 혐의로 형법 301조에 기소됨. 『눈』으로 프랑스 '메디치 상' 외국어 소설 부문 수상.
2006년	『눈』으로 프랑스 '지중해 최고 소설상' 수상. 터키 문학사상 최초로 '노벨 문학상' 수상. 1월 22일 '터키인 명예훼손죄' 기각됨. 2006년부터 컬럼비아 대학 중동아시아어문화학과 예술학교에서 강의.
2008년	한 남자의 집착적이며 열정적인 사랑을 그린 소설 『순수 박물관(Masumiyet Müzesi)』 발표.
2010년	에세이집 『풍경의 조각들(Manzaradan Parçalar)』 발표. 강연록 『순진하고 감상적인 소설가(The Naive and the Sentimental Novelist)』 발표

세계문학전집 **271**

하얀 성

1판 1쇄 펴냄   2011년 4월 29일
1판 19쇄 펴냄   2024년 6월 4일

지은이   오르한 파묵
옮긴이   이난아
발행인   박근섭, 박상준
펴낸곳   (주)민음사

출판등록   1966. 5. 19. (제 16-490호)
서울특별시 강남구 도산대로1길 62(신사동) 강남출판문화센터 5층 (우편번호 06027)
대표전화 02-515-2000   팩시밀리 02-515-2007
www.minumsa.com

한국어 판 ⓒ (주)민음사, 2011. Printed in Seoul, Korea

ISBN 978-89-374-6271-9 04800
ISBN 978-89-374-6000-5 (세트)

세계문학전집 목록

세계문학전집은 계속 간행됩니다.